야구도 날 사랑해줬어!

야구도 널 사랑해줬어!

은퇴도 못하는 야구팬들

초판 펴낸날 2022년 4월 2일 1쇄
개정판 펴낸날 2024년 2월 4일
지은이 전상규

펴낸곳 소동
등록 2002년 1월 14일(제19-0170)
주소 경기도 파주시 돌곶이길 178-23
전화 031-955-6202, 070-7796-6202
팩스 031-955-6206
인스타그램·페이스북 @sodongbook
전자우편 sodongbook@gmail.net

펴낸이 김남기
편집 시옷공작소
디자인 스튜디오 헤이,덕
홍보 남규조

ISBN 979-11-93193-08-2 (03800)

은퇴도 못하는
야구팬들

야구도 널 사랑해줬어!

전상규 지음

차례

1부 팬과 덕

9 유니폼과 숫자: 등에 박힌 번호가 아닌 가슴에 걸린 그 이름을 위해

10 야구 영화, 그리고 야구와 영화: 30년 후 꿈의 구장에서 이뤄진 꿈

11 형: 형이네

3부 숫자 너머의 감동

12 잠실구장에 가까워지면 냄새가 난다: 다시 보기도, 설명도 없는 불편한 좌석의 감동

이 친구
혹시 아세요?

트위터, 페이스북, 인스타그램에서 프로필 사진을 툭, 누른다. 자신을 소개하는 글이 보인다. 바쁜 세상이다. 짧고 굵을수록 눈에 들어온다. 아, 이런 사람이구나. 그 사람을 이해하고 판단하는 찰나의 시간이다. 낯선 사람에게도 공통의 주제가 될 만하거나 흥미를 끌 만한 강렬한 단어들이 적절하게 적혀있다.

'야구팬이자 엘지트윈스 팬'. 내가 적어둔 이 짧은 소개에 빠지지 않는 말이다. 다른 건 몰라도 이것 하나만큼은 자신 있었다. 나는 음악을 하지만 모두가 알 만한 유명한 가수나 작곡가도 아니다. 입이 쩍 벌어질 만한 회사를 일구었거나 속해 있지도 않다. 아주 독특한 취미 생활에서 경지에 오른 것도 없다. 하지만 이것만큼은.

음악은 내 인생의 방향을 바꿔버렸다. 사랑해 마지않던 평생의 연인이 사업 파트너가 되고 만 것이다. 잘하지 않으면 안 되는 직업으로서의 음악. 더 진중해졌다. 여전히 사랑하지만 정색해야 할 때가 생겼다. 마냥 즐길 수만은 없고 때로는 연구하는 대상이 되었다.

야구는 음악 그 훨씬 이전부터 오늘까지 변하지 않은 가장 오래된 친구다. 어릴 적 친구들끼리 그렇듯이 같이 있으면 좋고 편하다. 때로는 여과 없이 모진 말도 쉽게 뱉는다. 다음 날이면 언제 그랬냐는 듯 어깨동무를 하고 낄낄거린다. 이런 친구들끼리 서로 애정하는지를 물어서 확인하는 경우는 없다. 그저 서로 알고 있을 뿐이다. 야구와 이 팀은 나에게 그런 친구다.

어느 날 이 친구와 있었던 일들을 앨범에 담듯 남겨보고 싶어졌다. 내 오랜 친구를 소개하는 건 곧 나를 소개하는 일이었다. 혹시 이걸 통해 잊고 지내던 옛 친구와 재회하고 또 다른 친구들을 소개

받을 지도 모를 일이다. 만난 적은 없지만 마음 속에 이 친구의 이름을 새기고 같은 길을 걸어온 사람들이다.

2023 시즌의 마지막을 달리면서 그런 사람들을 많이 만났다. 우리는 서로가 걸어온 길을 말하지 않아도 모두 알 수 있었다. 이 친구가 29년이라는 시간 동안 얼마나 속을 썩였는지, 그리고 결국에는 이런 날을 맞게 해준 것에 대해서도 얘기할 필요가 없었다. 그저 오랫동안 이 친구와 함께 했다는 것만으로 우리는 서로를 보듬어주었다.

이 책은 그런 사람들의 그런 친구 이야기다.

전상충

1부
팬과 덕

팬:
그날이 오면

님아, 그 강을 건너지 마오

'Once you go Mac, you never go back. 한 번 애플을 쓰면 절대로 못 바꾸지.'

애플의 광고는 새로 사고 싶은 마음도 들게 했지만, 그 제품을 이미 쓰고 있던 사람들에게 묘한 만족감을 안겼다. 나는 아이폰과 아이맥과 아이패드를 쓰고 손목에는 아이와치가, 그리고 귀에는 에어팟이 있지. 이봐, 다들 보고 있나? 주위에 음악하는 친구들은 대부분 애플 제품을 쓴다. 작곡 프로그램 '로직'이 애플에서만 구동되기 때문이기도 하지만 세련되고 멋스러운 디자인에 애플 제품끼리의 놀라운 호환도 빼놓을 수 없는 이유다. 여기에 뭐라 딱 꼬집어 얘기하기 어려워도 곳곳에 숨어있는 기가 막힌 기능들이 우리를 놀라게 한다. 그런데 무엇보다 아이폰을 쓴다는 것 자체가 주는 소속감이 분명 존재한다. 음악인이라면, 아티스트라면, 혹은 내가 그런 분위기를 지향한다면, 뭐 이런 느낌. 비록 가격이 더 비싸고 선택의 폭도 제한적이며 매우 불친절하지만 이건 써줘야 하는 거야, 라는 생각.

애플은 전 세계 곳곳에 이런 자신의 팬들을 거느리고 있고, 결국 이 사람들이 이 회사를 가장 가치 있는 기업으로 만들었다. 상업과 예술의 절묘한 줄타기. 단순히 수요와 공급의 그래프로만은 설명하기 힘든 애플의 현상은 세대가 바뀌어도 계속되고 있다. 새로운 팬들이 세대를 넘어 끊임없이 나타난다. 이전 세대의 것은 그 바로 직후의 세대에게 촌스럽고 낡은 것이기 마련인데, 애플은 이 같은 흐름을 묘하게 피해간다. 우리 둘째 조카 혜정이는 긴 기다림 끝에 삼촌이 쓰는 것과 같은 아이폰을 손에 넣고 무척 좋아했다. 애플의 팬들이 가진 충성심은 단순 구매를 넘어 하나의 문화이자 자존감으로 작용한다. 팬은 이렇다. 한번 빠지고 나면 이제 이성의 문제가 아니다.

사람의 수는 제한적이고 각 분야의 모든 기업은 자신의 고객을 한 명이라도 더 만들기 위해 사활을 건다. 사람들이 각자에게 주어진 유한한 시간과 돈을 지불하게 만들려면 그 사람의 마음을 움직일 수 있어야 한다. 그것을 위해 누군가는 꿈, 재미, 감동을 동원하고 어떤 이는 멋, 품위, 우월감 등을 내세운다. 만드는 이와 고르는 이들이 벌이는 아주 복잡한 전쟁이다. 생필품이라면 가격, 품질, 쓰임새 같은 기준이 선택에 중요하겠지만, 먹고 사는 문제 밖의 것이라면 얘기는 좀 다를 수 있다. 후자의 선택이 더 오랜 고민과 갈등 끝에 이루어진다.

자기의 소중한 시간과 막대한 돈을 지불하면서, 그걸 하지 않았더라면 누릴 수 있었을 수많은 다른 것들을 기회비용으로 날리면서까지 무엇인가의 혹은 누군가의 팬이 된다는 것. 이들은 스스로가 '팬'임에 자부심을 갖거나 적어도 그 안에서 최대한의 즐거움을 얻고자 한다. 그러다 보니 자신의 취미가 남들에게 '그저 취미 생활' 정도로 취급받는 것에도 민감하게 반응하고, 그저 즐길 거리나 여가 선용 이상의 가치를 부여한다.

어떤 사람들은 주위의 사람들과 더 잘 어울리기 위해 무엇인가의 팬이 되기도 하는데, 뭣도 모르던 어린 시절에 야구팬이 된 사람들이 이런 경우가 많다. 야구팬이 되고, 어떤 팀을 응원하게 된 계기가 의외로 별것 아니거나 혹은 왜 그랬는지 기억도 잘 안 난다. 야구만 이럴까. 어릴 적 내 의지와 상관없이 휩쓸렸거나, 하필 그때 좋아하는 형이나 선배가 내 옆에 있었거나. 지금 생각해보면 나 역시 정말 사소한 이유로 결정해 버린 것들 투성이다. 나도 왜 야구를 그렇게 좋아하게 되었는지 잘 모르겠다. 어쩌다 보니 야구팬이 되어 있었고 이제는 되돌아갈 수 없는 강을 넘은 지 오래다. 야구의 강을 넘기 직전 누군가 뒤에서 "님아, 그 강을 건너지 마오" 말렸다면 나는 넘지 않았을까? 그랬다면 지금 더 행복한 삶을 살고 있을까? 몸과 마음이 더 깨끗하고 건강할까? 알 수 없다. 인생에는 만약이 없다. 야구가 그렇듯이.

어서 말을 해

주위 사람들은 내가 야구의, 그리고 엘지트윈스의 팬인 것을 잘 아는 편이다. 처음 만나는 사람들이야 잘 모르겠지만, 가까운 사람들은 내가 오두방정을 떨며 야구가 어떻고, 엘지가 어땠고 하는 모습을 일상적으로 보니 당연한 일이다. 그러다 보면 엘지트윈스 팬들과 함께하는 기회도 자연스럽게 더 많아진다.

한번은 오래전부터 서로 알고 있었지만, 그렇게 가깝지는 않아 말도 놓지 않았던 동갑내기 음악인과 어울릴 기회가 생겼다. 음반 발표 관련이었거나 공연이나 페스티벌 관련 얘기를 나누는 자리였던 것 같다. 항상 그렇듯이 이런저런 음악인들이 모여 함께 술잔을 기울였다. 시간이 흘러 말소리와 웃음소리가 조금씩 커지고 이제 왜 모였는지도 모른 채 모두는 그저 신나고 즐거운 분위기가 되었다. 슬그머니 그 사람의 옆자리에 앉아 가볍게 인사를 나눴다. 탁자 위에는 그 사람의 휴대폰이 놓여있었는데, 그 끝에는 앙증맞은 엘지트윈스의 마스코트가 달려있었다. 사실 서로가 오래된 골수 엘지팬이라는 것을 건너 듣고 알고 있었을 터. 뻔히 알면서도 짐짓 그 고리를 가리키며 운을 띄웠다.

"어?"

"아, 엘지팬이시죠? 저도 얘기는 들었습니다만……."

그쪽도 기다렸다는 듯이 답한다. 자. 이제 서로의 팬심의 역사와 깊이, 그리고 그와 함께 마음에 새긴 영광과 상처를 깊숙이 확인해볼 때다. 장비와 여포가 그랬듯 고수끼리는 칼을 뽑아 휘둘러 보지 않아도 상대의 무예가 어느 수준인지를 직감한다. 잽을 날릴 여유도 이유도 없다. 나에게 훅 들어오는 결정구.

"원년 MBC청룡의 백업 유격수?"

나는 질문을 날린 그의 입술이 채 닫히기 전에 반격한다.

"조호."

처음 듣는다면 누군가의 이름인지조차 알기 힘든 두 음절. 아무런 말도 없이 우리는 서로를 조용히 안았다. 지난 세월 이 팀을 응원하며 온몸으로 받아 안은 기쁨과 슬픔과 환희와 분노가 우리의 부둥킨 어깨를, 그 위 관자놀이를 타고 흘렀다. 그날 우리는 더 이상 야구 얘기를 나누지 않았다. 애플의 에어드롭 기능이 눈 깜짝할 새 자기 제품들끼리 데이터를 전송하듯이, 구구절절 지나온 얘기를 풀어놓을 필요 없이 우리는 이미 서로의 상처를 보듬어주고 영광의 시대를 공유했다.

무! 적! L! G!
그날 우리는
더 이상 야구 얘기를
하지 않았다.

반대로, 나중에 알고 보니 엘지트윈스 팬이라서 상황이 바뀌는 경우 역시 흔하다. 예전에 살던 홍대 앞 원룸 건물은 주차장이 협소하고 사무실도 많이 입주해 있어서 낮 시간대에는 이중, 삼중으로 주차하는 경우가 흔했다. 어쩌다가 그런 시간에 차를 빼게 되면 전화를 여러 통 돌려야 했는데, 전화를 받지 않는 경우는 참 난감했다. 그럴 땐 건물을 뛰어다니며 차 번호를 외쳤다. 한번은 전화도 받지 않고, 차 번호를 외쳤건만 차 주인이 나타나지 않았다. 분노가 머리끝까지 올라오고 있는데 뒤늦게 전화가 와 잠시 외출했다며 곧 돌아오겠다고 하는 것이다. 도대체 이게 말이 되는 소리인가. 차를 여기에 주차해서 막아놓고 다른 곳에 가 있다니. 내 혼을 톡톡히 내주리라, 하고 기다리는데 그 사람의 차 뒷유리에 '엘지트윈스' 스티커가 붙어있는 것이 아닌가.

"야, 이 사람아! 이게 뭐 하는 짓이야!"가 될 뻔한 말이 "좀 난감하네요. 허허허"로 바뀌는 마법이 일어났다.

물론 항상 이렇지는 않다. 같은 엘지트윈스 팬이라도 잠실구장에서나 경기가 끝난 후 신천 거리에서 눈살을 찌푸리게 만드는 사람들은 얼마든지 많다. 같은 야구팀을 좋아하고 응원한다고 해서 그 사람이 좋은 사람일 가능성은 그냥 동전 던져서 앞뒷면 가리는 것과 같은 확률이다. 그래도 같은 상황에서 마음을 갑자기 바꿔버리는 힘은 있다. 갑자기 앞으로 끼어든 차량에 경적을 빠앙! 길게 누르면서 "야이 씨……"를 하려다 유리창에 붙어있는 스티커에 감정이 바뀌는 건 흔한 일이다.

"급한 일이 있나 보네…… 조심 조심 하셔야지."

물론 그 스티커가 그 어떤 팀의 것이라면 그 어떤 논리적 근거도 없이 이렇게 바뀌지 않던가!

"저거 봐, 저럴 줄 알았어."

홍대 앞 작은 공연장 '클럽 타'

나는 홍대 앞에서 10년이 조금 넘도록 작은 라이브 클럽을 운영했다. 지금은 사라진 '클럽 타'. 홍대 앞에서 클럽을 한다고 하면 음악계, 특히 인디 음악 쪽을 잘 모르는 주위의 다른 사람들은 이런 질문을 하곤 했다.

"오, 거기 내 나이에도 들어가 볼 수 있냐?"

"근데 부비부비 진짜로 하는 거야?"

그때마다 내 대답은 같았다.

"이곳은 인디 밴드들이 공연하는 공연장이고, 입장료 내고 들어와서 맥주나 음료 한잔 곁들이며 그들의 공연을 즐기는 장소야."

홍대 거리의 정통성 획득을 위해 매번 이 말도 덧붙여야 했다.

"홍대 '클럽'이라는 말은 원래 우리처럼 공연하는 작은 장소에 붙는 이름이었다니까!"

우리 클럽은 주말에는 공연이 끝나고 뒤풀이나 파티를 할 때도 있었고, 손님이 한산한 평일에는 문을 일찍 닫거나 아예 열지 않기도 했다. 그렇게 장사하면서 10년이 넘는 동안 어떻게 그 미친 듯한 월세를 내고 있었는지 지금도 신기하다. 대학생 때 무슨 돈으로 그렇게 술을 마시고 다녔는지 이해가 안 되는 정도의 미스터리.

어쨌든 '클럽 타'의 주인장일 때의 일이다. 하루는 두고 온 물건을 찾으러 늦은 저녁 클럽에 들렀는데 문이 열려있어서 화들짝 놀랐다. 별건 없지만 꽤 고가인 음향 장비와 기타 앰프 등은 작은 라이브 공연장 밑천의 대부분이었기 때문에 혹시 도둑이라도 들었을까 봐 걱정이 됐다. 하지만 계단을 내려가자 곧바로 들리는 웃음소리에 이내 안심. 몇 명이 객석 한가운데 테이블을 펴고 편안하게 맥주를 마시고 있었다. 그래 다행이긴 하다만, 너희들은 누구냐. 얼굴을 확인하니 우리 밴드에서 기타 치는 녀석이 아는 후배 둘을 불러 술을 마시고 있던 것. 예상치 못한 내 방문에 좀 놀란 건 그 후배들이 아니라 우리 기타 멤버였다. 가만히 보니 그 후배 둘도 다들 내가 아는 얼굴이었다. 그중 하나가 얼마 전 미국 유학을 마치고 귀국해서 음악 쪽으로 진로를 고민하던 나랑 이름도 비슷한 기타리스트 장규였다. 유학을 떠나기 전에도 나와 살짝 아는 사이였다. 그런데 정작 놀라서 "어?"하고 일어나 어색한 웃음을 지은 건 기타 멤버였고, 후배 녀석 둘은 나를 본체만체 아는 척도 안 하는 것이었다.

'요놈들 봐라?'

뭔가 좀 괘씸했지만 잘 마시고 가라며 쿨한 척 나왔는데 뒤끝이 강하게 발동했다.

'아니, 남의 클럽에 와서 공짜 술 마시다가 정작 나한테는 아는

체도 안 해? 두고 보자.'

나의 꽁함과 꼰대스러움을 보여주고야 말겠다는 생각이 스쳤던 것 같은데 그러다가 그냥 잊어버렸다.

얼마 후, 기타 멤버와 다른 얘기를 하다가 그날 얘기가 나왔다. 갑자기 그날 꽁했던 순간이 생각나서 그냥 넘어가려고 말했다.

"아, 걔들 얘기하지 마!"

"형, 근데 장규가 엘지 광팬이라던데?"

"그래에에?"

때는 바야흐로 우리 팀 암흑기의 순수 절정, 삽질의 꽃넋이던 시기로 '혼창통'이 팀의 정신일 때다. 어려울수록 함께하는 마음의 동지들이 더 필요한 법. 그날 저녁이었던가, 다시 만난 자리에서 우리는 화기애애했다.

"아니, 왜 얘기 안 했어! 자, 자, 술잔을 부딪치며 혼! 창! 통! 그러나 마음 줄 수 없다는 그 말……."

아, 이게 아니고.

사실 음악판에서 지나가다 야구팬을 만나고 엘지팬을 만나는 경우는 있어도, 같이 야구장 다니고 굳이 따로 시간을 내어 만나는 경우는 흔치 않았다. 나에게 아주 적절한 야구 친구가 하나 생긴 셈이었다. 그 이후로 우리는 잠실은 물론 수도권에서 벌어지는 웬만한 엘지트윈스의 경기를 찾아다니며 놀다가 2013년이 되고부터는 거의 매일 저지를 입고 살았다. 야구 관람에는 이기거나 지거나 음주가 함께할 수밖에 없다. 이겼다고 좋아서 한잔, 졌다고 짜증 나서 한잔. 그때 우리는 신천으로, 목동으로, 홍대로 야구와 함께 무수한 술잔을 들어올렸다. 2013년, 지금도 되뇌는 "엘지가 지지를 않네요"(이효봉 해설위원), "엘지가 왜 잘나가는지 이제 알겠네요"(이숭용 해설위원)를 들으며 기록적인 연속 위닝 시리즈를 함께했다. 취한 거리에서 밤새 끝없이 엘지의 이병규를 외쳤고, 왜 내 눈앞에 나타났는지를 물었다.

야구와 엘지트윈스는 낯선 사람들도 연결한다. 우리 친척 형과 장규는 아무런 접점이 없었지만, 야구 중계가 있고, 그 앞에 적당한 음료가 있으면 아주 오랫동안 알고 지낸 사이처럼 어울렸다.

"오늘 야구 어디서 보나?"

시즌 중 저녁 약속을 잡는 방식이다.

"오늘 동네 후배랑 같이 볼 생각인데, 괜찮으면 홍대 콜?"

치킨을 앞에 두고 생맥주잔을 들어올리며 맞는 플레이볼이건, 회를 놓고 소주잔을 부딪치며 시작하는 1회 초건, 캔맥주를 따며 중국음식 배달을 기다리는 작업실의 모니터 앞이건, '야구'와 '엘지트윈스'는 투수의 첫 공이 포수 미트에 빨려 들어가는 속도만큼이나 빠르게 모두의 경계를 허물었다.

그날은 엎치락뒤치락 명승부 끝에 우리가 졌다. 마지막 고비를 넘기지 못한 패배. 분루를 삼키며(참, 이 말은 언제 들어도 멋지고 적절하다) 자리를 옮겨 뒤풀이를 하는데, 야구를 보면서도 내내 긴장된 순간 속에 술을 마셔서인지 모두가 적당히 취했다. 아무리 야구와 엘지트윈스의 이름으로 무장 해제된 사이라지만 그래도 선배의 형이라 조금은 어려워하던 장규는 끈이 풀리며 거의 흐느끼듯이 슬퍼하기 시작했다.

"장규 군, 너무 슬퍼하지 말게. 그래도 좋은 경기였잖아?"

친척 형은 점잖게 장규를 위로했다.

"저는요, 야구가 좋은 게 아니라요, 엘!지!가 좋은 거라고요!"

두 손을 펴 트윈스 로고가 박힌 저지의 앞가슴을 팡! 팡! 두 번 친 그 장면으로 나는 지금도 장규를 놀려먹고 있다. 그 순간 장규는 엘지트윈스를 정말 사랑했다. 야구보다 더.

야구 앞에서 전사가 되는 이들

두! 피! 나! 다!
저는요, 야구가 좋은 게
아니라요, 엘!지!가
좋은 거라고요!

팬은 단일 인격체가 아니다. 이 말은 야구 커뮤니티가 과열되면 항상 등장하는 말이다. 그리고 맞는 말이다. 한 팀의 팬이 물을 흐리는 짓을 하기 시작하면 그에 맞서는 다른 팀의 팬들이 "왜 너희 팀 팬들은 이 모양이냐"로 응수하고, "너희는 이런 짓에서 자유로운 줄 아느냐"와 "아무리 일부라지만 진짜 걔들은……"이 치고받으며 서로의 인격과 근본과 가계도를 들먹이고 난리가 난다. 경기가 시작되거나 시간이 흘러 좀 진정이 되는 기미가 보이더라도 팬들 사이에 이런 일은 진한 앙금을 남기게 마련이다. 마치 메이저리그의 투수가 배트 플립('빠던'이라는 말은 발음부터 느낌까지 완벽한 조어)을 한 타자에게 다음 해까지 기다려 빈볼을 던지듯 그다음 사건이 터지면 또 우수수 쏟아진다.

한 팀의 팬이라고 해서 당연히 모두가 같지 않다. 이 팀을 응원하게 된 계기가 다르고, 가장 좋아하는 선수도 다르고, 팀의 방향성에도 서로 동의하지 않는다. 게다가 싫어하는 팀도 다르고 그 이유도 다른데, 이게 또 때마다 대상과 정도가 달라지기도 한다. 어쩔 수 없다. 이건 비단 야구만의 문제는 아니니까. 그것이 엔터테인먼트 쪽이건, 어떤 브랜드건, 정치가나 정당이건, 그 '팬'이라는 사람들이 모두 같은 생각과 비전을 공유한다는 건 그리고 똑같은 양과 질의 팬심을 갖는다는 건 불가능하다. 혹시 그런 곳이 있다면 그건 소수가 의견을 밖으로 드러내지 못하고 있는 것이라 확신한다.

엘지트윈스의 팬들도 물론 예외가 아니라서 수많은 사람들이 수없이 많은 종류의 마음과 생각을 표현한다. 내일의 선발 투수를 두고 어떤 이는 그 투수가 잘 던져 선발진의 한 축을 꿰차기를 바라고, 다른 이는 그 투수를 1군에서 더 이상 보고 싶어 하지 않는다. 승부를 결정짓는 순간 번트를 성공하지 못한 타자를 탓하기도 하고, 작전을 낸 감독을 욕하기도 한다. 매일 올라오는 라인업과 1군 엔트리에는 말할 것도 없고 트레이드라도 일어나게 되면 이게 지금 같은 팀 팬들이 맞는지 싶을 정도의 난타전이 벌어진다.

엘지트윈스뿐일까. 야구뿐일까. 싸움이 일어나지 않는 팬덤은 이미 죽은 팬덤이다. 자신의 애정을 강하게 표현하고자 하는 사람들이 많을수록 그곳은 여러 목소리가 강하게 부딪칠 수밖에 없다.

그럼에도 이들을 하나의 팬이라는 범주로 묶을 수 있는 이유는 경기에 이긴 날 밤의 풍경이다. 폭발할 것 같은 불만과 터져 나올 것 같은 욕설이 잠시 멈추는 그 시간. 전쟁은 다음 날까지 유예다. 승리는 불만과 욕설을 없애지는 못해도 잠시 붙들어 놓는다. 정말 할 말은 많다만 그래도 오늘 밤은 이겼다는 사실을 즐기는 것에 조금 더 무게의 추를 옮겨놓는 것. 태풍의 눈이나 폭풍 전야처럼 그 고요함이 앞으로 닥쳐올 환란의 크기를 예고하는 듯하지만, 그래도 오늘 밤은 모두가 하이라이트를 기쁜 마음으로 돌려본다. 누가 정해주지도 않았는데 그 많은 사람들이 이렇게 할 수 있다는 것, 그게 어느 팀을 응원하는 '팬심'이다.

물론 그것이 '야구' 자체로 확대되면 다른 팀을 응원하는 사람들과도 얼마든지 정서적 교류가 가능하다. 망원동에 있는 내 작업실 1층에는 친절과 신뢰의 카센터가 있는데, 여기 사장님께서는 키움 히어로즈 팬이다. 그냥 음악하는 녀석인 줄 알고 계시다가 우연히 내가 출연한 TV 야구 프로그램을 보신 모양.

"아니, 그런 사람인 줄 몰랐네?"

그 이후로 나와 마주칠 때마다, "아니 어떻게 요새 엘지는 좀 잘하고 있나 어떤가?"라고 사람 좋은 얼굴로 질문을 하실 때는 주로 우리가 죽을 쑤고 있을 때다. 조롱의 기운이 느껴졌다면 괜히 헛

기침이라도 한번 했겠지만 팀이 아무리 나락으로 떨어지고 있어도 이분이 걸어오는 얘기들은 전혀 기분이 나쁘지가 않다. 누군가에게 말을 하거나 글을 보낼 때 나도 참 닮았으면 하는 점인데, 여간 어려운 일이 아니다.

두! 피! L! G!
싸움이 일어나지 않는
팬덤은 이미 죽은
팬덤이다.

이분은 키움도 좋아하시고 야구 자체도 사랑하시는데 국가대표 대항전이라면 두루 다 보신다. 나처럼 일희일비 하지도 않고 스포츠의 순기능만을 잘 받고 계시니 진정한 팬이 아닐까 싶다. 물론 다른 경우도 있다. 예전 팟캐스트 '야잘잘'에 상대 응원팀이 못할 때 조롱하는 재미로 살아가는 자칭 야구팬의 이야기. 시즌별로 잘하고 있는 팀의 팬을 자처하며 다른 야구팬들에게 혀를 찬다는 것이었다.

"너 분명히 그 팀 팬이라고 하지 않았어?"

"에이, 요새 누가 그 팀 응원해요? 이젠 이 팀이죠!"

이 사람을 경멸하는 사연자가 진짜 팬일까, 아니면 이 카멜레온이 진짜 야구를 즐기는 것일까. 세상엔 정말 별의별 야구팬들이 존재한다. 그리고 다들 자신의 방식으로 야구를 사랑한다.

트레이드도, FA도, 은퇴도 없는 사람들

시즌 중에는 이번 시즌 후 자유계약선수(FA, Free Agent) 자격을 얻어 아주 큰 돈을 받고 다른 팀으로 이적할 수 있는 선수들이 전 구단의 팬들에게 회자된다. 지금껏 자신의 유니폼을 입고 응원석에 앉아 자신의 이름을 목 놓아 불러주던 팬들은 정말 고맙지만 구단과 계약한 개인사업자로서, 앞으로 전성기가 얼마 남지 않은 운동선수로서, 한 가정의 아빠로서 더 좋은 조건을 받고 떠나는 선수들을 탓할 수는 없다. 이런 선수를 놓친 것에 대한 비난의 화살은 붙들어 놓지 못한 구단으로 향한다. 혹은 주판알을 튕겨보니 그런 거액을 그 선수에게 쓸 바에는 다른 선수들에게 투자하는 것이 낫다는 평가가 나오기도 한다.

선수 생활 내내 한 팀의 유니폼만을 입고 뛰다 은퇴하는 행운을 누리는 선수들도 있다. 이들은 감동적인 은퇴식과 함께 자신의 팀, 야구장 그리고 팬들에게 작별 인사를 고하는데 매우 드문 경우다. 이런 정도의 성공한 선수들은 해당 팀에서 코치 생활을 시작하기도 하지만 방송국의 해설위원 혹은 아예 다른 인생을 살면서 야구판에서 떠나기도 한다. 그런가 하면 자신의 의사와 상관없이 팀의 손익 계산에 의해 다른 팀의 선수와 트레이드가 이루어지기도 하는데, 아쉽고 안타까운 마음이야 당연하겠지만 새로운 팀에서 새로운 동료들과 환경에 적응하며 자신의 가치를 드높이기 위해 더욱 노력한다. 자신을 보낸 옛 팀을 만나면 더욱 집중하고 힘을 내며 자신은 사실 이런 정도의 선수였노라 보이기 위해 눈에 불을 켠다.

가장 슬픈 경우는 소문도 없이 조용히 팀에서 방출되는 선수다. 프로에 입단했다는 것, 그리고 1군 무대에 섰다는 것은 야구 선수로서는 그 옛날 사법고시에 패스하는 것보다 더 어려운 경쟁을 이겨낸 것이다. 하지만 모든 팀은 매년 들어오는 새로운 선수의 수만큼 선수들을 내보내야 한다. 이렇게 프로야구판을 떠나면 야구 레슨을 하거나 구단의 직원으로 일하는 경우도 있지만 아예 새로운 길을 찾아야 하기도 한다. 그 선수들은 자신이 한때 몸담았던 구단을 자랑스러워도 하지만 자신을 쫓아낸 구단을 미워하며 야구 자체에 환멸을 느끼기도 한다. 그런데.

팬은 다르다. 우리는 트레이드도 없고, 자유계약을 맺어 다른 팀으로 이적하지도 않고 심지어 은퇴조차 하지 못한다. 야구팬끼리 '팀 세탁'이라 부르는 것이 가능하다는 사람들도 있고, 특히 가장 애정하던 선수가 팀을 떠나 다른 팀으로 가면 그 선수 따라 팀

옮기는 게 당연하다는 이도 있다. 하지만 내 경우엔 그건 불가능했다. 야구를 끊었으면 끊었지, 팀을 바꾼다니. 야구팬 인생을 통틀어 가슴을 가장 크게 뛰게 했던 야생마 이상훈이 다른 팀의 유니폼을 입고 우리와의 경기에서 마운드에 오른 모습을 보고 잠시 멍해지기는 했다. 하지만 나는 결국 그 팀으로 갈아타지 못했다. 물론 여기에는 잠시 '유행'으로 특정 팀을 좋아한다고 했다가 이내 곧 사라지는 불꽃 같은 '야구 과객'들은 포함되지 않는다. '팬'에게 가장 중요한 것 중 하나가 바로 '끈기'이기 때문이다.

그 끈기를 가지고 누가 시키지도 않았는데 이렇게 한 팀에 평생을 바쳐 충성을 다하는 팬들은, 그래서 팀의 승리와 선수들의 활약과 더 나아가 팬들에 대한 '서비스'를 요구하는 것을 당연하다 여기기도 한다.

"내가 어떻게 너희들을 응원해 왔는데!"

"그 긴 시간 동안 조롱과 비아냥을 버티며 여기까지 온 걸 알고는 있나."

그 마음도 몰라주는 구단과 선수들이 원망스럽고 평소엔 꺼내보지도 못한 독한 욕설이 수시로 터져 나오기도 한다.

"그러네. 정말 문제 있네."

그러다가도 다른 팀 팬이 우리 팀과 선수에 한마디라도 하면,

대답은 정해져 있다.

"니가 뭔데 우리 선수한테 그따위로 입을 놀리는 거야?"

과연 이런 것이 부모의 마음이려나. 거기까지는 잘 모르겠지만 팬들은 자신의 이런 마음을 특히 내가 응원하는 선수가 무시하면 참 서러워진다.

반대로 선수들은 팬이면 어쨌거나 응원해주는 사람이라고 생각하는 게 당연하다. 왜 엘지트윈스 팬들은 이렇게 극성이며 툭하면 현수막을 들고 심지어 선수들 퇴근하는 길까지 막고 똑바로 하라고 따지는 걸까. 그러다가 좀 잘하면 왜 이렇게 울고 불고 난리인 걸까. 특히 저 아저씨 팬들. 우린 못하고 싶어 못하나. 그럼 다른 팀 응원하던가. 양쪽은 서로의 입장을 이해하기도 하고 이해하고 싶지 않기도 할 것이다. 팬이 최소한의 예의와 정성을 바라고 있는 동안 선수는 직접 월급을 주지도 않는 사람들의 갑질을 거부하고 싶기도 할 테니. 결국 다른 관계들처럼 자기를 좀 더 이해해주길 바랄 뿐이다. 아마 앞으로도 팬들과 현장의 선수, 코치진과의 이런 특수한 관계는 원만하고 부드럽기는 어려울 것이다.

갑을관계가 아니라 존중하는 관계가 되려면 서로 많은 노력을 해야 한다. 사인 요청 매너를 지키는 것이나 어린이 팬에게 보이는 친절, 사생활을 보호해주는 것 정도는 쉽다. 하지만 인생을 걸고 응원해 온 팬들과 실제 야구가 자기의 인생인 선수들은 각자의 입장이 너무 크고 절절하다. 긴 시간과 노력을 통해 문화가 조금씩은 자리 잡을 수 있겠지만, 프로 스포츠의 역사와 깊이가 다르다는 해외의 다른 나라들을 봐도 당장 눈앞에서 경기가 뒤집어지면, 팬들 눈도 뒤집어진다. 이건 역사고 문화고 간에 어쩔 수가 없다.

그날이 오면

엘지트윈스의 팬들은 그 처절한 암흑기에서도 팀을 지켰다. 화나고 조롱받을지언정 '아직도 야구 봐?'라며 그까짓 공놀이, 별 의미 없다는 식으로 도망가지 않았다. 오히려 경기장을 찾아 욕설을 했지. 그게 선수들에게는 더 부담이 됐을 수도 있고. 또 어떤 팬들은 야구를 잠시 떠나거나 떠난 척했을 수도 있다. 하지만 팬들은 매우 다루기 쉬운 대상이다. 조건을 걸고 좋아하기 시작한 것도 아니고, 언제라도 감동 받아 시간과 돈을 탈탈 털릴 준비가 되어 있는 사람들이다.

구단과 코칭스태프, 선수들이 팬을 숙제 검사하는 선생님이 아닌 파트너로 인정하고 다루면 많은 것을 매우 쉽게 얻을 수 있다. 물론 성적이라는 기본 학점은 어떤 경우든 챙겨야 할 것이며, 또한 어느 정도 성과를 냈다 하더라도 매우 변덕스럽기는 하지만. 대한제국 순종 2년째인 1908년 이후로 108년의 시간을 기다리고 기다린 시카고 컵스 팬들을 보라. 지구 결승부터 리그 챔피언전을 거쳐 월드시리즈를 치르는 동안 그들은 푯말을 들었다. "It is happening." 그 오랜 시간 우승을 기다린 그들의 염원이 '이루어지는 중이다'. 끝내 월드시리즈 우승컵을 들어올린 그날 저녁, 팬들은 팻말의 문구를 바꿔 들고 거리로 쏟아져 나왔다. "It just happened." 드디어 '이루어졌다'. 그들은 몇 세대를 기다렸다. 로미오와 줄리엣이 이렇게 오래 기다릴 수 있었을까.

영화 〈나를 미치게 하는 남자Fever Pitch〉의 주연 배우 지미 팰론은 영화 속 팀으로 레드삭스를 고른 이유를 "86년 동안 우승하지 못한 팀을 응원한다면 꽤 좋은 팬일 것이라서"라고 했다. 지금 여기도 있다. 도시 한복판에서 총격전을 벌이고 있는 요원들도 있고, 신분과 출신을 속이고 적국에 잠입해서 평범한 시민인 양 살아가고 있는 스파이들도 있다. 한 팀의 팬으로 온갖 고난을 자기 방식으로 이겨내는 사람들이다. 애써 외면하는 척도 해봤지만, 혹시라도 늦은 가을 잠실 한복판에서 줄무늬를 입은 선수들이 쏟아져 나와 마운드에서 엉키며 축포가 터지는 장면을 상상하면 괜히 눈가가 촉촉해질 것 같은 사람들.

'당분간은' 모든 걸 용서할 수 있을 것 같은 그들의 마음. 모두가 자신만의 방식으로 팀과 스스로에게 그리고 모든 팬들에게 축하를 건넬 수 있을 것 같은 그 시간. 내가 왜 야구를 봐서, 하필이면 이 팀에 낚여서 이 고생인가를 되뇌는 저 수많은 사람들이, 아직은 엘지트윈스 '팬'임을 스스로 확인할 준비를 저마다 하고 있다. 그날이 오면. 그날만 오면 말이다.

SEOUL
청룡
MBC
인생을 바꾼 단 하나의 공
어머니가 보관해 주신
첫 야구의 기억
MBC

"야구는 음악 그 훨씬 이전부터 오늘까지 변하지 않은 가장 오래된 친구다. 어릴 적 친구들끼리 그렇듯이 같이 있으면 좋고 편하다. 때로는 여과 없이 모진 말도 쉽게 뱉는다. 다음 날이면 언제 그랬냐는 듯 어깨동무를 하고 낄낄거린다. 야구와 이 팀은 나에게 그런 친구다."

아빠의 눈물: 아빠, 왜 울어?

너와 나는 태양처럼 젊었다

"아빠는 처음 너를 만나던 날도 아주 많이 울었어."

"왜?"

"사람은 너무 기뻐도 울거든. 아빠는 그래서 울음을 그칠 수가 없었어."

자기가 태어나던 날에 대해 얘기하던 아빠의 말을 듣고 살짝 고개를 들어 하늘을 보는 저 아이는 얼마나 걸려 아빠가 한 말의 의미를 알게 될까. 그런데 자기가 태어난 것처럼 기적 같은 고귀한 일이 아니라 한낱 공놀이에도 아빠가 눈물을 흘린다는 사실을 알게 되면 아빠를 이해할 수 있을까. 아빠뿐 아니라 '야빠'인 다른 많은 '아빠'들도 그렇다는 걸 알게 되면 이해하려 들기는 할까. 심지어 그 대열에 자기와 함께하고 싶어 한다면 순순히 손을 잡고 따라나설까.

누구도 자신의 의지로 태어나거나 이름을 얻지 않는다. 어느 순간 자기가 태어나 있다는 걸 알게 되고 자기가 그렇게 불리고 있다는 걸 깨닫는다. 아이는 아직 무언가를 선택할 수 있기 이전에 이미 줄무늬 유아복을 입고 야구장에 있는 자신의 사진을 나중에 발견한다. 사진 속의 아빠는 무척 행복해 보인다. 이상하다. 야구를 보는 아빠는 주로 화를 내고 있고 나쁜 말을 하려다가 자기를 보고 입을 꾹 닫곤 했다. 그런데 왜 또 다음 날이 되면 아빠는 엄마의 구박을 받으며 야구를 틀고 주말에는 내 손을 잡고 야구장에 가자는 얘기를 하며 저렇게 기뻐하는 것일까.

아빠는 새파란 청년이었다. 파란 하늘에서는 햇살이 눈부시게 쏟아지고 있었고 아빠는 정말 태양처럼 젊었다. 지금과 똑같은 그 야구장에서는 역시 태양처럼 젊은 선수들이 지금처럼 던지고 치며 달리고 있었다. 어떤 이는 아직 치킨에 맥주를 마실 수 없는 나이였고, 아빠는 티켓에 이미 돈을 쓴 터라 그런 호사를 누리기 쉽지 않았다. 2회말 선취점을 내줬지만 줄무늬를 입은 선수들은 곧바로 3회초 반격하며 동점을 이뤘다. 올해 들어온 7번을 단 고졸 신인이 볼넷을 얻고 이후 1사 2, 3루에서 검객의 땅볼로 균형을 맞춘 것이다. 이어진 4회초에는 2루수의 기습 번트 안타와 신인 1루수의 안타로 점수 차를 벌리며 4 대 1. 승기를 잡았고 경기는 그대로 끝났다.

역시 신인인 유격수는 1회에 이미 선두타자 안타로 15경기 연속 안타를 기록했고, 이 경기를 통해 시즌 전에는 주목받지 못했던 신인 1루수는 타격 1위에 올랐다. 신인 세 명이 당연하다는 듯 나란히 활약하며 타선을 주도했다. 마운드에서는 앳된 얼굴의 왼손 투수가 모자 뒤로 긴 머리를 늘어뜨린 채 이날의 승리 투수가 되어 시즌 7승째를 챙겼다. 다승 공동 선두와 '방어율' 1위를 질주했다. 엘지트윈스가 29승 13패, 0.690의 승률로 2위 해태타이거즈를 4.5게임 차로 따돌리며 선두에 자리하던 1994년 5월의 마지막 날이었다.

아빠는 친구들과 함께 압도적인 경기력을 선보이는 팀에 환호를 쏟아냈다. 선취점을 내줬을 때도 걱정되지 않았다. 마운드의 저 투수가 갈기를 휘날리며 뛰는 야생마처럼 상대를 제압할 것을 알고 있었고, 상대의 마운드는 신구의 조화를 완벽히 이루고 있는 우리 타선에 힘을 쓰지 못할 것이라 믿고 있었다. 박빙의 승부 끝에 얻는 귀중한 1승. 이런 거랑은 거리가 좀 있었다.

당연한 승리. 어쩌면 승리할 것을 알고 그저 확인하기 위해 가는 야구장. 야구장을 나오며 오늘의 경기를 눈에 담은 것은 여기 있던 사람들뿐임을 안다. 화요일, 경기가 시작되던 시간에 TV에서는 어린이 프로그램을 하고 있었을 것이고 경기 화면이 곁들여진 프로야구 소식이 나오려면 스포츠 뉴스가 나오는 9시 50분, 모든 구장의 결과를 전하는 10시 50분의 〈오늘의 스포츠〉 시간이 되어야 한다. 집으로 향하는 지하철 안에서 사람들은 서로 조금씩 어긋나는 얘기를 통해 아날로그 방식으로 오늘의 경기를 복기한다. 내일 아침 바로 그 지하철 칸은 스포츠 신문을 보며 기록을 확인하는 사람들과 그 신문을 어깨 너머로 훔쳐보는 사람들로 가득 찰 것이다. 그전까지 오늘 야구에 대한 기록과 분석은 지금 지하철에 함께 타고 있는 사람들 각각의 버전으로만 존재한다.

고향의 영광과 치욕

1982년부터 시작된 프로야구는 고교야구의 확장 업그레이드판이었다. 각 팀의 선수들은 대부분 고교 동문들로 이루어져 있었고, 팀의 승리와 패배는 뼛속까지 지역의 영광과 치욕이었다. 야구는 야구인데 또 그 이상의 무엇이었다. 그렇게까지 야구를 좋아하지도 않고 심지어 야구를 잘 모르는 아저씨들도 이기는 경기에 같이 기뻐했고 지는 경기에는 욕설이 난무했다. 야구는 그 지역을 관통하는 가장 강력한 문화였다. 사람들은 야구를 보며 초점은 야구 뒤에 있는 자신의 삶과 지역의 역사에 맞췄다. 어떤 이는 자신이 우월해진다 느꼈고 어떤 이는 자신의 한을 풀었다. 야구는 공놀이였고, 아버지였고, 울분이었으며 동시에 모든 감정의 투영이었다.

할머니를 뵈러 간 광주에서 친척들과 찾은 무등 경기장에서 경기 후반 김성한의 장타가 터졌다. 역전에 성공하자 운동장이 떠나갈 듯이 모두가 그의 이름을 외쳤다.

"김성한! 김성한! 김성한!"

그 외침은 외야 관중석 저쪽에서부터 조금씩 다르게 들리기 시작했고 이내 곧 전 관중은 한목소리로 외쳤다.

"김성한! 김성중! 김대중! 김대중! 김대중!"

아직 중학생이던 나는 이해할 수 없었지만, 그곳에 있던 모두가 바라보는 야구장에는 내가 보이지 않는 어떤 것이 있는 듯했다. 딱 소리와 함께 빠르게 뻗어 외야를 가른 것은 그냥 야구공이 아니었다. 마치 영국의 노동자들이 한 방의 전진 패스로 상대 골문 바로 앞까지 공을 보내는 축구장에서 느낀 어떤 것처럼.

잠실구장도 크게 다르지 않았다. 어떤 이유에서건 각지에서 모여 서울을 인구 천만 명의 도시로 만든 사람들의 고향은 모두 달랐고 각자 다른 사투리를 썼다. 그들의 사투리는 곧 그들의 야구팀을 뜻했고 잠실구장의 3루 쪽 관중석에서는 경기에 따라 다른 사투리가 그날의 공용어가 되었다. 어떤 이들은 삶의 멋과 여유를 즐기기 위해 자리했고, 또 다른 이들에게 그곳은 고단한 삶을 위로받고 피로를 해소하는 장이었다.

하지만 그 과정이 아름답게만 행해진 것은 아니었다. 관중석에 앉아 소주병을 따고 그 뚜껑에 소주를 조금씩 따라서 마시는 것으로 경기 관람을 시작하는 아저씨들이 모두가 위험하거나 나쁜 사람들은 아니었지만, 편하게 함께할 수 있는 분위기도 아니었다. 경기 중반을 넘어서 그 아저씨들이 다 마신 소주병에 담뱃재를 털어 넣다가 그 병을 운동장을 향해 던지며 욕설을 날리면 주위에 있던 몇몇은 자리를 피하기 바빴다. 벌겋게 취한 얼굴로 주위 사람들에게 자신의 응원에 동참하기를 권하는 것도 야구를 즐기러 간 것과는 거리가 있었다.

"아저씨가 주는 건 괜찮아." 간혹 그런 아저씨들은 아직 학생인 애들에게 한 잔씩 따라주고는 우리는 절대 알 수 없는 선수들에 관한 얘기를 해주기도 했다. 대부분의 얘기는 지금 뛰고 있는 저 선수가 고등학교 때 얼마나 대단했는지, 저 감독이 선수 때는 지금 선수들하고는 얼마나 차원이 다른 경지였는지에 관한 것이었다. 그리고 꼭 그 가족과 자기가 얼마나 잘 아는 사이인지에 관한 것이 들어갔다. 대개 허무맹랑한 얘기였지만 이야기가 너무 재미있어서 엿듣는 것도 흥미진진했다.

하지만 그런 소소한 재미도 누군가가 웃통을 벗고 야구장 내야의 그물을 타고 올라가기 시작하면 훽 사라지는 미미한 것일 뿐이었다. 대형 전광판에는 선수들의 이름과 기록은 물론 친절하게도 구심에서부터 1루, 2루, 3루심의 이름까지 선명하게 나와 있었다. 사람의 이름과 욕설이 뒤섞인 특정한 욕을 하기에 적합한 환경이었고, 많은 어린이들은 욕의 다양하고도 창의적인 조합을 그곳에서 처음 접하고 익힐 수 있었다. 간혹 이런 상황을 모르는 부모님들도 9시 뉴스에 등장하는 상대 팀 구단 버스 전소 소식을 접하고 나면 아이들끼리 야구장 가는 것을 쉽게 허락할 수 없었다. 1990년 잠실구장에서는 양 팀의 팬들이 운동장에 뛰어 내려오는 바람에 심판과 선수단은 물론 청원 경찰들까지 모두 도망을 갔고, 3회에 취소된 경기의 환불을 요구하며 매표소의 스크린을 뜯어내기도 했다. 심판의 판정이나 환불 정책에 대한 불만도 있었지만, 기존의 모든 것들에 대해 사람들이 비로소 반발하기 시작한 당시 사회적 분위기도 함께 있었다.

서울 깍쟁이의 등장

'프로'야구가 단순히 야구를 매일 하고 그 기량이 아마추어보다 좀 더 높은 것만을 의미하는 것이 아니라면, 1980년대의 우리 야구는 '프로'라고 이름 붙이기에는 많은 면에서 미숙했다. 등판 전날 양 팀의 선발 투수가 함께 말술을 마시고 다음 날 둘 다 완투를 했더라는 전설적인 얘기들이 떠돌았는가 하면, 성적이 좋지 않았던 팀의 선수들이 겨울에 산속 얼음물을 깨고 들어가 정신 훈련을 한 덕분에 올해는 기대된다는 기사가 스포츠 신문의 가장 앞면에 나오곤 했다. 아주 특출난 선수가 아니고서는 30세 정도가 되면 모두 '노장'이 이름 앞에 붙었고, 얼마 지나지 않아 은퇴했다. 선수들의 자기 관리나 체계적인 훈련은 물론이고 팬들에 대한 마케팅은 아직 아예 없다시피 했다. 어린이 회원을 모으고 어린이에게 꿈과 희망을 준다고 했지만, 그게 어떤 꿈이며 희망인지는 모호했다.

이런 야구장 풍경에 큰 변화가 찾아온 것은 1990년대 초중반이다. 해태 아줌마와 엘지 할아버지가 이끌던 응원 문화가 구단 주도의 시스템으로 바뀌고 누가 찾더라도 괜찮은 환경이 하나씩 갖춰지기 시작했다. 음주와 흡연에 대한 기준이 마련되고 경기장 안전에 관한 지침들도 생겼다. 구단의 버스가 불탔다는 뉴스는 사라졌고(물론 버스 앞에 누워 감독을 소환하거나 선수들에게 성적 부진의 이유와 책임을 묻는 경우는 여전히 있었지만), 팬들은 자체적으로 관중석의 정화에 나섰다. 가끔 볼 수 있던 재미있는 아저씨들의 입담은 담배 연기와 함께 사라졌고, 누구도 가르쳐주지 않았던 창의적인 욕설도 없어졌다. 야구장은 가족들이, 연인들이, 그리고 어린이들이 그 자리를 채워갔다. 완전하다고 보기엔 너무 멀었지만 조금씩 하나의 '산업'으로 자리 잡기 위한 움직임들이 있었다. 어쩌면 구단주의 아량에 기대거나 다른 이유에서가 아닌, 야구만으로 돈을 벌 수 있겠다는 판단이었을 수도 있다.

이렇게 변화하는 야구판의 중심에 엘지트윈스가 있었다. 프로야구 출범과 함께 참가한 다른 대기업들과는 달리 1990년에 MBC청룡을 인수하며 프로야구판에 등장한 엘지트윈스는 모기업의 이름이 구단에 의해 바뀐 아주 특이한 경우다. 럭키금성이라는 투박한 이름은 LG라는 이름으로 바뀌었는데 그 이후 엘지 계열사들의 이름이 모두 바뀌면서 기업의 전체적인 이미지 변신도 이룬다. 야구판에서도 다른 팀들의 이름과 비교하면 뭔가 더 매끈하고 세련된 느낌이라 '서울' '멋쟁이' 같은 느낌과 잘 어울렸고 그 이미지는 그대로 응원가나 응원 문구에도 활용되었다.

군대처럼 엄격한 규율로 통제하고 휘어잡는 야구가 아니라 이름도 생소한 '자율 야구'가 선언되었다. 고등학교에서의 자율 학습이 강제 학습이었기에 낯선 것일까 생각도 했지만 역시 뭔가 달랐다. 선발과 마무리 등 마운드의 운영도 체계적으로 자리 잡아 그럴듯하게 정리된 야구를 보는 느낌이었다. 하지만 리그 전체의 이미지를 놓고 보면 정이 넘치고 따뜻한 시골 학교에 서울에서 얼굴 하얀 애가 전학 온 느낌이라 다른 팀과 그 팬들이 보기에는 정 없고 새침한 '깍쟁이' 같았을 것이다.

까맣게 그을린 얼굴에 우락부락한 인상, 20대 선수들인데도

'형'이 아닌 '아저씨'일 수밖에 없는 분위기가 이전 프로야구 선수들의 이미지였다면, 엘지트윈스의 신인 3인방은 수려한 외모에 스타성을 겸비하고 있어서 스포츠 선수를 넘어 연예인들에 견줄 만한 인기를 누렸다. 이들이 주도한 타선이 '신바람'을 일으키니 당연히 구단에서도 적극적인 마케팅 포인트로 삼았다.

야구 잘하는 아저씨들을 동경한 소년과 선수들 평가하고 지적하기 바쁜 아저씨 이외에 드디어 여성 팬이 야구장으로 몰려들었다. 마치 록밴드의 공연장에 처음으로 여성 관객이 더 많았던 본조비Bon Jovi의 경우처럼. 이전에도 야구 스타는 있었다. 선린상고 박노준은 화려한 플레이와 준수한 외모로 구름 같은 여고생 팬들을 몰고 다녔다. 하이틴 잡지의 표지 모델로 등장할 정도였다. 그 자리는 원래 전영록 같은 슈퍼스타가 차지했으니 그의 인기를 실감할 수 있는 대목. 그 이후로 야구 선수 중에서 이런 인기를 누린 선수는 손에 꼽을 정도였는데 1994년 잠실벌에 나타난 신인 세 명은 각자가 독보적이지는 않아도 이들이 뭉쳐있으니 시너지 효과가 났다.

구단의 이미지와 유니폼의 덕도 한몫했다. 팬들은 '서울의 자존심'의 일원이 된 것에 만족했다. 자신의 출생과 삶에 우직하고 투박한 느낌이 원래 없던 사람들은 더 반겼다. 거친 매력의 주인공 까치에게 결국 당하고 마는 안경 쓴 마동탁이 아니라, 도시적이고 산뜻하며 세련된 느낌의 새로운 주인공이 탄생한 것이다. 서울에서 태어나 비좁은 교실에서 60명이 넘는 아이들과 부대끼며 자란 세대에게 착한 편, 좋은 편, 주인공은 그래도 너희가 아니라는 전개는 부당하다 느꼈던 터였다. 그리고 자신과 닮은 그 팀이 승승장구, 새로운 바람을 일으키고 있던 것이다.

1990년대 엘지트윈스와 해태타이거즈의 경기는 가장 큰 흥행 카드였다. 흰색 바탕에 검은 줄무늬를 입은 서울 팀과 최고의 전력으로 상대를 무참히 무너뜨리며 최다 우승의 깃발을 높이 든 검은색과 빨간색의 해태타이거즈. 모든 면에서 크게 대비되는 이 승부는 두 팀과 그 팬들뿐만 아니라 전체 야구계가 주목하고 사랑할 수밖에 없는 매치업이었다. 한쪽만 가지고 있는 것에 대한 자부심과 한쪽이 가지지 못한 것에 대한 열등감이 관중석을 가득 메웠고 묘하게 그라운드의 긴장감을 더했다. 비슷한 캐릭터끼리의 승부는 흥미도 별로 끌지 못하고 누가 이기건 큰 상관이 없다. 하지만 빨강과 파랑, 산과 바다, 펠레와 마라도나, 슈가레이 레너드와 토마스 헌즈처럼 어느 한쪽이 더 옳거나 맞는 게 아니라 그저 팽팽하게 다를 뿐인 경우의 승부는 재미가 있기도 하지만 감정이 더 이입되기 마련. 엘지는 더 엘지가 되고 해태는 한껏 더 해태가 되었다. 그 팬들이야 말할 것도 없이.

우리 타선에는 신인 3인방이 있었지만 해태에는 마치 《삼국지》의 삼형제와 3 대 1로 한꺼번에 붙었던 여포 같은 이종범이 있었다. 우리 마운드에는 이상훈, 김태원, 정삼흠이 선발로 버티고 있었지만 저쪽에는 전천후 폭격기 선동열이 있었다. 선동열은 이해에 선발로의 재전환을 시도하는 등 커리어 로우를 기록했기에 그 파괴력이 덜했지만(6승 4패 12세이브 102.1이닝 평균자책점 2.73. 이게 가장 나쁜 기록이다), 이종범은 시즌 막판까지 4할을 유지하며(최종 124게임 0.393 196안타) 84개의 도루에 19개의 홈런으로 리그를 맹폭하며 MVP를 수상했다. 기록도 기록이지만 이 둘의 이름값과 존재감으로 인해 해태의 다른 훌륭한 선수들이 잘 보이지도 않을 정도였다. 엘지와 해태. 40년이 된 프로야구 역사에서 지금까지도 이렇게 멋지고 극적인 대비의 라이벌전은 찾기 힘들다. 우리가 좀 더 이겼으면 좋았으련만.

엘지트윈스는 한국시리즈에서 두 번 우승했다. 그 두 번의 한국시리즈 MVP는 동일한 인물이다. 1994년 10월 23일 김용수는 자신의 앞으로 온 땅볼을 잡고 두 팔을 치켜올렸다. 1루에 송구하기 전에 미리 우승에 대한 감격을 쏟아내는 투수의 몸짓에도 전혀 불안하지 않은 이유는 바로 그가 노송이기 때문. 엘지트윈스는 1990년에 이어 두 번째 한국시리즈 우승을 거머쥐었다. 1990년의 한국시리즈는 만화 가게의 TV로 보았다. 만화 가게 사장님은 삼성라이온즈 팬이셨는데 이 팀은 원년부터 1990년대 초까지 최강 팀의 전력을 갖추고도 주로 해태타이거즈에게 마지막을 내주곤 했다. 삼성라이온즈가 1985년 전후기 통합 우승을 하는 바람에 한국시리즈가 아예 사라지자 모든 야구팬들은 1년의 가장 큰 재미를 누리지 못하는 것에 화를 냈다. 1등인데, 마지막을 지키지 못하는 삼성라이온즈는 모기업의 이미지와 함께 또 한편으로 독특한 캐릭터를 구축하고 있던 셈이다.

엘지팬인 친구들과 만화 가게의 작은 '테레비'로 대구에서 열린 한국시리즈 마지막 경기를 보다가, 마지막 공이 포수의 미트 속에 빨려들어가는 것을 확인하고 손에 들고만 있던 만화책을 조용히 놓고 나왔다. 첫 한국시리즈 우승을 기다리던 사장님의 입에서 욕설이 터져 나오고 있었고, 그건 실망스러운 경기력을 보인 응원 팀이 아니라 옆에서 신경을 살살 긁고 있던 우리를 향하는 것이기 때문이었다.

1994년, 일찌감치 정규시즌 우승을 확정 지은 엘지트윈스의 한국시리즈 상대가 태평양돌핀스가 아닌 해태타이거즈였다면 엄청난 흥행이 되었을 것이다. 해태타이거즈와 MBC청룡이 치렀던 1983년 이후 11년 만에 만나는 재대결이자 복수전. (이후 1997년에 엘지와 해태는 다시 한 번 정상에서 맞붙게 되는데, 그때도 이종범……) 1990년 삼성을 누르고 우승할 때와 마찬가지로 4승 무패. 4년 만의 우승이었다. 길면 길고 짧다면 짧은 시간. 선수들의 표정은 밝고 당당했으며 한 치의 의심도 없는 챔피언의 모습이었다. 팬들은 당연하다는 듯 축배를 들었고, 엘지트윈스의 팬으로 '서울의 자존심'을 드높였다.

거기에 눈물은 없었다. 1990년대에 들어 부침은 있었지만 엘지트윈스는 강팀의 대열에 있었고 특히나 어느 드라마에서 누가 얘기한 것처럼 1994년 팀이 풍기던 위세는 2년 걸러 한 번씩은 가볍게 우승할 수 있을 것 같았다. 우승은 당연한 것이거나 약간의 운이 필요한 것일 뿐. 눈물이 있을 수가 없었다. 그것이 무엇이건 아무리 대단하더라도 빈도가 잦고 쉽게 얻어지면 그 감동의 크기는 줄어든다. 그리고 인간은 절대 미래의 자신을 예측할 수 없다.

일어나, 챔프!

해가 지고 추운 계절이 찾아오듯 태양처럼 뜨겁던 청년은 아빠가 되었다. 자신이 누린 영광의 시대를 고스란히 다음 세대로 넘겨주는 대관식. 이건 아이에게 처음 엘지트윈스의 모자를 씌워주던 날 이전부터 이미 계획되어 있었다. 서울의 자존심을 지키는 구단의 위용과 강팀의 후예로서의 품격은 마치 황제에 즉위하는 어린 왕자에게 주어지는 왕관과 망토처럼 자연스러운 것이었다. 그러나 팀은 이내 균형을 잃은 비행기처럼 흔들리기 시작했다. 아이가 잠실구장에 첫 발을 내딛었을 때, 아빠에게 수도 없이 들었던 영광의 시대는 이미 사라지고 없었다.

온 나라가 월드컵의 열기에 휩싸이던 2002년, 기적처럼 4위에서 한국시리즈에 오른 팀은 이제 나오지도 않는 땀방울까지 짜내면서 마지막 승부를 걸었다. 그러나 1990년 너무나 쉽게도 왕좌에 오르던 그곳에서 우리는 삼성라이온즈 최초의 한국시리즈 우승을 바라봐야 했다. 이후 10년간 아빠는 "왜 우리 팀은 맨날 져?"라는 얘기를 들어야 했고, 평생 주입식 교육을 통해 단련된 순발력으로도 마땅히 그럴듯한 답을 주지 못했다. 만약 아빠가 그 답을 알았더라면 지금 잠실구장이나 혹은 여의도 어딘가에 동상이 서 있을 수도 있다.

이후 엘지트윈스는 경험이 많은, 패기에 가득 찬, 과거의 영광을 재현할, 성공의 밑거름을 만들, 한국 야구계에서 경험할 수 있는 거의 모든 스타일의 감독들을 골라 먹는 아이스크림처럼 다 데려왔다. 몇 명만 있으면 우승시킨다는 '똘똘한' 선수들도 영입했다. 공교롭게도 마지막 한국시리즈였던 2002년부터 명문 구단의 차별성을 위해 입기 시작한 '유광잠바'에는 복잡한 사연과 감정이 덕지덕지 붙기 시작했다. 가까운 이들로부터 계속되던 비아냥과 조롱이 어느새 우리 유니폼에 새겨진 것 같았다.

과거의 영광이 빛날수록 현재의 모습은 더 암울해지는 법. 찬란했던 시대는 멀어지면서 더욱 화려했던 것으로 기억 속에 왜곡되기 시작했다. 당연

하다는 듯 쉽게 이기던 경기들은 사라지고 쥐어 짜낸 1승, 1승이 각별해졌다. 자연스럽게 야구에서 멀어지는 사람들이 많아졌다. 어차피 공놀이였을 뿐, 사실 우리 삶에는 직접적으로 더 중요한 일들이 많으니까. 이렇게 생각하면, 괴로워하면서까지 시간과 돈을 들여 나를 갈아먹을 필요가 없는 일이었다.

하지만 잊을 만하면 늦은 밤 술에 취해 서로 연락이 오고 가던 옛사랑처럼 엘지트윈스는 쉽게 잊히지 않았다. 팀이 나락으로 떨어지는 와중에도 야구장을 찾는 이들의 발걸음은 이어졌으며, 그저 슈퍼소닉의 뛰는 것을 보는 낙으로 야구의 즐거움을 대체하기도 했다. 마치 가산을 탕진하고 나서야 비로소 열심히 일하며 번 돈이 소중해진 부잣집 아들처럼, 예전이라면 별것 아닐 것들에 아빠는 눈물을 보였다. 하지만 한편으로 아빠는 억울했다. 아빠는 가산을 탕진한 적도, 뭔가 크게 잘못한 적도 없었기 때문이다.

2013년 10월 5일. 토요일인 데다 불꽃 축제가 열려 서울은 그야말로 아수라장이었다. 하지만 아빠에게는 다른 의미로 기억되는 날이다. 페이스가 좋은 시즌 마지막에 항상 그렇듯이 엘지트윈스는 1위를 질주하다 반드시 잡아야 하는 경기들을 내주면서 3위도 장담할 수 없는 지경으로 몰렸다. 시즌 마지막 날, 대전에서 한화가 넥센을 잡아주고 엘지트윈스가 이 경기를 이기면 2위로 플레이오프에 직행할 수 있는 상황.

'앞에 몇 경기만 잡았어도…….'

솔로 홈런 두 방을 맞고 끌려가던 경기는 6회말 크게 요동치기 시작한다.

'라뱅'이 친 타구가 우익수의 오른쪽을 지나 펜스까지 굴러가면서 경기는 뒤집어졌고, 팬들도 뒤집어졌다. 봉중근의 마지막 공을 쳐올린 타구가 큰 포물선을 그리고 우익수의 글러브에 들어가면서 경기는 끝났다. 해피 엔딩 아웃 카운트. 그 이전 이미 대전에서는 한화가 2 대 1의 승전보를 전했던 터라 시즌 마지막 날의 드라마는 완성되었다. 그래봐야 정규시즌 2위였고, 불과 얼마 전까지 1위가 가능한 상황이었다. 가을야구는 시작도 되지 않았고 뭔가 이뤄낸 것은 아직 아무것도 없었다. 하지만 《슬램덩크》의 산왕전에서 작전 타임에 옛일들이 떠올라 갑자기 눈물을 보인 채치수처럼, 그 순간 선수들과 팬들과 아빠는 눈물을 흘렸다. 2002년 마지막 한국시리즈 이후 11년 만에 가을야구를 확정했고 16년 만에 플레이오프에 직행한 순간이었으니, 아무것도 이루지 못한 것은 아닐 수도 있었다.

경기 후 그라운드에서 서로 부둥켜안고 울던 33번과 18번을 단 두 선수는 바로 그 한국시리즈부터 그날까지 오랜 시간 각자가 느꼈을 복잡한 감정을 나누기에 충분했을 수 있다. 그때 함께했던 또 한 명의 선수는 9번을 달고 감독에게 물을 끼얹으며 기쁨을 만끽하고 있었지만. 그들을 바라본 아빠의 눈물은 여러 가지 색깔과 감정으로 번지고 있었다. 그건 그저 기쁨도, 지난 시절에 대한 서러움, 너무 늦었다는 슬픔, 그 어떤 하나가 아닌 아주 복잡한 것이었다.

아빠를 바라보는 아이에게는 그래서 왜 아빠가 눈물을 흘리는지 쉽게 얘기해줄 수 없었다. 어릴 적 영화 〈챔프〉를 극장에서 볼 때, 쓰러진 챔피언이 링에서 일어나지 못하는 장면에서 눈물 흘리던 엄마의 얼굴을 보던 어린 시절의 아빠. 지금 자신을 바라보는 아이를 보며 아빠는 극장에 있던 자신의 표정이 이랬겠구나, 하고 생각했다.

덕:
부지런하다.
지금 이 순간에도

인터넷이 낳은 신인류의 사랑

일본어 '오타쿠'에서 유래한 말이 마치 아주 예전부터 쓰던 고유의 우리말처럼 자연스럽게 쓰인다. '덕'. 어렸을 적 교과서에서 만난 '덕'이라는 말은 매우 고상하고 높고 깊은 의미를 가진 한 음절이었지만 사실 뭘 의미하는지도 잘 모르겠고 고리타분한 말이었다. 벌써 발음부터가 세련되거나 도시적이라기보다 뭔가를 가르치려 드는 꼬장꼬장하신 할아버지 느낌이 물씬하다. 그러던 것이 이제 웹상에서는 이 앞에 여러 스포츠 장르를 붙여 '야덕' '축덕' 등으로 표현하는가 하면 '겜덕'(게임), '밀덕'(밀리터리)처럼 한 분야에 정통한 사람들을 가리키기도 해 '덕'이라는 말의 느낌은 완전히 달라졌다.

'오타구'라는 말은 일본어로 '귀댁(お宅, おたく)'이란 뜻이다. 애니메이션, SF영화에 심취한 사람들로부터 시작되어서 나중에는 낚시, 피규어, 장난감, 악기, 바둑, 골프, 오디오 등 취미인데 취미를 훨씬 뛰어넘는 경지에 이른 사람들끼리 모임을 가지면서, 서로를 "그쪽에서는"이라고 높여 부르던 것에서 생겼다. 너무 한 분야만 깊게 파고들다 보니 다른 분야는 아예 모르고 사회성이나 사교성도 부족하다는 부정적인 뜻도 내포하고 있지만, 최근에는 꽤 중요한 문화 현상이자 문화 산업의 소비와 유통에서 큰 축으로 받아들여진다. 불 꺼진 방 모니터 앞에 앉아 두꺼운 안경을 쓰고 옆에는 다 먹은 컵라면과 피자 상자가 나뒹구는 모습으로만 표현되기에는 억울하다. 이들은 실제 대부분 그렇지도 않고 이제는 그 분야의 후발 주자들에게 추앙받기도 한다.

그래서 이렇게 '덕'으로 묶이는 사람들끼리 가지는 유대감은 남들이 뭐라 하건 굳건하다. 다른 이들이 자신들의 대화와 열정을 이해하지 못할수록 묘한 우월감도 커지게 마련. 이 '오타쿠'는 '오덕후' '오덕' '덕후' 등으로 변하면서 널리 쓰이게 되었다. 이 말이 생기면서 사람들이 '덕'이 되었다기보다는, 원래 존재하던 어떤 사람들에게 딱 달라붙는 이름이 생겼다고 보는 게 맞겠다.

영어에서도 Nerd, Geek이라는 표현을 쓰는데 이것도 시대가 변하면서 의미가 조금씩 달라지는 것 같다. 한 분야에서 깊고 방대한 지식과 기술을 쌓아 성취감을 느끼려 하는 사람을 Nerd, 단순히 물건뿐 아니라 사실과 정보까지도 수집하는 것에 중점을 두는 사람을 Geek이라고 한다. 하지만 실제 이 둘을 완전히 분리하는 것도 불가능한 데다가 정작 본인들은 이런 구분과 명칭에 의미를 두지 않는다. 여기나 저기나 자기 그룹과 잘 어울리지 못하고 알 수 없는 것에 집착하는 사람들을 낮추거나 비하하기 위한 표현이었던 것은 비슷해 보이는데 지금은 상황이 좀 달라졌다.

'팬' '마니아' '광'처럼 기존에 쓰던 말들이 있는데 왜 '덕'이 이런 말들을 대체하거나 혹은 뛰어넘은 것일까. 말 자체가 새롭고 재미있기도 하지만 정보의 양과 접근성과도 연관이 있어 보인다. 전문서적, 잡지나 동호회를 통해서만 간신히 얻을 수 있던 정보들은 이제 클릭 한 번에 차고 넘친다. 한 분야에 접근해 방대한 정보와 경험을 얻고 더 나아가 대상을 비평하는 수준에 이르기까지 걸리던 시간과 비용이 획기적으로 절약되기 시작한 것.

군이 오프라인에서 사람들을 만나지 않아도 기가 단위로 연결되는 인터넷에서는 더 많은 사람들을 한꺼번에 만나고 더 많은 정보와 의견을 얻을 수 있으며 그들과 가상의 동호회를 수십 개씩 만들 수 있다. 이런 환경에서 한 장르에 '꽂힌' 사람들이 자신의 '덕력'을 순식간에 증폭시켰고 거기에 딱 맞는 이름, '덕'이 동원된 것이 아닐까. 새로운 세대가 환경과 기술의 발전과 맞추어 등장한 것이다.

이들은 자신의 이런 활동에 '~질'이라는 부정적인 말을 붙여 '덕질한다'고 표현하는데, 기존에는 이런 식으로 자신의 사랑하는 분야에 '~질'이라는 말을 잘 붙이지도 않았다. 그나마 '팬질'이라는 말이 쓰이는데, 정말 그동안 팬으로 보낸 시간과 자기 자신에 관해 실망과 좌절을 느낄 때 쓰는 자조적인 말이다.

"내가 이 꼴을 보려고 그동안 그런 팬질을 했던가!"

하지만 '덕질'은 마땅히 바꿔 쓸 만한 말도 없어 보이고, 그 자체가 부정적이지도 않다. 무엇보다 '게으른 팬'은 있을 수 있지만 '게으른 덕'은 없다. 아무리 게으른 사람이라도 자신이 '덕질'하고 있는 분야에서만큼은 무엇도 아끼지 않으며 밤잠을 잊는다. 심지어 나무늘보 같아서 주위의 속을 터지게 하던 사람이 민첩해지기까지 한다. 지금 이 순간에도 무언가를 검색하고 사 모으며 감탄하고 있다. 부지런히 파는 것. 이것이 처음이자 마지막이다. 그것보다 더 큰 즐거움과 행복을 주는 대상이 나타나면 방향이 바뀔 수도 있겠지만 그런 게 매년 생기기란 쉽지 않을 일이고, 만약에라도 그게 가능한 사람이라면 그가 하는 그 대상에 대한 행위는 '덕질'이 아니라 '유행'이다.

타틀즈

내가 오랫동안 즐기며 하고 있는 비틀즈 트리뷰트 밴드(특정한 팀과 같은 악기, 의상으로 그들의 음악을 연주하며 애정과 존경심을 표하는 밴드) '타틀즈'. 비틀즈를 너무 좋아하는 음악인들이 모여 그들이 사용했던 악기를 애써 구해 1960년대 비틀즈의 음악을 연주한다. 비틀즈와 똑같은 의상을 입기 위해 이태원의 양복점에 사진을 들고 가서 맞추고, 미국의 특수 의상 전문 업체에 세세하게 수치를 재어 의상을 주문하는가 하면, 비틀즈 멤버들의 이름과 우리 이름들을 그럴듯하게 섞어서 각자의 이름을 만들기도 했다.

나는 여기에서 존 레논의 역할을 맡았다. 또 실제 비틀즈에서처

럼 밴드의 리더 역할을 하면서 '전 레논'으로 불린다. 폴 메카트니 역할을 하고 있는 조태준이 '조카트니'가 되면서 재미에서는 좀 밀렸지만 내성씨가 큰 행운이라고 느낀 순간. 음악은 물론, 비틀즈에 관련된 갖은 정보와 뒷얘기들까지 모두 섭렵하고 있는 비틀즈'덕' 멤버들이 모여서 같이 연주하니 그 즐거움은 많은 이들이 부러워할 만했다.

수많은 공연을 하던 차에 우리는 덕질의 끝에 다달았다. 어느 대형 록 페스티벌에서 3시간 동안 다양한 악기와 의상 세 벌, 건반 연주자 두 명과 현악과 관악의 미니 오케스트라까지 동원해서 42곡을 연주한 것이다. 우리는 비틀즈가 이 곡들을 어떻게 녹음했고 실제 공연에서는 어떻게 연주했는지 찾기 위해, 우리에게는 《성경》과 다름없는 비틀즈 전곡이 수록된 악보책을 끼고 살았다. 하지만 그 숱한 노력들에 비해 구글과 유튜브는 더 많고 자세한 정보를 너무도 쉽게 안겨주었다. 인터넷 없이, 저 사이트들 없이 과연 이렇게 엄청난 공연을 할 수 있었을까. 인터넷은 덕질을 위한 고속도로다. 이것 없이 이런 장비와 옷을 갖추고 공연을 하는 건 불가능했을 것이다. 기술이 덕질을 가능하게 한 순간.

비단 비틀즈만, 음악만이 이런 무제한의 혜택을 얻고 있는 건 아니다. 링고 스타 역을 맡은 우리 드러머 '링고 영수타'는 영국 축구에 푹 빠져있다. 특히 자신이 응원하는 팀의 경기가 있는 날이면 비슷한 '덕후'들과 함께 밤을 새워 캔맥주를 마시며 환호하고 낙심한다. 해당 팀뿐 아니라 리그의 모든 팀들의 상황, 그 뒷얘기들과 다음 시즌을 위한 선수 트레이드를 예측하고 중동의 오일 머니가 어떻게 작동할 것인가를 줄줄 꿰는 것도 역시 정보에 대한 무제한 접근으로 가능하다.

해외 축구를 접할 수 있는 방법이 어렵게 구하는 잡지 정도 뿐이던 시대에는 링고 영수타 수준의 덕질은 불가능했다. 차범근이 해외 리그에서 활약하던 때 가끔 전해지는 뉴스를 제외하고는 그 대단함과 즐거움을 알 수 없던 것처럼. 물론 정보가 널려있다고 해서 모두가 기쁜 마음으로 감사히 주워 담는 것은 아니지만 자기의 관심과 열정이 함께 있다면 얼마나 축복받은 상황인가. 게다가 비틀즈가 태어난 리버풀의 팀을 응원하는 것이니 '덕질'이 또 다른 '덕질'을 이끈 경우가 아닌가!

이렇게 '덕질'은 정보 획득, 물품 수집, 의견 교환, 향유, 비평 등에서 다양하게 펼쳐지는데, 가벼운 '팬'에서 본격적인 '덕'으로 진입

하면서는 양적으로도 많은 축적을 이루게 되지만 그저 즐기는 정도의 수준을 넘어 해당 분야의 전문 직업인의 경지를 넘나들게 된다. 어떤 이는 '덕업일치'라 해서 자기가 취미로 좋아하고 파던 것을 아예 직업으로 삼기도 하는데 자기가 좋아하는 덕질하면서 돈도 받을 수 있으니 좋을 것 같지만, 아무리 좋아하는 것이라도 강제되는 부분이 생기면 애매해지게 마련. 그저 음악을 좋아하던 내가 오랫동안 밴드를 하면서 느끼는 복잡한 감정과 생각이 여기에 맞닿아 있다.

어쨌든 덕질을 하며 그 대상에 직접 뛰어드는 단계에서는, 사람마다 그 방식이 조금씩 다르다. '타틀즈'의 경우는 직접 연주하는 방식으로 비틀즈 덕질을 하는데, 전국에 퍼져있는 비틀즈 고수 덕후들이 모두 비틀즈를 직접 연주하지는 않으며 그럴 필요를 느끼지도 못한다.

내가 아는 한 국내 최고의, 세계적으로도 손가락에 안에 들어갈 것 같은 비틀즈 덕후는 대구에 있는데, 자신의 소장품으로만 비틀즈 관련된 큰 전시회를 개최할 정도. 국가마다 조금씩 인쇄가 다르게 된 재킷별로 LP를 소장하고 있는 것은 기본, 존 레논의 사진도 옷에 보풀이 올라와 있느냐, 아니냐에 따라 컬렉션이 구분되어 있었다. 해적판을 포함해 국내에서 발표된 모든 자료를 묶어 책을 발간하는가 하면 직접 연주를 많이 하지는 않아도 비틀즈의 악기를 하나하나 구입해 모아두고 비틀즈 트리뷰트 밴드 결성을 후원해 악기를 공급해 주기도 했다. 멤버 구성이 힘들어 서울에서 매주 대구로 오가는 멤버의 교통편과 숙식을 자비로 해결하기까지. 그러고도 우리에게 던진 한 마디.

"난 사실 그렇게 비틀즈를 좋아하지는 않아."

건축 디자인을 하는 그의 크나큰 '덕력'으로 웃길 수 있는 한 문장이었다.

이분 정도까지는 아니라도 무림의 고수들은 도처에 있다. 비틀즈 음악을 연주하는 우리로서는 이런 분들 앞에서 공연하는 게 썩 편한 것만은 아니다. 연주의 맞고 틀림은 그렇다 쳐도 우리가 메고 있는 악기의 미세한 차이점이나 영국식 영어 중에서도 리버풀식 사투리의 뉘앙스까지 잡아내는 사람들이기 때문이다. 덕후가 덕후를 만나 서로의 컬렉션에 감탄을 나누는 것은 아름다운 그림이지만, 한쪽은 직접 행하고 다른 한쪽은 감상하는 것은 완전히 다른 얘기다. 야구 좋아하는 사람들끼리 서로 가지고 있는 희귀한 물품들을 자랑하고 특정 기록에 대한 해박한 지식을 뽐내다가, 갑자기 한쪽에서 글러브와 배트를 들고 직접 야구하는 것을 다른 쪽이 평가하는 느낌이랄까.

타틀즈는 직업 음악인들이라 엄연히 다르지만, 그래도 '덕'들에게 걸리면 비틀즈가 다시 돌아온다 해도 지적할 것들 투성이일 것이다. 이런 지적질은 '덕'들의 특징이자 특권이다. 뭘 알아야 지적을 할 수 있기 때문이다. 자신이 얼마나 깊고 넓게 알고 있는지를 가장 쉽게 드러낼 수 있는 방법도 지적질이다. 그래서 그 안에서는 다툼도 쉽게 난다. 다시는 안 볼 것처럼 뒤돌아서지만 곧 다시 만난다. 아무리 서로 지적질을 주고 받더라도 아는 사람들끼리만의 재미를 포기할 수 없으니까.

진정한 팬은 누구?

야구팬들이라고 모두 '덕질'을 하지는 않는다. 하더라도 같은 '덕질'을 하는 것도 아니다. 모두가 한 벽면 가득한 사인볼을 모으는 것도 아니고, 모두가 옷장 하나를 가득 채울 만큼 유니폼을 모으지도 않는다. 모든 경기를 다 야구장에 찾아가서 보지도 못하고, 중계로라도 챙겨보지 않을 수 있다. 야구팬이라고 해서 특별히 많기도 한 그 숫자들을 모두 이해하고 있는 것도 아니다. 야구를 즐기고 자신의 팀을 응원하는 데 이런 것들은 절대 필수적이지 않다.

"요새 몇 등이야?"

이 사람은 팬일까, 아닐까? 박용택이 왜 안 나오는지 묻는 사람과 이병규가 언제 은퇴했는지 묻는 사람 사이에 팬의 자격을 가늠하는 선이 있을까?

가끔 야구 순위를 확인하고 누군가의 질문에 스스로 엘지트윈스 팬임이라고 밝히는 정도라면 충분히 야구팬이자 엘지트윈스 팬이다. '진정한 팬이란 무엇인가'에 관해 모두가 동의하는 기준 따위는 없다. 비가 오나 눈이 오나 그저 응원을 보내야 한다는 사람들과, 따끔한 일침을 가하는 것이 팬의 권리이자 의무라고 생각하는 사람들도 서로 다르다. 이 사람은 팬이냐, 혹은 팬은 어떻게 해야 하느냐 하는 질문의 답은 그래서 또 다르다. 이 행동과 생각이 덕질에 해당하느냐도 역시 기준이 없다. 팬과 덕질. 분명히 차이가 있긴 있는데, 모호하다.

태어나 보니 이 지역이라 나도 모르는 사이에 어떤 팀의 팬이 된 수많은 '모태 팬'들도 있다. 이런 경우 야구를 좋아하는지, 어떤 팀을 응원하는지에 대한 설문조사라도 하게 되면 마지막으로 야구를 본 게 언제인지 기억나지 않아도 대답은 "네", 그리고 "우리

지역 팀"이다. 각 팀의 팬이 얼마나 되는가는 정확한 조사를 하기도 어렵고 과연 어디까지를 '팬'으로 봐야 할지도 난감한 문제가 된다. 그럼, 친구들과 사직야구장을 몇 번 찾아 〈부산 갈매기〉를 부른 적 있지만 왜 안치홍이 우리 팀 2루수인지 모르는 부산 청년은 야구팬이 아닌 것인가. 우리 편은 한 명이라도 더 많은 것이 좋다. 그것이 우리 팀의 팬이건 아니면 그냥 야구팬이건. 굳이 울타리를 치고 여기부터는 팬, 그 바깥쪽은 인정할 수 없다는 태도는 우리 팀과 야구 자체에 도움이 되지 않는다.

그렇지 않아도 e-스포츠에 어린 세대를 빠르게 뺏기고 있는, 사실은 신규 팬 유입이 말라가고 있는 전통 스포츠 종목이라면 더 그렇다. 친절한 미소로 한 명이라도 더 모셔야 이 생태계의 미래가 있는 것이다. 물론 '극렬' 혹은 '광' '빠'의 칭호를 얻으며 팬덤 한가운데에서 고군분투하고 있는 야구팬들은 여전히 많고 이들이 한국 프로야구를 국내 최고 인기 스포츠로 떠받치고 있다. 이들은 TV로, 포털로, 모바일로 중계를 보고 선수들의 유니폼과 굿즈를 구입하고, 자기 팀 감독과 선수들을 욕하고 커뮤니티에서는 그들을 감싸 안고 싸우면서 이걸 해내고 있다.

간혹, 자신의 고향에 강한 지역 기반을 가진 팀이 있음에도 어떤 특별한 계기로 다른 지역 팀의 팬이 되는 경우도 있다. 이런 팬들의 팬심은 매우 강력하여 주위를 둘러싼 지역 연고 팀의 팬들과 한꺼번에 맞설 만큼 존재감을 드러낸다. 쉽지 않은 환경에서도 그것을 뚫고 분연히 일어나 꿋꿋이 한 팀을 응원한 이들은 스스로를 채찍질하며 일종의 오기로 버텨낸다. 팀이 승리로 화답하면 다행이겠지만 그렇지 못하면 야구판을 떠나지도 못하고 시간과 비용과 감정을 소모하고 있는 스스로와 그 야구팀을 향해 거친 분노를 표현한다. 당연한 일이다.

계파

야구 덕후가 많아진 데는 인터넷, 모바일의 발달로 정보의 접근성이 쉬워진 상황도 한몫했다. 야구팬들은 이 도움을 바탕으로 이전보다 쉽게 '덕질'을 여러 가지 형태로 진화시켰다. 끝없이 모으는 '수집파', 전국의 야구장을 순회하며 경기를 찾는 '직관파', 응원 단상 가장 가까운 곳에서 우렁찬 소리로 응원가를 부르는 '치어파', 인터넷 커뮤니티에서 필력을 뽐내며 비평과 분석을 올리는 '서술파', 데이터를 분석하고 다양한 가공 데이터의 이해를 통해 야구에 접근하는 '숫자파', 다른 팀 팬들을 도발하고 싸우는 것에서 재미를 찾는 '어그로파' 등. 많은 경우 카테고리가 겹치기도 하고 그날의 상황과 자신의 기분에 따라 캐릭터가 바뀌기도 한다. 많은 돈을 들여야 가능한 수집이나 시간적 경제적 여유가 충분해야만 가능한 전국 야구장 투어는 일상적으로 하기가 쉽지 않다.

나는 수십 년에 걸쳐 겨우 유니폼 몇 벌을 샀고, 술 마시고 엘지팬이라는 후배에게 유광잠바를 벗어주는 바람에 다시 샀고, 가끔 옛날 스타일의 구단 모자를 구매한 정도다. 갑자기 비가 와서 구입한 큰 우산, 너무 추워서 산 담요가 있고 조카들에게 주려고 산 아이들 용품도 있긴 하지만 몇 년에 한 번 있을까 할 일이고, 특히 우리 팀은 이런 걸 잘도 만들어서 새로운 의류와 모자, 셀 수 없이 많은 굿즈를 나오는 대로 샀다가는 거지꼴을 못 면한다.

야잘잘의 안 팀장은 길게 늘어선 잠실구장 엘지트윈스 숍의 줄을 보며 "저런 호구들 쯧쯧쯧"하며 줄의 맨 뒤에 섰다. 몇 년 전 가을 야구를 직관하던 류철민은 화장실에 간 줄 알았더니 조금 있다 마블과 컬래버한 점퍼를 입고 나타나 "정신 차려보니 내가 이걸 입고 있었다"고 했다. 이들이 거지꼴이 되지 않은 걸 보니 주위 많은 팬들이 이 정도 '수집 덕질'은 다 하고 있는 것 같기도. 사인볼을 포함해 기념이 될 만한 공도 꽤 있긴 한데, 공들 대부분은 사회인 야구에서 승을 기록한 내 승리볼이니 확실히 난 '수집파'는 아닌 듯.

두! 피! 니! G!
덮어 놓고 사다 보면
거지꼴을 못 면한다.

서울에 있는 고척돔이나 인천, 수원 정도만 해도 모두 수도권이니 마음에 바람이 살랑이면 갈 만하다. 하지만 대전, 대구, 광주, 창원, 부산에 있는 야구장을 찾는다는 건 꽤 큰 결심이 필요하다. 같이 갈 사람들과 시간도 맞춰야 하고 적어도 1박 2일의 시간을 내야 하기 때문이다. 운 좋게 사람들과 날짜가 맞아 원정길에 오르면 어떤 휴가보다 더 설렌다. 경기를 이기면 더 좋겠지만 지더라도 낯선 경기장에서 바라보는 줄무늬 유니폼 입은 선수들의 플레이는 신선하다.

경기 후 숙소에서 갖는 뒤풀이는 '덕후'끼리의 감탄과 욕설의 밤이다. 이틀 동안 두 경기를 보는 일정이면 밤새워 야구 얘기를 나누고 다음날도 다른 일 없이 야구를 보러 가면 된다는 생각에 더할 나위 없이 행복해진다. 하지만 막상 다녀오고 나면 현실은 밀려있는 일들이 가득하고 즐거웠던 만큼의 지출이 돼있다. 거의 매 경기 전국을 돌며 관람을 하는 사람들은 도대체 어떤 사람들이기에 그런 시간이 나고 그만한 돈을 쓸 수 있는 건지 참 신기하기도 하다.

나도 엘지트윈스를 포함한 5~6개 구단의 스프링캠프가 오키나와에서 펼쳐지던 때 그곳을 두 번 방문한 적이 있다. 팟캐스트 멤버들과 한 번, 그리고 그 팟캐스트를 통해 알게 된 사람들과 또 한 번. 다른 도시도 아니고 다른 나라에 가서 연습경기와 훈련을 지켜보면서 그때는 나도 이만하면 꽤 '덕질'하는구나, 느꼈지만 그래도 전 시즌에 걸쳐 전국 투어를 하는 사람들에 비하면 '직관파'라 하긴 부족하다. 이 경우는 정말 능력이 있어야 가능한 덕질의 수준이다. 가끔 하는 야구장 직관을 위해 티켓을 예매할 때도 경쟁이 치열한 응원 단상 쪽은 아예 시도하지 않고, 음식 먹기도 좋고 편안한 테이블석을 노려보거나 경기장을 한눈에 보기 좋은 포수 뒤편 네이비석을 선호하는 편이니 나는 '치어파'라 보기도 힘들다. 인터넷 커뮤니티에서는 주로 읽는 쪽이고, 가끔 올라오는 기가 막힌 글들에 무릎을 탁! 치며 대단한 고수들이 많음에 감탄한다.

스탯(팀과 선수들의 기록이나 그 기록을 가공한 기록들을 일컫는 말로 statistics의 약자 stats에서 유래)을 제공하는 사이트에 수시로 접속해서 이런저런 상황에서 특정 선수가 가지는 장단점을 훑어보거나 과거 어느 선수가 실제로 정말 그렇게 잘하거나 못했는지 찾아

보기는 한다. 하지만 이것으로 남들에게 읽힐 분석글을 쓸 자신은 없으니 야구의 서술이나 숫자에 강점을 가지지도 못한다. 다른 팀에 대해서는 우리끼리 단톡방에서 욕이나 하는 정도지, 게시판에 글 올려 시비를 걸거나 도발을 하고 싸우는 것도 불필요한 일이라고 생각하니 그쪽도 아니다. 그럼 나는 '덕질'을 하는 '덕후'가 아닌가? 아니다. 방향이 조금 다를 뿐 나도 꽤나 덕질을 하고 있었다. 나중에 돌이켜보면 종종 '그걸 내가 어떻게 했지?'라는 생각이 들 정도로.

흔하지 않은 경우

주위 사람들은 나를 종종 '야구인'이라 부른다. 무슨 얘기를 하건 끝에 야구 얘기로 종결되는 '기승전-야구' 대화를 나누기 때문이다. 그럴 때면 항상 "그놈의 야구!"라는 답이 돌아온다. 이를테면 나는 날씨를 판단할 때 야구를 볼 수 있느냐 혹은 할 수 있느냐의 관점으로 본다. 운동을 하더라도 이게 사회인 야구에서 내 구속이나 타격을 향상할 수 있을 것이냐로만 본다. 나의 머릿속에는 항상 야구가 들어있어 내가 좋아하는 것들, 내가 잘하는 것들과 야구를 연결시켜서 이런저런 일들을 하게 되었다. 이런 정도는 누구나 하는 것이다.

그런데 모두에게 흔하지는 않은 경우들이 생겼다. 좋아하는 것에 관해 말하기를 좋아하고 또 좋아하는 것을 음악으로 만들다 보니 생각지도 못했던 결과가 나오기도 했다. 좋아하는 게 있다면 한껏 좋아하는 것이 좋다. 내가 이 대상을 얼마나 사랑하는지 모두가 알 정도로 열렬히 좋아하면 더 좋아할 일들이 생긴다. 그 방식이야 자기가 좋은 방식이면 좋다. 굳이 누구를 따라할 필요도 없고 누구와 비슷해지려고 해봤자 되지도 않는다. 유행이나 트렌드도 따라가 봤자 얼마 지나면 구식이 되고 만다.

나는 내가 좋고 편하고 잘하는 방식으로 야구를 마음껏 좋아했고 여전히 좋아하고 있다. 그랬더니 엄청난 일들이 생겼다. 남들은 나를 '성덕' '슈퍼팬'이라 부르기 시작했다. 그런 나에게 야구에 입문해 보고 싶은데 어떻게 하면 좋겠느냐는 질문을 하면 항상 같은 대답을 한다. 어느 선수건, 어느 팀이건 좋으니 그냥 한번 야구를 보시라고. 그러다가 어느 쪽에 흥미가 생기면 한껏 좋아해 보라고. 당신이 원하는 방식으로. 굳이 덕질을 하지 않아도, 시간과 열정을 지나치게 쏟지 않아도 좋으니. 당신의 휴대폰 안에 이미 야구에 관해 좋아할 만한 것들이 차고 넘치니. 영화 〈타짜〉에서

짝귀는 자신의 의수를 들어 보이며 고니에게 이렇게 말했지.

"너도 곧 이렇게 될끼야."

위대한 비틀즈
아래는 타틀즈

"타틀즈, 나는 여기에서 존 레논의 역할을 맡았다.
좋아하는 게 있다면 한껏 좋아하는 것이 좋다. 내가 이 대상을 얼마나
사랑하는지 모두가 알정도로 열렬히 좋아하면 더 좋아할 일들이
생긴다. 그 방식이야 자기가 좋은 방식이면 좋다. 굳이 누구를 따라할
필요도 없고 누구와 비슷해지려고 해봤자 되지도 않는다. 유행이고
트렌드도 따라가 봤자 얼마 지나면 구식이 되고 만다."

성덕?: 성립될 수 없는 말 '성공한 덕후'

성공이냐, 실패냐

성덕이란 '성공한 덕후'라는 뜻으로, 아이돌 팬이 그 아이돌을 직접 만나게 되거나 취미로 영화를 보기 시작한 이가 나중에 세계적인 영화감독이 되는 경우를 말한다. 음악 쪽으로 보면 2001년에 개봉한 영화 〈록 스타Rock Star〉에서 트리뷰트 밴드를 하던 주인공이 나중에 실제 그 밴드의 보컬이 되는 이야기가 대표적인 '성덕'의 스토리. 이 영화는 영국의 전설적인 밴드 쥬다스 프리스트의 보컬 롭 핼포드가 1996년부터 2003년까지 팀을 떠나 있는 동안 팬이었던 팀 오원스가 보컬을 맡게 되는 실화에서 영감을 받았으니 원조 성덕은 이쪽이다.

'성공'이라는 말은 기대하지 못했던 일이 생겨난 것에 대한 놀라움과 감동으로 인해 붙은 듯하지만, 맞는 표현은 아니다. 어떤 '덕질'이 성공이라면 다른 '덕질'들은 실패인가? '덕질'은 처음부터 내 만족을 위해 시작되었고 그 깊이나 축적된 시간의 차이가 있을지언정 '성공'이라는 목표를 향해 달려온 과정이 아니다. 만약 어떤 분야에 푹 빠져 그것을 직업으로 삼고 특출난 성과를 내기 위해 평생을 노력한 사람이 있다면, 그 사람의 출발은 우리가 지금 여기서 얘기하는 '덕질'과는 결이 조금 다르다. 그래서 '성공한 덕후'라는 말은 성립되지 않는다. 성덕이란, 오히려 '하다 보니 의도치 않고 예상치 못한 결과를 갖게 된 사람'이라고 하는 게 더 맞겠다.

하지만 이름은 언제나 논리정연하게 만들어지지는 않고, 어릴 적 별명이 생기는 것처럼 한순간에 사람들 사이에서 굳어지면 그걸로 끝. 아무리 이성적으로 설득하고 감성에 호소해봤자 '고등어'나 '똘똘이 스머프'가 되어 얼른 다음 학년으로 가기를 기다리는 수밖에 없지 않던가. '성덕'이라는 말도 마찬가지. 실패의 반대로 성공을 의미하는 게 아니라는 걸 모두가 알고 있으니 앞으로도 '성덕'

은 '성덕'으로 불릴 것이다. 게다가 '덕'이라는 말에 '성'이 앞에 붙어 있으니 입에도 착 달라붙고 이미지도 통일되지 않는가!

그런 의미에서 난 진정한 '성덕'이다. 별다르지 않았던 야구팬에서 이런 의외의 길을 걷게 된 계기에는 안 팀장이 있다. 2014년 말, 나는 밴드 와이낫의 당시 앨범 시리즈의 마지막 작업을 하느라 매우 바빴다. 이미 발표한 《Low》《High》에 이은 최종작 《Swing》. 포커를 좀 쳐본 사람이라면 제목에 붙은 의미를 금방 알아챌 것이다. 우리는 앨범 《Low》에 느리고 서정적인 곡들과 《High》에 빠르고 경쾌한 곡들을 넣어 발표했고, 마지막으로는 《Swing》에 다양한 장르의 곡을 쏟아낼 참이었다.

쉴 새 없이 노래를 만들어 가사를 붙이느라 체력적으로도 힘들었지만 나와 다른 멤버의 불화로 인해 나는 정신적으로도 지쳐있었다. 그 멤버와 깨끗이 헤어지고 시간을 좀 더 두더라도 신나고 재미있는 작업을 했어야 했다. 그러지 못하고 강행한 결과, 앨범 작업이 즐겁기보다는 기한을 정해 두고 마쳐야 하는 숙제 같은 느낌이 들어 더 힘들었다. 엘지트윈스는 2013년 기적 같은 정규시즌에 이어 석연치 않은 포스트시즌을 끝내고 2014년 시즌을 맞았다. 시즌 초반 감독의 자진 사퇴라는 황당한 일을 겪으며 팀은 곤

두박질쳤고, 조금씩 수습되던 팀은 긴 시즌 끝에 막판 4강 싸움에 뛰어든 터였다.

안 팀장과는 예전 엘지트윈스 야구 토론 카페의 오프라인 모임에서 만나 그 후로 몇몇이 야구장도 같이 가고 가끔 술자리도 하는 사이였다. 어느 날 엘지트윈스의 팬 팟캐스트를 같이 해보는 게 어떠냐는 제안을 해왔다. 말하는 것도 좋아하고 게다가 야구 얘기, 엘지트윈스 얘기라면 못해서 안달이니 무조건 하고 싶었는데, 현실적으로 시간을 낼 수가 없었다. 팀이 플레이오프에서 탈락하고 난 12월, 와이낫의 앨범 《Swing》은 세상에 나왔다. 그리고 내가 운영하던 라이브 클럽은 연말 성수기를 맞아 또 정신없는 일과에 떠밀렸다. 나는 문득 팟캐스트 제안을 떠올렸다가도 잠시 머릿속 저편으로 접어두기를 반복하고 있었다.

안 팀장과 야잘잘을

음악계의 보릿고개라는 1, 2월이 찾아왔다. 연말에 무수히 쏟아지는 공연을 보고 친구들과 지인들과 어울려 송년회 자리에서 술잔을 들어올리던 사람들은 새해를 맞으며 작년에 역시 그랬던 것처럼 몇 가지 계획을 또 세운다. 외국어 공부, 운동, 요가, 여행, 독서. 하나같이 몸과 마음에 양분이 되는 건강하고 건전한 것들이다. 음악이나 공연은 이런 훌륭한 계획에 방해가 되거나 음주를 동반한 모임으로 변하는 성질이 있어 '잠시' 봉인된다. 라이브 공연장은 조용하고 대형 공연들은 잘 계획되지 않는다. 사람들이 다시 예전처럼 느슨해져 우리를 찾기 전, 한두 달 정도 우리에겐 강제 휴식이 부여된다. 이 시간은 앨범 발매의 계획을 세우고 곡을 쓰거나 올해의 단독 공연을 기획하기 아주 좋은데, 나는 이미 지난 연말까지 이어진 앨범 제작과 공연으로 심신이 너덜너덜해진 상태였다. 녹음과 공연은 당분간 쳐다보기도 싫었다.

작년의 그 제안이 다시 떠올랐다.

'너무 오래 지났는데…… 지금 연락하면 자기 할 일 다 하고 이제 와서 찾는다고 생각하려나.'

몇 번 망설이다가 전화를 걸었다.

"혹시, 아직도 그 제안 유효합니까?"

"당장 시간 맞춰봅시다."

당시 우리나라는 한 정치 팟캐스트의 열풍이 불고 있었다. 누구나 손에 들게 된 스마트폰의 가격과 성능을 충분히 활용할 콘텐츠가 부족한 상황이었는데, 여러 가지가 맞아떨어지며 이른바 뉴미디어가 무서운 속도로 기존 미디어를 잠식하기 시작했다.

각종 팟캐스트가 쏟아져 나오기 시작했고 플랫폼 사이트가 등장했다. 그때까지만 해도 나는 팟캐스트에 큰 관심을 가지거나 직접 해보겠다는 생각은 하지 않았다. 음악은 여전히 저작권 문제가 해결되지 않고 있어 기존 방송과 달리 한계가 명확했기 때문이다. 하지만 이건 야구다. 그것도 엘지트윈스. 이왕 하는 거 2013년에 시작했으면 대박이었을 텐데. 나는 녹음 장소로 클럽 타와 녹음할 수 있는 장비, 그리고 녹음 중 곁들일 맥주를 제공하기로 하고 편집과 업로드 등은 안 팀장이 맡기로 했다.

엘지트윈스 팬들이
만드는 팬 팟캐스트
전상규의 야잘잘
시작합니다!

섬네일도 필요했고 시그널 음악도 필요했는데 음악이야 내 분야니 뭔가 약간 클래식한 스포츠 뉴스 분위기로 뚝딱 만들었고 섬네일은 안 팀장이 아는 친구에게 부탁해 붙여 넣었다. 우리 채널의 이름은 '잠실포차' '쌍둥이 어쩌구' 이것저것 나오기는 했지만 '야구는 원래 잘하는 사람이 잘한다'는 그 유명한 얘기를 살짝 비틀어 '야구는 잘 보는 사람이 잘 본다'의 뜻으로 '야잘잘'! 어수선하긴 했지만 대략 시작할 준비는 되었다.

되돌아보면 우리는 그래도 팟캐스트를 시도해 볼 나름의 환경이 갖춰진 편이었다. 안 팀장이 팟캐스트에 대한 지식과 경험이 있었고, 맥주 한잔 하면서 담배도 피울 수 있는 공간에서 녹음이 가능했다. 공간이 넉넉해 공연장 장비로 마이크를 여러 대 놓을 수 있어서 게스트 초대하는 것도 별 무리가 없었다. 둘이 마주 앉아 맥주 한 병씩을 들고 녹음 버튼을 눌렀다. 2015년 4월, 엘지트윈스 팬들이 만드는 팬 팟캐스트 〈전상규의 야잘잘〉이 시작되었다. 이미 프로야구 관련 팟캐스트는 여러 채널이 진행되고 있었는데, 야구 전체를 다루는 채널뿐 아니라 각 팀의 팬 팟캐스트들도 있었다. 당시 롯데 자이언츠는 세 개나 있었고, 엘지트윈스도 한 개의 채널 〈첩혈쌍웅〉이 운영되고 있었다. 우리를 포함해 모두 팬들이 만들다 보니 전문성을 띠기는 어려웠다. 또 당장 이걸로 돈을 벌 수 있는 것도 아니라서 다들 시간과 비용을 많이 투자할 수 없었다.

야구 없는 월요일이 녹음일. 다른 요일에는 우리도 야구를 봐야 했기 때문이다. 사실 월요일 저녁에 녹음분이 올라가면 가장 좋겠지만, 시간 쓰는 게 자유로웠던 나에 비해 홍대 앞에서 거리가 꽤 있는 회사에 묶인 안 팀장이 녹음하고 편집해서 그 시간에 올리는 것은 불가능했다. 화요일 혹은 수요일에 업로드가 되었고 그때그때 상황에 따라 녹음일이 바뀌거나 가끔 결방 공지를 올리기도 했다.

우리 채널을 시작하면서 나는 본격적으로 다른 팟캐스트들을 들어보기 시작했다. 구성이나 길이, 음질과 댓글을 살펴봤다. 남들이 하는 것 중에 우리가 해볼 만한 것들은 뭐가 있을까. 남들이 못하는 것 중에 우리가 할 수 있는 건 또 뭘까. 횟수가 쌓이면서 우리도 녹음에 조금씩 탄력이 붙기 시작했고 안 팀장이 고민해서 가져온 특집 시리즈들로 초반을 채웠다.

'사람들이 별로 안 들으면 우리끼리 들으면 되는 거지 뭐.'

플랫폼 사이트 팟빵은 매주 순위를 제공하고 있었는데 전체 순위는 언감생심, 우리는 그래도 스포츠 분야에서 고개를 살짝 내밀어볼 수 있으려나 기대하는 정도였다.

뷰철민과 톺아보기

"게스트를 부릅시다!"

안 팀장의 일성이었다. 다른 잘나가는 팟캐스트 출연진이라도 나와 주면 그래도 야잘잘을 알리는 데 도움이 되겠지만, 우리가 무슨 수로? 이제 막 시작한, 그것도 팟캐스트에서는 변방인 스포츠 분야, 거기에 특정 팀 팬 팟캐스트에 누가 와줄까. 〈씨네타운 나인틴〉은 SBS의 PD들이 만드는 팟캐스트였는데 영화와 영화음악을 소개하는 라디오 프로그램 〈씨네타운〉의 외전 형식으로 영화뿐 아니라 정치, 사회, 문화 전반에 걸쳐 이런저런 얘기를 하고 있었다. 꽤 인기가 있어서 아주 높은 순위를 떠다니는, 우리가 골목상권이라면 이마트 같은 채널이었다. '프로야구 톺아보기'라는 코너에서 '뷰철민'이라는 이름으로 류철민이라는 PD가 마이크도 없이 한 주간의 야구 얘기를 하는데 엘지트윈스 팬이라는 것. 알고 보니 류철민은 홍대 앞에서 활동하던 몇몇 인디 밴드들과도 교류가 있었고 '만쥬한봉지'도 그런 팀이었다(그때는 이렇게 될 줄 몰랐어요). 흔쾌히 초대에 응한 류철민이 게스트로 온 것이 2015년 6월. 시작한 지 두 달이 채 안 되었을 때다. 게스트로 찾아온 류철민은 "여기 딱 내 스타일이네!"라며 눌러 앉았고 그렇게 야잘잘은 3인 체제가 된다.

우리 셋은 목소리와 말투가 모두 너무 달라서 서로 말소리가 물려도 각자 선명하게 들리는 기적을 행했다. 대본 한 줄 없이 녹음을 시작하자마자 그날의 주제에서도 벗어나며 신나게 떠들기 시작했다. 역대 프로야구 선수들로 드래프트할 때는 엘지트윈스에 대한 팬심은 냉장고 속에 처박아 버리고 뽑아서는 안 될, 그러나 전력에 도움이 될 선수들을 골라 '패륜픽 논란'을 만들었다. 역대 엘지트윈스 선수들의 드래프트도 있었다. 우리 셋이 각자의 팀도 다 꾸리지 못할 만큼 선수층이 빈약했다. 지금도 하지 않았어야 할 특집으로 꼽힌다. 우리 팀과 상대 팀, 과거와 현재를 넘나들며 거리낌 없이 마구잡이로 털어대는 우리 채널에 사람들이 조금씩 관심을 보이기 시작했다.

어쩌다 보니 〈야잘잘〉이 스포츠 분야 순위 가장 위에, 전체 팟캐스트에서도 20위에 이름을 올리는 기염을 토했다. 재미가 붙은 우리는 공개방송을 기획하고 다른 게스트들을 부르기 시작했는데, 나름 자리를 잡았다며 야구 작가 김은식, 엘지트윈스 팬 개그맨 이광섭, 야구 기자 윤세호 등 굵직한 인물들을 초대할 수 있었다. 이것은 나중에 정우영 캐스터, 임용수 캐스터, 최원호 당시 해설위원, 이용균 기자, 진달래 아나운서 등으로 이어진다. 그중에서도 엘지트윈스 담당 윤세호 기자와 인연이 닿은 것은 우리에게 천운이었는데, 팬들이 만든 팟캐스트에 선수들을 부르는 엄청난 일이 벌어지게 된 것이다.

안 팀장과 둘이 맥주병을 부딪치며 시작한 야잘잘 1회 때만 해도 전혀 예상하지 못했던 일들이 빠른 시간 동안 벌어지고 있었다. 게스트들을 부를 수 있던 것도 신기했지만 야잘잘을 듣는 사람들과 공개방송, 야구장 단체 관람 등을 통해 아이디와 사연이 아닌 얼굴을 보고 목소리를 듣게 된 것은 재미있는 경험이었다. 우리는 서로 간직한 상처와 영광이 같은 뿌리에서 나온 것임을 말하지 않아도 확인할 수 있었고 오랜 친구들처럼 야구를 보고, 술잔을 들고, 얘기를 나눴다. 많을 때는 30~40명이 넘는 사람들이 야구가 끝나고 잠실의 어느 호프집에 모였다. 경기에서 이긴 날이면 큼직한 TV 화면을 함께 보며 하이라이트의 결정적 순간에 환호를 질렀다.

'어쩌다가 이 사람들이 여기에 다 모여 있을 수 있는 거지?'

클럽 타를, 팟빵 홀을, 야구장 외야석 한쪽을, 잠실의 호프집을 꽉 매운 '야잘잘러'들을 보며 항상 신기했다.

우리가 녹음하고 올리는 내용들, 정말 별거 없는데. 그저 누군가랑 같이 얘기 나누고 서로가 '동료'라는 걸 확인하고 싶었던 걸까. 엘지트윈스가 몇 년째 왕조를 이루며 여유로운 상황이었다면 물감 번지듯 하지는 않았을 것이다. 정말 처참하게 바닥에서 일어나지도 못하는 상황이었더라도 이렇게까지는 아니었을 것이다. 아, 뭔가 될 것 같았는데 미끄러진 허탈감. 이번엔 좀 나아지겠지 했던 기대감을 무너뜨리는 빌런들. 야잘잘은 적절한 시기에 적절한 사람들과 만나서 서로 재미와 위로를 건넸다. 이건 아주 운이 좋았던 것이다. 이것만으로 충분히 즐겁고 유쾌한 상황이었지만 운이 여기에서 그치지 않았다.

앞서도 얘기한 것처럼 윤세호 기자는 우리에게 엘지트윈스의 현역 선수들을 안겨줬다.

"정말? 정말로?"

우리가 초대한 굵직한 야구계 인물들도 대단했지만, 그래도 야구판의 주인공은 선수들 아닌가. 윤 기자는 귀인이었다. 류제국, 임찬규, 유강남이 연속으로 출연한 에피소드는 그야말로 전설이 되었는데, 실제 선수들을 맞는 우리는 긴장했고 떨렸지만 그걸 접한 야잘잘러들과 엘지트윈스 팬들은 환호했다. 녹음 전 소박한 식사 대접 이외에는 우리가 선수들에게 해줄 수 있는 것도 없었고, 뒤풀이도 없이 헤어졌다. 그리고 그때부터 우리는 조심해야겠다고 느끼는데, 아무리 선수들의 얘기를 듣고 직접 댓글로 얘기를 나누는 것이 재밌다고는 하지만 결국 선수들이 스스로를 증명하는 곳은 그라운드. 혹시라도 부진한 경기력을 보이면 그 책임은 경기장 밖에서의 다른 일들로 돌아갈 수 있기 때문이다. 사람들의 잠재된 비판이 두려웠다기보다 지금 뛰고 있는 현역 선수들을 초대하는 것이 실제로 선수들에게 조금이라도 영향을 미치게 될까 조심스러워진 것이다.

우리의 매우 성공적인 덕질도 좋지만, 결국 주인공은 그들이다. 물론 이런 식으로 팬들과 대화하는 것이 선수들의 실제 경기력에 큰 영향을 준다고는 생각하지 않았다. 그것도 비시즌에. 그들은 프로 선수이고 누가 강제하지 않아도 스스로 현재와 미래를 위해 프로 수준에서 알아서 잘 담금질하고 있었다. 하지만 우리는 그 선수 본인이 아니다. 어쨌든 1회 때와는 비교가 되지 않게 몸집이 커진 만큼, 조심해야 할 부분도 덩달아 생긴 것이다.

그런데 조심이고 뭐고 그게 중요한 게 아닌 상황이 생겼다. 야생마 이상훈. 뭐라 얘기해야 할까. 많은 엘지트윈스 팬들은 이 사람을 표현할 말을 찾지 못한다. 그저 가슴 한 구석이 찌르르 떨릴 뿐. 야구 선수로서, 한 명의 인간으로서 이상훈은 엘지트윈스 팬뿐 아니라 많은 야구팬들에게도 깊은 울림을 준 사람이다. 나는 이상훈이 야구 선수를 은퇴하고 결성한 밴드 'What!' 시절에 음악인으로서 약간의 인연이 있었다. 하지만 팟캐스트 〈야잘잘〉로 초대할 수 있게 된 것, 그렇게 야잘잘러들에게 소개할 수 있게 된 것은 그야말로 기적이었다.

《야구하자 이상훈》이라는 책이 나왔다. '삶은 이상훈, 그리고 글은 김태훈'. 우리는 또 우연히도 김태훈이라는 귀인을 만나 책의 발간에 맞춰 북 콘서트를 같이 진행하게 되었다. 역시 덕질은 꾸준해야 한다. 이리로 저리로 휩쓸려 다니면 절대로 이런 행운을 얻지 못한다.

"팬입니다."

건넬 수 있던 유일한 한마디였다. 그 이전까지는. 그 이후로는 더 많은 말을 주고받게 되었다. 야생마와의 얘기는 뒤에 따로 더 자세히 하기로 하고.

이상훈을 통해 야잘잘은 '레전드 넝쿨 캐기'에 성공하는데, 이상훈의 전화 한 통에 '롸켓' 이동현이 온 것이다. 〈야잘잘〉 멤버들과 오키나와를 찾아갔을 때 내 유광잠바 오른쪽 어깨 흰 부분에 받은 그의 싸인. 언젠가 꼭 왼쪽 어깨에는 이상훈의 사인을 받으리라. 그리고 이제는 술 마셨다고 후배에게 벗어주는 일 따위는 절대로 일어나지 않으리라. 이렇게 다짐했는데 바로 그 둘이 한꺼번에 야잘잘에 나타난 것이다. 그날의 감동은 우리 팟캐스트에 고스란히 남아있다. 아무리 생각해도 정말 대단한 우연과 행운이다. 역시 버텨야 한다. 그러다 보면 이렇게 '덕질했다'는 책도 쓰게 되지 않는가!

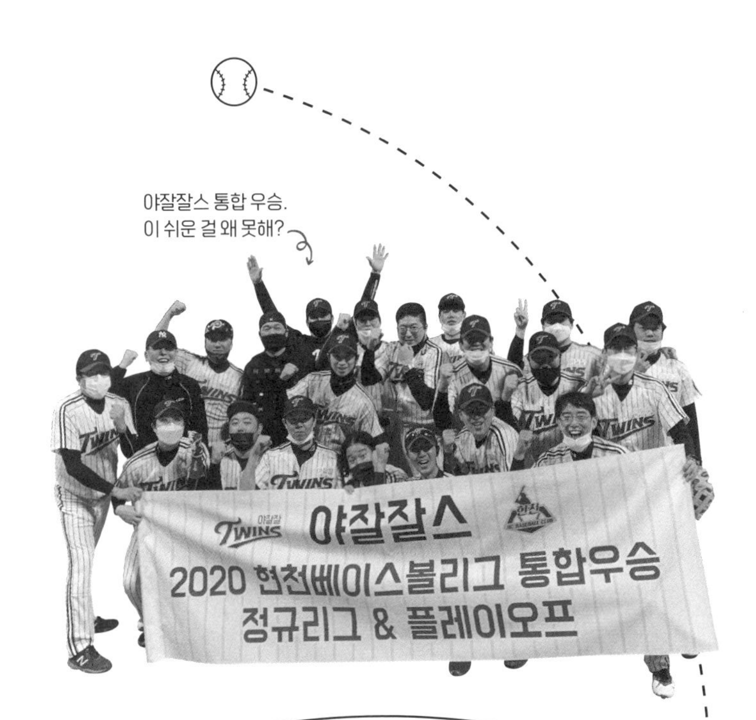

야잘잘스 통합 우승.
이 쉬운 걸 왜 못해?
TWINS 야잘
야잘잘스
2020 현천베이스볼리그 통합우승
정규리그 & 플레이오프

"우리는 서로 간직한 상처와 영광이 같은 뿌리에서 나온 것임을 말하지 않아도 확인할 수 있었고 오랜 친구들처럼 야구를 보고, 술잔을 들고, 얘기를 나눴다. 많을 때는 30~40명이 넘는 사람들이 야구가 끝나고 잠실의 어느 호프집에 모였다."

성덕!: '덕'분에 운 좋은 '덕'후

SBS스포츠와 ESPN

나에게는 또 다른 면에서 깜짝 놀랄 만한 일이 생긴다. SBS스포츠에서 월요일 저녁마다 진행하는 〈주간 야구〉 패널 제의가 들어온 것이다. 오랫동안 이런저런 라디오 게스트를 하며 음악 얘기는 해왔지만, 해설위원들과 함께 한 주를 돌아보고 다음 주를 전망하라고? 게다가 내 이름을 따서 한 코너를 마련할 테니 재미있는 주제를 잡아서 혼자 얘기하라고? 그냥 야구팬일 뿐이었던 나에게 이런 말도 안 되는 제의가 들어온 것은 모두 정우영 캐스터 덕분이었다.

나는 졸지에 TV에서 야구 얘기를 하는 사람이 되었고, 우리 부모님도 화면 속의 나를 보시는 걸 무척 좋아하셨다. 게다가 매우 불안정한 '음악'이라는 직업을 가지고 있는 내가 예비 장인 장모님께 꽤 '공신력 있게' 보일 수 있는 기회마저 되었으니 기가 막힌 타이밍이었다. 거기에 더해 이후에 정우영 캐스터를 결혼식의 사회자로도 모셔 예식의 품격을 높일 수 있었다. 음. 이건 아무리 덕질을 하며 버틴다 해도 찾아올 수 있는 건 아니다. 천운이 따랐다. 이건 절대적으로 운의 영역이다.

그런데 그 운이 거기서 그치질 않고 이번에는 물 건너 ESPN까지 닿았다. 코로나19로 야구가 멈춘 메이저리그를 대신해 중계가 가능한 KBO 경기를 ESPN이 실시간으로 내보내기 시작했는데, 중계진이나 팬들 모두 낯선 리그이다 보니 현지에서 연결해 함께 코멘트할 수 있는 야구팬을 찾고 있던 모양이다. 내가 이렇게 전 세계 스포츠 채널의 제왕 ESPN에 출연할 수 있던 것은, 해설위원이자 KBO 인사이더 대니얼 킴 덕분이다. 호박이 넝쿨째 굴러들어온다더니 이게 무슨 일인가 싶었다. 이번에는 미국 사람들에게 야구 얘기를 하는 사람이 된 것이다. 대니얼 킴이 영어를 좀 할 줄 아는 야구팬을 소개하면서 나를 연결해 준 것도 역시 천운이다.

내가 엘지트윈스의 선수들을 간략히 소개하다가 기타를 치며 응원가를 살짝 부르게 되었는데, 그게 재밌고 신기했던 모양이다. 내친 김에 그쪽 해설위원이 만루 위기를 맞은 임찬규에게 “Forget about the runners, keep the ball down 주자는 신경 쓰지 말고 낮게 던지라”라고 한 것을 그대로 멜로디를 붙여 노래했더니 그야말로 ‘빵’ 터졌다. 그 이후 나는 ESPN으로부터 ‘LG Twins Super Fan’의 칭호를 얻었다.

그 이후로도 그쪽은 나를 계속 찾았는데 정작 국내에서는 ESPN을 실시간으로 볼 수 없어서 주위 사람들은 이 사실을 알 길이 없었다. 그런데 또 이번에는 음악과 문화 전반을 다루는 동아일보 임희윤 기자가 이런 재미를 그냥 넘길 수 없다며 취재를 하러 왔다. 이게 신문 한 면을 통째로 장식하면서 또 수없이 많은 전화와 문자를 받았다. 이런 기회가 또 오겠나 싶어 여기 저기 부탁해 종이 신문도 몇 장 구했다.

“도대체 무슨 일이 일어나고 있는 거지……?”

음악이 야구를 만났을 때

나도 가끔 잊어버리지만 내 직업은 음악이다. 1998년부터 밴드 '와이낫'을 결성해서 모두 열 장의 앨범을 냈고, 천 번이 훌쩍 넘게 크고 작은 공연을 했다. 비틀즈 트리뷰트 밴드 '타틀즈'는 작은 클럽 공연보다는 오히려 방송과 대형 록페스티벌에 더 자주 초대되기도 했다. 거기에 더해 내 이름으로 솔로 앨범도 두 장 냈다. 라디오 로고송은 물론 광고 음악도 오랫동안 했는데 사람들이 어떤 제품 했냐는 질문에는 이 곡을 불러주곤 한다.

"아마 아실 만한 건 이거 아닐까요? 1577 1991 교촌치킨!"

내가 진행하는 팟캐스트의 로고 음악은 물론 다른 프로그램 부탁에도 많은 곡을 만들어 줬다.

스코틀랜드 출신의 밴드 트래비스는 어떻게 그런 아름다운 멜로디의 명곡을 만들 수 있느냐는 질문을 받고는 명답을 내놓았다.

"별로인 곡을 많이 만드세요."

그 이후로 어떻게든 곡을 쓰면 완성하려는 버릇이 더 강하게 생겼다.

"내가 역작은 못 만들어도 다작은 하지!"

이 신조로 많은 곡을 쓰고 있고 근래에는 많은 동요도 줄기차게 쓰는 중이다. 〈야잘잘〉을 함께 하는 둘은 나에게 누르면 음악 나온 다며 '음악 자판기'라는 별명을 붙여줬는데 나는 꽤 마음에 든다. 아주 오랫동안 이렇게 곡을 쓸 수 있는 사람이면 좋겠다고 생각한다.

음악과 야구가 만나던 날들이 있었다. 타틀즈의 공연을 위해 대구로 향하던 8월은 무척 더웠다. 대구 시민운동장의 마지막 해, 삼성라이온즈는 새로운 구장으로 옮기기 전에 대구의 팬들과 이 오래된 옛 구장에 얽힌 추억을 돌아보는 행사를 개최하고 있었다. 우리가 공연하는 날은 비틀즈를 비롯한 올드팝을 주제로 한 날이었다. 행사를 대행한 업체에서는 이왕 하는 거 경기 전 애국가와 시구를 부탁해도 되겠냐고 물었다.

난 지금도 국가 대항전이 아닌 국내 리그 경기에 앞서 국민의례를 하는 것이 좀 어색하다고 생각하는 편인데, 극장에서 대한늬우-스와 애국가가 없어진 건 당연하다 생각하면서 야구장에서는 '나라가 있어야 야구도 할 수 있는 것 아니냐'는 논리가 와닿지 않기 때문이다. 그렇다면 우리는 여전히 국기 게양식과 하강식에 모두가 그 자리에 멈춰 서서 국기를 향해 경례해야 하고, 조기 축구에 앞서 애국가를 제창해야 하는 것일까? 미국은 전쟁 중에 싸우고 있는 군인들을 잊지 말자는 의도로 시작해서 지금껏 계속되고 있는 거라고 하던데.

하지만 난 흔쾌히 제안을 수락했다. 타틀즈의 또 다른 보컬 조카트니에게 애국가를 맡기고 내가 시구를 하면 꿈에도 그리던 프로야구 마운드에서의 소원이 이루어지는 것이었으니까.

"네네, 물론이죠."

한 가지 마음에 걸리는 것은 삼성라이온즈의 유니폼을 입고 공을 던져야 한다는 것이었다.

"등번호랑 이름은 어떻게 넣어드릴까요?"

"등번호는……음……7번이고요, 이름은 전레논으로 하겠습니다."

이렇게 하면 나중에 엘지트윈스 팬들에게 걸리더라도 도망갈 구석이 생기는 셈이었다.

대구로 내려가는 차 안에서 타틀즈 계정으로 페이스북에 "오늘 대구에 공연하러 갑니다! 애국가와 시구도 하게 되었네요. 두근두근"이라고 올렸더니 얼마 지나지 않아 야구 커뮤니티에 이런 글이 올라왔다. "타틀즈에서 노래하는 그 사람 엘지팬 아님? 삼성 시구한다는데 이래도 되는 거임?" 언제나 놀라운 것은 인터넷 커뮤니티의 속도다. 잘못된 정보가 올라오거나 의도적으로 사람들을 '낚는' 글들도 무수히 많지만 그중에는 놀랍게 빠른 속도로 정확한 사실들이 올라오기도 한다. 확인되지 않은 사실들이 야구팬들을 혼란스럽게 할 때 포털의 기사를 검색하는 대신 커뮤니티로 부리나케 들어가는 것도 바로 그 이유다. 하지만 타틀즈에서는 다른 이름을 쓰는데 그게 별로 유명하지도 않은 나인 줄은 어떻게 알았을 것이며, 내가 엘지트윈스의 팬이라서 팬의 도덕심과 의리에 위배되지 않느냐는 글이 어떻게 이렇게 빨리 올라올 수 있단 말인가! 순간 나는 익명성에 기대어 말 같지도 않은 댓글을 남길 뻔했으나, 이내 곧 이성을 되찾고 그만두었다. 이미 엎질러진 물, 평생에 다시 오지 않을 이 기회 눈 딱 감고 던지자. 뭐, 어떻게든 되겠지.

그 사이 다른 멤버들에게도 연락이 많이 오고 있었다. 타틀즈는 항상 비틀즈가 초창기 입었던 옛날 스타일의 딱 달라붙는 검은색 정장을 입고 공연을 했는데, 이 날씨에 대구에서 그 복장에 공연하는 것에 대한 걱정들이 많았다.

"너희 오늘 대구에서도 그 까만 정장 입고 하는 거야?"

그러나 우리도 걱정되었던 것은 마찬가지. 급하게 구매한 파란색 비틀즈 티셔츠와 시원한 하얀 바지가 대구의 더위에 맞서는 그날 우리의 선발 투수였다.

“아니, 시원한 걸로 다른 옷 준비했어.”

“잘했어! 오늘 이 날씨에 까만 정장 입고 하다가 한 명 쓰러지면 바로 상복 되는 거야.”

“!”

대구 시민야구장 앞에 도착한 우리는 밴의 문을 활짝 열었다가 다시 닫았다. 문을 열자마자 안경에 서리는 김과 숨을 쉴 수 없는 공기.

“이게 말로만 듣던 한여름의 대프리카…….”

비틀즈 넘버원 덕후인 대구의 그 형님이 하셨던 말씀이 생각났다. 다른 공연으로 대구를 찾았던 우리에게 그 유명한 대구 막창을 사주시고는 말하셨다.

“우리 집에서 하루 자고 가라. 아이다. 여름에 대구에 있는 거 아이다. 우리 집에 마 에어컨도 없고.”

“?”

하지만 The show must go on. 우리는 사냥에 나서는 용맹한 마사이족의 전사들처럼 분연히 일어나 아스팔트 위의 아지랑이를 뚫고 대기실로 향했다. 손에는 창이 아닌 기타를 들고. 그때 우리 옆을 지나시던 할아버지께서 옆의 친구분께 하시는 말씀은 지금도 정확히 들은 것인지는 잘 모르겠다.

"오늘은 시원하네!"

시구 앞에 헌신짝처럼 버린 팬심

공연은 경기장 앞 공터에서 야구 경기가 펼쳐지기 한 시간 전쯤 시작되었다. 5시가 넘어가면서 조금 선선해지지 않을까 했던 우리의 기대는 매번 우승을 바라보는 엘지트윈스 팬들의 바람 같은 것이었다. 리허설과 공연을 하며 우리는 모두가 아지랑이가 되어 증발하는 체험을 했고 공연 후 나는 시구를 위해 흐느적거리며 경기장으로 이동했다. 야구장에서는 식전 행사가 한참이었다. 털이 복슬복슬한 사자탈을 쓴 마스코트들이 운동장을 돌며 팬들과 즐겁게 놀고 있었다. 나도 어깨를 풀고 대행사 직원과 캐치볼을 하며 역사적인 순간을 준비하고 있었다. 곧 경기 시작이 임박하자 마스코트들이 내가 대기하던 곳으로 와서 탈을 벗었는데, 차에서 내리는 순간부터 그때까지 내가 얼마나 엄살을 떨고 있었는지 깨달았다. 뭔가 숭고한 느낌마저 들던 사자탈 안의 얼굴들. 땀이 범벅이라거나 비 오듯 쏟아진다는 말은 얼마나 부족한 표현인가. 내 좁은 언어의 범위에서는 그 광경을 표현할 마땅한 방법이 없었다. 한껏 겸허한 마음을 가지고 마운드에 올랐다.

어디서 본 건 많아서 마운드에 오르기 전 3루에 자리한 홈팀 쪽에 인사를 하고 몸을 돌려 1루 쪽에도 꾸벅. 그날 삼성의 선발 투수 차우찬은 마운드를 잠시 나에게 내어 주고 내야수들과 공을 던지며 어깨를 달구고 있었다.

'우와, 팔다리 길다.'

포수 이홍련이 내 쪽을 바라보다 마스크를 쓰고 살포시 앉았다. 시간을 끄는 건 예의가 아닌 것 같아 재빠르게 곁눈으로 내야진을 둘러보았다. 1루 구자욱, 2루 백상원, 3루 박석민 그리고 유격수에 나바로.

'와, 차우찬은 이런 내야수를 뒤에 두고 공을 던지는 거구나.'

사회인 야구팀에서 투수를 하고 있었기 때문에 너무 형편없는 공을 던지지는 않을 자신이 있었다. 타석에는 넥센의 선두 타자 김하성. 발을 들어 와인드업을 하는 순간 머릿속에서 프로의 레벨에서도 항상 부딪친다는 두 녀석이 격렬하게 각자를 어필했다. '구속이냐, 제구냐'

'어차피 센터 뒤쪽 카메라에서 잡으면 내가 아무리 빨리 던져도 아리랑볼로 보일 테니 스트라이크존 비슷하게 던지는 게 지금으로서는 맞는 선택이다!'

김하성의 방망이는 속절없이 허공을 갈랐고 속구였지만 커브로 보인 공은 이홍련의 미트에 안착했다.

지금도 다음에 떠있는 '밴드 타틀즈 보컬 전레논 시구' 동영상에도 명명백백히 남아있는 바, 공은 스트라이크 존의 몸 쪽을 정확히 공략했다. 단지 하필이면 그날, 얼마 전 은퇴한 진갑용이 전력 분석원으로 덕아웃이 아닌 스탠드에 앉은 첫날이어서 나의 유려한 와인드업이 영상에서 일부 잘려 나간 것은 두고두고 아쉽다. 그냥 비시즌 중에 결정하고 새 마음 새 뜻으로 시즌 시작하지, 좀. 어쨌든 이홍련 포수는 공을 들고 마운드로 달려와 나에게 악수를 청하며 공을 건네줬다.

"수고하셨어요."

그 한마디에 그의 따뜻함과 매우 정신없는 일반인에 대한 배려가 짙게 느껴져서 지금까지도 감사하다. 지금은 SSG로 팀을 옮긴 이 선수가 등장할 때면 난 언제나 마음속으로 조용히 응원한다.

내 응원팀은 아니지만 프로야구의 시구를 했다는 기쁨은 며칠 동안이나 사그라지지 않았다. 그 공에 "2015. 8. 9 대구 삼성-넥센전 시구 포수 이홍련"이라 직접 적어 투명한 사인볼 보관 박스에 고이 모시고 계속 쳐다보는데 웃음이 그치질 않았다. 그러나 악의 무리들의 음해는 본격적으로 시작된 터. 특히나 가장 가까운 사람들부터 "돈에 팔린 자본주의 시구" "푸른 피의 엘지팬" "헌신짝처럼 버린 팬심" 등의 원색적인 비난이 쏟아졌다. 따지고 보면 딱히 틀린 말도 아니어서 조용히 잠잠해질 것을 기대했지만 그들의 공세는 날이 갈수록 강해져 급기야 나는 독립운동가를 밀고한 친일파 정도의 위상에 다다랐다. 사실 대부분은 "적어도 안에 엘지트윈스 셔츠라도 입었어야지! 오바마 못 봤어?"라고 다그치다가도 끝에는 "그래도 부럽네……"로 마무리 지었다.

프로야구 팬이라면, 덕질을 해 온 사람이라면 모두가 인정할 수밖에 없는 사실. 시구는 야구 덕질의 정점이다. 아니, 원래 존재하지 않는 지점이다. 사회인 야구 하면서도 처음 마운드에 오르면 가슴 뛰는 게 멈추질 않는데, 프로야구 마운드에서 시구라니. 비록 엘지트윈스의 잠실구장 마운드는 아니었고, 핀 스트라이프 유니폼도 아니었고, 가까운 엘지트윈스 팬들에게 비난과 욕을 배불리 먹었지만 시구다. 평생 꿈꾸던 목표가 아니라 애초에 없었던 무엇이 이루어진 것이다. 음악하길 잘했다는 생각이 야구로 생기게 될 줄은 몰랐다. 다시 한 번 비틀즈에, 존 레논에, 음악에 감사한다. 그리고 이듬해.

잠실 그라운드 가장 높은 그곳

엘지트윈스는 응원가 공모전을 개최했다. 선수들의 새로운 응원가를 팬들의 공모를 통해 선수들이 직접 고르게 하는 것이다. 우리 리그는 타자들이 타석에 들어서면 개인 응원가를 함께 부르는 문화가 독특하다. 메이저리그에서는 구원 투수, 그것도 마무리 투수가 경기를 끝내기 위해 불펜 문을 열고 나오면 그 선수를 위한 음악이 나오는 게 전통적이다. 영화 〈메이저리그〉에서 찰리 쉰이 등장할 때의 〈Wild Thing〉도 그렇고 뉴욕 양키스의 전설적인 마무리 마리아노 리베라가 나올 때 울리던 메탈리카의 〈Enter Sandman〉은 거의 완벽한 분위기와 가사가 철벽 마무리의 위용을 더했다.

리베라의 은퇴식에 샌프란시스코 자이언츠의 팬 메탈리카가 양키스의 유니폼을 입고 라이브 연주하던 모습은 정말 야구와 음악으로 가슴이 벅찼다. 아마 메탈리카가 이 곡을 연주하며 가장 관심을 못 받은 순간으로 남을 것이다. 팀의 드러머이자 리더인 라스 울리히는 기타 앰프들마저 양키스 로고로 도배된 그 무대에서 '나와는 달리' 끝내 양키스 유니폼을 입지 않았다는 것도 기억하자.

아무튼 응원가 공모전에 당선이 되기 위해서는 어느 정도 전략적으로 접근할 필요가 있었다. 여기는 투수가 아니라 타자의 응원곡이라는 것. 모두가 다 따라 부르는 것에 포인트가 있다는 것. 2016 시즌이 시작하면서 엘지트윈스는 최승준을 보상 선수로 내주고 SK에서 정상호를 영입한다. 이 결정에 고개를 갸웃거린 팬들도 많았고 직전 해 여름부터 체력이 떨어지던 주전 포수 유강남을 위해서는 적절한 영입이라는 팬들도 있었다.

응원가를 준비하는 입장에서는 어차피 결정되었으니 잘했다, 못했다는 나중에 경기 뛰는 것 보고 판단할 일이고 어떤 곡을 어떻게 작업해서 보내면 좋을까를 고민하는 게 우선이었다. 새로 영입한 이 선수 응원가는 무조건 필요한 거니깐. 덩치가 어마어마한 포수의 이미지에, 1982년생이니 이 선수가 음악 듣고 좋아할 만한 취향도 고려해야 하고, 팬들이 함께 부르기 좋으면서도 뭔가 웅장한 느낌이면 어떨까. 응원가로 괜찮을 것 같다고 생각해뒀던 곡들을 듣다가 한 곡에서 정지 버튼을 눌렀다.

"음. 이거네."

후렴구의 코러스가 압권인 본 조비의 오오! 〈Livin' on a prayer〉로 결정.

"오 엘지 정상호 오오! 엘지 정상호!"

그날 저녁 '오오!'를 몇 번 불렀는지 모른다. 노래는 음이 더럽게 높아서 한참 낮춰서 만들어야 했다. 완성된 음원을 보내고 얼마 후 간단한 영상도 혹시 만들어 줄 수 있겠냐는 연락을 받는다. 이쯤 되면 됐다는 얘기지. 아마 구단과 대행업체에서는 이런 메시지 영상을 기대했을 것이다.

"안녕하세요. 저는 엘지트윈스 팬 누구누구입니다. 이번에 응원가를 만들게 되었어요. 잘 써 주시면 좋겠네요. 엘지트윈스 화이팅! 정상호 선수도 화이팅!"

하지만 아티스트로서 그리고 한때 영화감독을 꿈꿨던 자로서 그럴 수야 있나. 클럽 타에서 기타, 건반, 베이스, 드럼을 치는 모습을 담고 자막을 넣어 편집해 보냈다. 혼자 하려니 쉽지는 않았지만 내 응원가가 뽑힌다는 데 그게 대수냐. 받은 쪽도 만족했는지 추가로 요구하는 건 없었다.

"자, 그럼 뭘 해 드릴까요? 선수가 이 곡을 골랐으니 선수 글러브나 배트……."

"시구하고 싶습니다."

그렇다. 바로 이 순간을 위해 지난 그 뜨거운 여름 대구에서부터 배신자의 굴레에 갇혀 고난의 시간을 이겨 왔던 것이다. 2016

년 5월 21일 토요일. 아, 잊으랴. 어찌 우리 이날을. 유니폼과 모자의 사이즈, 등번호와 이름을 달라고 했다.

"47번, 전상규입니다."

며칠 동안 잠이 오지 않았다. 류철민이 생방송으로 당일 야구장에 갈 수가 없어 안 팀장, 우리 친척 형과 함께 갔다. 잠실구장 중앙출입구로 들어가 2층 VIP실로 안내받았다. 여기가 바로 구느님(엘지트윈스 구단주의 통칭), 김연아, 트와이스가 대기하던 곳. 왠지 회장 집무실 같은 곳에 있을 법한 소파가 놓여있고 그럴듯한 테이블도 중앙에 있다. 엘지 휘센 에어컨은 진작부터 가동되어 품격에 쾌적함을 더하고 있었다.

'역시 가전은 엘지구나…….'

우리 일행은 테이블석이 아닌 '중앙석'으로 안내되고 나는 어깨를 풀기 위해 실내연습실로 이동했다. 당시 1군 투수진 막내였던 이준형 선수가 시구 지도에 나섰다. 인기 걸그룹의 지도였다면 선수도 더 신나게 지도했겠지만, 공 몇 개를 던지고 나서 물었다.

"어떻게 해보면 좋을까요?"

"제가 더 가르쳐 드릴 게 없는데요?"

속으로 생각했다.

'이 친구 사회생활 잘하겠네.'

기록실 바로 옆 대기실로 이동하자 그날 사용할 공들이 상자 안에 쌓여있고 배트걸들이 대기하고 있다. 어색하게 구석에 앉아 야구장을 바라보았다. 잠실구장을 이 각도로 본 적이 있던가. 마운드가 솟아 올라있는 게 적나라하게 보였다.

'조금 후에 저 위에 오른다고?'

하고 싶었던 게 따로 있긴 했다. 은퇴하는 레전드 투수처럼 잠실 마운드에 입도 맞춰 보고 싶었고, 고시엔에서 탈락한 일본 고교야구 선수처럼 마운드의 흙을 조금 담아오고도 싶었다.

"들어가시죠!"

이제 입장이다.

가까이 다가갈수록 마운드는 더 높아 보인다. 진행 요원이 마운드 앞 포수 방향의 잔디 쪽으로 안내했다. 통상 시구자들이 공을 던지는 가까운 위치. 무슨 소리. 난 저 마운드에 올라야 한다고. 곧장 마운드를 밟으려니 너무나 곱게 정돈된 흙이 어쩐지 성스럽게 느껴진다. 한 줌 담아가기는커녕 이걸 밟아도 되는 건지 두렵기까지 하다. 다리가 후들거리기 시작하면서 숨이 가빠온다.

'어? 그래도 난 시구를 해봤던 사람인데.'

1루와 3루 쪽으로 모자 벗어 인사하는 건 고사하고 뭐가 잘 보이지도 않는다. 심호흡을 하면서 포수를 바라봤는데 거리는 18.44미터가 아니라 180미터 정도 되어 보인다. 상대가 넥센이었고 1번 타자는 서건창. 우리 내야가 1루에 정성훈, 2루 손주인, 3루 히메네스에 유격수는 오지환이었다는 건 나중에 알았다. 선발투수 우규민은 내 바로 옆에 있었을 텐데도 기억에 없다. 와인드업. 왼쪽 다리를 들어올리자 마운드에 박힌 오른 다리가 지진이라도 난 듯 흔들린다.

공을 어떻게 던졌는지 모르겠지만 포수가 다행히 받아줬다. 공을 건네받고 사진도 찍고 포수의 물품도 받았는데 선수의 태도는 다소 냉랭했다.

'그래도 본인 응원가 만든 사람인데.'

서운해한 것도 한참 후다. 중앙석으로 가 일행과 앉아 야구장을 바라보니 엄청 낯설다. 내가 방금 전 저기서 공을 던졌다니. 믿어지지 않았다. 엘지트윈스는 그 경기 전까지 6연승을 달리다가 그 경기를 5 대 7로 졌고 다음날 경기는 5 대 4로 다시 승리했다. 남자 시구자가 나온 날 진다는 징크스도 나중에 알았다. 슬로우 비디오로 천천히 흘러도 아까울 시간이 초고속으로 지나갔다. 그리고 나는 엘지트윈스와 삼성라이온즈에서 모두 시구를 한 '유이한' 인물이 되어 있었다. 김연아와 함께.

많은 분들의 덕분입니다

2018년 시즌과 함께 각 팀은 응원가 교체로 바빠졌다. 그동안은 기존에 있던 원곡에 가사를 새로 붙이고 편곡해서 응원가로 사용하고 있었는데, 저작인격권 문제가 불거지며 원작자의 허락 없이는 함부로 노래를 변형해서 사용할 수 없게 된 것이다. 이것의 배경과 찬반양론은 우리 응원가 문화의 독특한 상황과 함께 해야 할 긴 얘기이니 다음 기회에 하기로 하고. 엘지트윈스도 역시 수많은 응원가를 새로 제작해야 하는 상황이 되었다.

이번에는 공모전을 통해 직접 만든 자작곡들을 선정하고 홈페이지에서 올려 모두가 들을 수 있도록 해 팬들의 의견을 모으는 것이었다. 선수 개개인의 응원가는 물론 팀 응원가나 모든 선수에게 공통으로 불러줄 수 있는 곡까지 다양하게 받았는데, 특정 선수를 염두에 두고 곡을 써도 다른 선수가 그 곡을 고르면 그 선수에게 돌아갈 수도 있었다. 열심히 곡을 쓰고 노래를 불러 녹음했다. 여러 곡을 내고 그 곡들이 모두 뽑히면 어떤 일이 벌어지게 될지 벌써 가슴이 떨려왔다. 이번엔 두 눈 부릅뜨고 시구의 매 순간을 모두 기억하리라. 이미 마음은 잠실의 마운드에 있었고, 구체적인 계획까지 세우기 시작했다.

발표의 순간. 네 곡을 보냈는데 두 곡이 뽑혔다. 그런데, 대상은 다른 곡에 돌아가고 만 것이다. 이걸 기뻐해야 하나, 아쉬워해야 하나. 강승호에게 어울리겠다 생각하고 쓴 곡을 박용택이 골랐다. 게다가 전체 노래 중에 일부만 사용해서 처음 곡을 만들 때의 느낌이 살지 않았다. 게다가 박용택이라니. 괜히 건드렸다가는 그 무시무시한 엘지팬들에게 욕만 먹기 좋은 레전드다. 그렇지 않아도 오랫동안 쓰면서 정이 붙은 응원가를 이젠 쓸 수 없다는 사실에 화가 난 팬들은 〈렛잇비〉를 가져다줘도 발로 찰 기세였으니까. 어쨌든 그 곡은 박용택의 응원가가 되어 꽤 오랫동안 잠실구장에 울려 퍼졌다.

5월의 어느 날 응원가가 뽑힌 작곡가들이 다시 중앙출입구를 지나 2층 VIP실로 모였다. 그들 중 야구나 엘지트윈스에 깊은 애정을 가진 듯한 사람은 없어 보였고 대상을 탄 작곡가는 스무 살이나 됐으려나, 앳된 얼굴의 소녀였다.

"시원하게 안타! 거침없이 안타! 오오오오오 안타!"

야구를 별로 본 적도 없다는 이 작곡가가 쓴 곡은 아주 훌륭했다. 직관 응원에 대한 인사이트가 곡에 묻어난다고 느꼈는데 야구장에 처음 와 본다니.

"시구하시는 게 너무 떨리고 긴장되시면 제가 대신 해 드릴까요?"

말 같지도 않은 질문에 피식, 웃음이 대답 대신 돌아왔다. 나도 나름의 경쟁을 뚫고 그라운드에서 수상을 하게 되었는데 사람은 만족을 모른다더니, 내가 딱 그런 꼴이었다.

작년에 얼굴을 익혔던 구단 직원이 들어와 대상 이외의 수상자들이 요청한 상품을 가져왔다. 응원가를 받은 해당 선수와 상관없이 아무거나 가능하다 해서 한참 고민을 한 끝에 난 오지환과 임찬규의 사인 글러브를 요청했었다. 두 곡이니까. 선수들에게만 지급되어 돈을 주고도 못 산다는 브랜드의 오지환 글러브와 2017시즌 첫 올스타 선정 기념으로 제작한 단 하나밖에 없는 임찬규의 은색 글러브. 비록 시구하는 모습을 옆에서 쳐다봐야 했지만 그래도 만족스러웠다. 다른 작곡가들은 자신의 솜씨를 발휘해 실력을 인정받는 순간이었지만, 나는 좀 달랐다. 내 덕질이 이끈 또 하나의 큰

상이었다.

수상을 하기 위해 그라운드로 내려가다 만난 임찬규 선수와 반갑게 인사하며 사진도 찍고, 포수 장비를 차는 중이던 유강남 선수와 손을 들어 인사를 나눈 것도 왠지 야구계의 '핵인싸' 느낌이라 같이 있던 다른 작곡가들이 모두 놀랐다. 이쯤 되니, 생각이 조금 바뀌기도 한다. '성공한 덕후'라는 말은 성립이 되지 않는지. 글쎄, 성공한 덕후가 말이 되는지는 몰라도 난 정말 '운 좋은 덕후'다. 많은 이들 '덕'분에. 그리고 내 끝없는 '덕'질 '덕'분에.

이별:
엘지와 이별한 선수들, 매일 이별하며 사는 팬들

백투백, 혹은 랑데부 홈런

오후 6시 30분. 야구팬이라서 좋은 점은(혹은 괴로운 점은) 매일 경기가 열린다는 것이다. 느긋하게 TV 앞에서 채널을 독점하고 손에 캔맥주라도 하나 들려있다면 더할 나위 없겠지만, 이동하면서 휴대폰으로 경기를 볼 수 있는 것만도 감지덕지다. 그보다 이른 5시 30분쯤 되면 야구 커뮤니티, 기자들의 트위터와 페이스북에 그날 선발 라인업이 올라온다. 1번부터 9번까지, 그리고 선발 투수의 이름을 한눈에 훑어 내리는 데 걸리는 시간은 2초 남짓. 순서와

익숙한 이름들이 어제와 크게 다르지 않고 선발 투수는 이미 하루 전에 예고되어 있기 때문이기도 하다.

'아, 얘는 하위 타순으로 내려야 하는데!'

'그 친구한테 며칠만 기회 좀 줘보지.'

'얘는 좀 빠라니까!'

상대 팀의 라인업을 함께 확인하며 대략 오늘의 시나리오를 쓰고 승부처를 예상하는 것까지도 1분이 채 걸리지 않는다. 야구 좀 봤다고 자부하는 올드팬이라면 이미 수천 번 해온 과정이다. 아직 59분이나 남은 경기 개시 시각까지 유난히 시간은 더디게 흐른다.

야구팬이라고 해서 저녁에 야근을 하지 않거나 회식이나 모임이 없는 건 아니다. 가벼운 모임이라면 중간에 점수도 확인하고 지금까지의 기록도 살펴볼 수 있다. 아예 야구를 함께 보기 위해 모였다면 큼지막한 TV에 시원한 생맥주가 있을 터이니 함께 환호하고 욕하기에 더없이 좋다. 문제는 그렇지 못한 경우들. 내 컴퓨터 모니터가 훤히 보이는 야근 환경이거나, 어려운 회식 자리라면 화장실 갈 때 점수 확인하는 게 전부일 테고 나처럼 저녁 시간대에 공연이라도 하는 경우라면 그날 실시간 야구는 그냥 포기할 수밖에. 스포츠 중계채널에서 하이라이트 프로그램도 매일 만들고 있고 네이버와 다음에도 살짝 다른 버전으로 10분 남짓한 하이라이트 영상이 재빠르게 올라오니 야구를 완전히 놓치기는 불가능에 가깝다. 그래도 지금 이 시대에 유일하게 실시간이 의미 있는 건 오로지 스포츠밖에 남지 않았다. 그래서 스포츠에는 '본방사수'라는 말이 없다. 모든 경기는 본방이고, 팬들은 그것을 사수하는 것이 기본이니까.

축구나 농구처럼 이날만큼은 경기에 맞춰 시간을 비워두겠다고 계획할 수 있는 다른 종목에 비해 야구는 매일 저녁 플레이볼을 외친다. 한 시즌에 파이널 라운드까지 38게임을 하는 축구의 K리그, 54게임을 하는 농구의 KBL, 남자부와 여자부가 각각 36게임, 30게임을 치르는 배구의 KOVO와 달리 6개월간 144게임을 소화하는 KBO. 만약 우리 팀이 와일드카드에 올라 한국시리즈까지 치고 올라간다면 여기에 추가로 10게임 정도를 더하면 된다. 전체 경기 수가 많고 매일 열리다 보니 그만큼 포기할 수밖에 없는 경기 수도 늘어나지만 여전히 볼 수 있는 경기가 훨씬 많다. 그리고 그것은 축복이자 저주다.

야구팬이 같은 팀을 응원하는 이들과 함께 야구장에 앉아 함께 맥주 한잔 하며 경기를 보는 것은 특별한 날이다. 6시 30분에 맞춰 경기장까지 갈 수 있는 날도 흔치 않은데 같이 저지를 맞춰 입고 야구를 눈앞에서 직접 본다니 얼마나 즐거운 이벤트겠나. 혼자 보는 야구도 나름 재미가 있지만 역시 같은 마음의 사람들이 많이 모이면 그 모인 사람의 수만큼 즐거움이 커진다. 2016년 7월 2일도 그런 특별하고 즐거운 이벤트가 벌어진 날이다.

엘지트윈스 팬들이 만드는 팬 팟캐스트 〈야잘잘〉에서 모인 사람들은 '단관(단체 관람)' 계획에 따라 경기 시간에 맞춰 삼삼오오 우익수 뒤편 외야석으로 모여들었다. 이미 얼굴을 익힌 사람들끼리는 반갑게 인사를, 처음 얼굴을 보는 사람들은 약간 부끄럽게 자기 아이디를 밝히며 웃었다. 여름밤 잠실야구장은 모든 것이 아름답다. 야구장을 감싸며 내려다보는 눈부신 조명, 그 위로 까만 하늘을 가르며 날아가는 하얀 공의 궤적, 바로 직전 야구장에 날카롭게 울린 배트의 타격음, 팬들이 내지르는 고함과 그 공을 좇는 몇만 개의 눈동자, 이내 공이 담장 밖으로 떨어지며 절정에 달하는 환호성. 한여름 밤 잠실의 아름다움은 그렇게 완성되는 것이다. 그 공을 친 타자가 우리 팀인 경우에.

그날은 두 개의 궤적이 하늘에 연이어 떠올랐고 그대로 경기를 결정지었다. 백투백. 한때 랑데부 홈런이라고 불리던 연속 타자 홈런. 그리고 그 궤적을 만든 선수들은 한때 엘지트윈스의 유니폼을 입고 있던 이들이다. 그 유니폼을 입고는 그렇게 잘 안 나오던 게 하필이면 다른 유니폼을 입고 그날 일어나다니. 그것도 우리 안방인 잠실에서. 그것도 모처럼 단체로 모여서 우익수 뒤쪽에 자리를 잡은 날.

무! 적! LG!
즐거운 야잘잘
단체 관람의 날! 우익수
뒤쪽으로 모여요!

야구팀에서 선수가 오가는 트레이드는 보통 한 시즌이 끝난 후에 있지만 시즌 중에도 종종 일어난다. 야구는 시즌이 길고 경기 수가 많은 데다, 한 투수가 책임질 수 있는 경기 수가 제한적이기 때문에 다른 종목에 비해서 압도적으로 선수가 많이 필요하다. 구단들은 한 해를 꾸려갈 선수를 구성하면서 팀 전력에 가장 중요한 외국인 선수들을 점검하고, 2군에서 좋은 활약을 보인 선수들에게도 기회를 제공하지만, 항상 계획대로 일이 풀리지는 않는다. 갑작스러운 부상, 이유를 알 수 없는 컨디션 난조(진짜 이건 팬들이 가장 당황하는 것) 그리고 1군에 정착하지 못하는 2군 출신 등 숱하게 많은 변수는 시즌이 시작되기 전부터 발생한다. 팀의 약점을 메꾸는 것에는 그만한 보상이 든다. 다행히 다른 팀과 이해관계가 맞아 떨어지면 그나마 이것도 가능하지만 우리 팀의 약점만 보완하고 아무런 유출이 없는 것은

상대 팀의 단장이 엑스맨 역할을 하지 않는 한 불가능하다.

국내 최고의 외야수 '김잠실'

잠실야구장은 엄청난 규모를 자랑한다. 관중이 많이 들어갈 수 있기도 하지만 외야 자체가 워낙 크다. 메이저리그에 가져다 놓아도 5위권 안쪽이라는 얘기도 있는데, 펜스의 모양과 높이 등 모든 야구장의 외야가 똑같은 모양이 아니기 때문에 정확한지는 모르겠다. 어쨌든 홈런을 치기 어려운 구장인 것만큼은 확실하다. 야구팬 사이에서 국내 최고의 외야수는 '김잠실'이라는 우스갯소리가 나올 정도로 다른 구장이라면 확실히 넘어가 홈런이 되어야 할 타구가 잠실야구장에서는 펜스 앞 외야수 뜬공이 된다. 자연스레 장타를 뻥뻥 쳐내는 거포형 타자들은 잠실구장의 광활한 외야가 달갑지 않다. 양준혁 같은 대타자도 엘지트윈스에서 뛸 당시 홈런을 칠 수 있는 스윙을 살짝 교정했다고 할 정도다. '잠실 홈런왕' '잠실 20홈런 유격수' 등의 로컬 훈장이 존재한다. 반면 투수라면 홈런 허용에 대한 걱정이 한결 덜하다. 전 경기 절반의 경기를 잠실에서 치르면 '입(入)잠실' 효과를 톡톡히 누릴 수 있다.

엘지트윈스는 항상 선수가 부족했다. 매년 신인들도 잘 뽑고, 전지훈련을 비롯한 훈련량이 부족해 보이지도 않고, 밥도 잘 먹는 것 같은데 선수가 없다. 정확히 말하면, 각 포지션에서 자기 몫을 충분히 해주는 선수가 턱없이 부족했다. 아니, 선수 하나 하나를 놓고 보면 그렇게 부족해 보이지 않은데 그들을 묶어서 팀으로 보면 뭔가 허전하달까. 분명히 입단 전부터 '얘만 들어오면 이제 드디어 우리도 막힌 혈을 뚫을 수 있다!'라며 기다리던 수많은 '초고교급 야구천재 고졸 신인'들이 어디 갔는지 잘 보이지 않고, 보인다 싶으면 그저 그런 선수가 되어 있다. 물론 이건 엘지트윈스만의 문제는 아니다. 내가 들어본 제2의 선동열과 이종범, 이승엽만도 수십 명이니까. 그만큼 프로의 벽은 높구나, 생각하다가 큰 충격을 받는 경우가 바로 트레이드를 통해 일어난다.

박병호는 성남고가 배출한 역대 최고의 거포이자, 공격형 포수였다. 엘지트윈스의 1차 지명을 받아 입단을 앞두고 나를 포함한 팬들의 마음은 부풀 대로 부풀었고 이미 행복한 시나리오 작성도 마친 터다. 옆집 팀과의 상대 전적뿐 아니라 리그에서의 위상이 역전되기 시작한 것이 2000년 '우동수 트리오'부터라고 생각하는 건 나 혼자가 아니었다. 공교롭게도 모두 우타자에 드넓은 잠실구장을 뻥뻥 넘기던 우즈, 김동주, 심정수. 이 셋은 2000년 한 해 99

개의 홈런과 308타점을 합작하며 가공할 파괴력을 보였다. 이 팀은 이해 정규리그 2위에 이어 한국시리즈에서 현대유니콘스와 사상 초유의 리버스 스윕이 나올 뻔한 레이스를 펼쳤지만 당대 최강의 팀 현대유니콘스에 패했다. 참, 다행이다.

엘지트윈스는 5위를 기록했는데, 여덟 팀 중에서 그해 쌍방울을 인수해 신생 팀으로 리그에 참가한 에스케이, 그리고 정겨운 벗들인 롯데, 해태와 함께 사이좋게 순위표의 아래를 차지했다. 당시 팀 평균 자책점은 리그 평균 이상을 기록했지만 '장타'를 앞세운 현대, 삼성, 한화 같은 팀들에게 맥을 못 추는 것을 본 팬들은 박병호가 선배들의 원수를 갚으며 잠실의 새로운 홈런왕으로 우뚝 설 것을 기대했다. 게다가 포수라니!

2009, 2012, 2013 시즌 MVP

박병호의 엘지트윈스 기록이야 다들 대충은 알고 있고, 다시 꺼내는 것도 괴로우니 그만두자. 입단 첫해는 포수로 도전을 해보긴 했지만, 3루도 잠깐 시도하다가 결국 1루수로 포지션을 변경한다. 그리고 이것은 팬들에게 오히려 다행스러운 일로 받아들여졌는데, 아무래도 포수가 팀의 4번 타자를 맡거나 주포 역할을 하는 건 리틀야구 만화에나 나오는 일이라서(그걸 해낸 이만수, 박경완에 양의지는 정말) 수비 부담이 덜한 1루수로 엘지의 중심 타선에 자리 잡는 게 더 낫겠다고 보는 게 그 이유였다. 하지만 수없이 타격폼을 수정당하고 수없이 체크스윙을 하던 박병호. 입단 3년 후 군대를 다녀오고 2년 반이 더 흐른 2011년에 마무리 투수를 찾고 있던 엘지트윈스는 넥센히어로즈에 심수창, 박병호를 내어 주고 송신영과 김성현(부드득)을 데려온다. 그리고, 그 이후는 생략한다.

엘지트윈스는 시즌이 끝난 후에 '러브 페스티벌'을 열어서 팬들과 만남의 시간을 가졌다(그냥 포스트시즌에 진출하고 '가을야구' 하면서 팬들과 만나면 되는데). 나는 그 행사에 딱 한 번 간 적이 있는데, 박병호를 보기 위해서였다. 2007년? 혹은 2008년 시즌이 끝난 후 추운 11월 즈음이었던 것으로 기억한다. 1990년 팀과 1994년 팀으로 나누어 경기도 했고 당시 김재박 감독이 타석에서는 개구리 번트 시도를, 수비에서는 깔끔한 병살 처리를 했다(그냥 감독을 잘 하면 되는데). 역시 이런 행사의 백미는 잠실 그라운드에 팬들이 내려와 선수들에게 사인을 받고 같이 사진을 찍는 것. 그게 2007년이었다면 김재박 감독 부임 첫해, 부족한 전력으로 마지막까지 가을야구 싸움을 했던 해였으니 많은 팬들이 모인 게 그나마 이해가 된다. 하지만 2008년이면 사상 최초로 꼴찌를 한 해였는데도 인산인해를 이루다니, 정말 호……ㄱ…….

나는 테이블을 죽 놓고 앉아있던 선수들의 위치를 확인하고 박병호 라인에 줄을 섰다. 한참을 기다려 마침내 내 순서가 돌아와 사인을 받고 선수 옆으로 가 사진을 찍는데 오른팔로 박병호의 어깨를 감싸려고 했던 나는 매우 당황할 수밖에 없었다. 하나, 둘, 셋! 하는 동안 팔을 뻗고 또 뻗었지만 무슨 광활한 만주 벌판처럼 박병호의 등은 끝이 없었다.

'이런 등빨이니 내년에는 이 잠실을 밥 먹듯이 넘기겠구만'.

이 거대한 선수는 무척 수줍어하고 예의가 바른 청년이었다. 모든 행사가 끝난 후 팬들에게 인사를 하고 빠져나가는 선수들 틈에서 박병호를 발견하고 "박병호! 화이팅!"을 외치자 그 목소리에 깜짝 놀라며 내 쪽을 쳐다보고 그 넓은 등짝이 다 보이도록 머리 숙여 인사를 했다.

같이 팟캐스트를 하는 안 팀장 역시 박병호에 대한 기대와 애정이 남달라서 그 비싸다는 고깃집에서 양인지 대창인지를 같이 먹을 기회가 생겼는데 자기가 음식값을 냈다고 했다. 술 한 잔도 하지 않고 묵묵히 많이도 먹더라 했다. 넥센 이적 후 김시진 감독이 마음을 편하게 해주고 붙박이 4번 타자로 기용한 것이나, 엘지트윈스 시절 본인이 받았던 기회가 부족했다고 얘기한 것, 유독 우리와의 시합에서 홈런을 치고 더 크게 환호하는 것 같은 기분이 드는 것 등은 이제 와서 다시 얘기한들 무슨 의미가 있겠나. 박병호는 엘지트윈스와 이별하고 나는 마음속에서 박병호와 이별했으며, 엘지트윈스 '출신'으로 리그의 MVP가 된 리스트에 추가되었다.

순간 임팩트로만 본다면 2009년 시즌 중에 트레이드로 이적하며 그해 KIA 우승의 주역이 되고 홈런, 타점, 장타율 3관왕에 시즌 MVP가 된 김상현이 더 클 수도 있겠다. 우리는 MVP 없는데. 2002년이 마지막 한국시리즈였는데. 어안이 벙벙하고 마음이 황망한 채로 한국시리즈 7차전 나지완의 끝내기 홈런과 그 유명한 '기아 우승' 멘트를 TV로 보고 있던 엘지트윈스 팬들의 마음이야 나와 크게 다를 바 없었을 것이다. 그래도 김상현이 박병호와 달랐던 건 입단을 엘지로 한 것은 아니라는 점이다.

김상현이 2001년 해태타이거즈에 신인으로 입단했을 때 해태에는 이미 1999년 초고교급 선수로 입단해 3루에 자리를 잡은 정성훈이 있었다. 그 이전 해태의 3루는 1990년부터 활약한 홍현우(부드득)가 있었는데 그 자리를 정성훈이 넘겨받았다. 타고난 힘과 장타력이 있던 김상현이었지만 '돌글러브'라는 별명이 선수 생활 내내 따라다닐 만큼 수비에서 약점이 있었고, 그에 반해 정성훈은 준수한 타격에 타고난 센스와 수비까지 겸비, 김상현에게는 넘을 수 없는 벽이었다.

그러고 보니 여기에서 얘기가 나온 해태타이거즈의 3루수 세 명은 공교롭게도 모두 엘지트윈스의 유니폼을 입었다. 김상현의 입장에서 보면 2002년 정성훈에 밀려 엘지로 트레이드 된 후, 딱히 눈에 띌 만한 성과를 내지 못하고 있던 차에 그 정성훈이 FA로 엘지에 오며 다시 밀리게 되었으니 둘의 악연이 꽤 깊다고도 할 수 있겠다. 그 이전 2001년에 FA로 엘지트윈스에 온 홍현우는······ 생략하자. 어쨌든 김상현은 해태타이거즈의 유니폼을 입고 시작한 선수였고, 엘지트윈스와 잠깐 만났다가 이별해 다시 그 유니폼을 입고 자신에게나 팀에게나 엄청난 선물을 안겼다.

정성훈은 잠실에서 야구 잘하는 선수의 면모를 유감없이 선보이며 오랫동안 허전했던, 그리고 본인이 1루로 포지션을 변경하면서 다시 허전해지게 되는 3루 베이스를 잘 지켜줬다. (갑작스러운 수비 위치 변경으로 팀 구성이 모호해지기도 했지만 끝내 최다 타석의 순간에 우리 유니폼을 입지 못한 건 지금도 많이 아쉽다) 하지만 우리는 정성훈이 오고 우승하지도 못했고, 정성훈도 MVP와는 거리가 있었다.

왠지 나를 그런 쪽에 가깝게 했소

다시 2016년 7월 2일 엘지와 SK의 잠실 경기. 〈야잘잘〉을 듣는 사람들끼리 옹기종기 모여 외야석에서 보던 그 경기를 끝낸 홈런 두 개에도 엘지트윈스와의 이별이 담겨있다. 정의윤과 최승준. 둘 다 오른손 타자 거포로 기대를 한껏 받고 엘지트윈스에 입단했음은 물론이다. 아마추어 야구 시절 역시 화려했다. 고등학교 시절 만루에서 고의사구를 얻었다는 (오승환 거르고) 정의윤은 이적하며 인터뷰에서 "너는 못 한다" "여유가 생겼다" "야구장에 나오는 것이 즐겁다" "2014년 5월 말부터 전력 외 선수였다" 등의 내용을 늘어놓았다. 팬들은 그에게 걸었던 기대와 그에게 돌아간 기회와 그가 남긴 성적에 어안이 벙벙했다. 이후 SNS에 "고진감래"까지 겹치면서(와전된 부분도 있다고는 한다) 엘지트윈스 팬들에게는 미운털이 단단히 박혀있었다.

동산고에서 류현진과 배터리를 이룬 최승준 역시 거포로 기대는 모았지만 엘지에서는 별다른 활약이 없다가 정상호(부드득)의 FA 보상 선수로 에스케이로 넘어가 역대 보상 선수 최다 홈런이라는 기록을 남겼다. 참 여러 가지 기록이 어이없게 '스펙타클'하기도 하다. 이 둘은 엘지트윈스와 이별해 SK에서 재회했고, 적으로 만난 엘지트윈스에 하필이면 연속 타자로 등장해 그것도 9회에 백투백 홈런을 쏘아 올렸다. 우익수 뒤편에 있던 나는 정의윤의 등장에 그를 조롱하며 "외야 전진!"을 외치다 입 양옆으로 모은 손바닥을 채 내리기도 전에 공이 넘어가는 꼴을 봐야 했다. 최승준의 연이은 홈런에는 털썩 앉으며 허탈한 웃음마저 나왔던 것 같다. 그날 저녁 엘지트윈스에게 마음속으로 작별을 고했던 사람들이 우리 일행에 있었을지 모르겠다.

엘지트윈스와 이별한 선수들이 모두 인생 역전의 드라마를 쓴 것은 아니다. 오히려 극히 소수만이 큰 두각을 나타내며 반전을 이뤘고, 투수의 경우는 잠실에 들어오면서 드넓은 야구장 덕을 보며 전성기를 시작한 경우가 많다. 또 엘지를 떠난 선수들이 모두 트윈스 팬들에게 아쉬움과 미움의 눈초리를 받았냐 하면 그건 또 아니다. 성남고 야구천재 박경수. 입단 전부터 역시 초고교급 야수로 명성이 자자했다. 1994년 신바람 야구의 주역 3인방 중 하나이자 선수부터 코치까지 엘지트윈스를 떠난 적 없는, 그리고 2021

시즌 엘지트윈스의 감독을 맡은 프랜차이즈 스타 류지현(선수 때는 유지현. 2020년 새 이름으로 등록)을 거의 입단과 동시에 밀어내버린 빛나는 유망주.

그해 박경수와 입단 동기이자 고교 동기인 노경은이 동산고 송은범, 광주일고 김대우와 함께 빅 3로 꼽히며 다른 팀에 입단했다. 노경은은 계약금 3억 5천만 원을 받았는데 정작 그 팀에서 가장 원했던 선수는 박경수였다. 그 평가대로 4억 3천만 원의 큰 계약금을 받고 그해의 스포트라이트를 모두 받은 고졸 신인 박경수. 그때 유격수를 보고 있던 류지현은 2021년 케이티위즈의 주권이 구단을 상대로 승리하기까지 연봉 조정 신청을 내고 성공한 유일한 선수였다. 그것으로 구단에 미운털이 박혀서인지, 이듬해 입단하게 된 박경수를 믿어서였는지, 아니면 둘 다였는지는 몰라도 류지현은 박경수에게 자신의 자리를 빠르게 빼앗기며 2004년 시즌을 마치고 만 33세의 나이에 예상보다 이르게 은퇴한다.

그런 박경수가 기대만큼의 활약은 고사하고 유격수 자리에도 안착하지 못한 것은 엘지트윈스와 팬들에게 또 다른 비극이었다. 그 박경수는 2014시즌 후 FA 자격을 얻어 신생 팀 케이티위즈로 이적하는데, 엘지팬들은 그야말로 만감이 교차했다. 누구하고도 잘 어울리고 사람들과 두루 친하게 지내 붙은 '똥개'라는 별명처럼 오랫동안 함께 지내던 반려견을 떠나보내야 하는 심정이었달까. 팬들을 위한 행사에서 선글라스를 끼고 트로트를 걸걸하게 부르며 춤추던 모습, 뭔가 좀 해보려고 하면 터지는 이런저런 부상들. 개인적으로 기억에 남는 건 양쪽 팔에 검은색 아대를 모두 차고 수비하던 모습과 베이징 올림픽 대표팀에 승선하자며 팬들이 부르던 '북경수'라는 별명이다.

기회라면 그 누구보다도 많이 받았고 기대라면 엘지에서 뛰는 동안 내내 쏟아졌다. 실망이라면 그 기간 동안 남부럽지 않게 터져 나왔다. 결국 박경수는 엘지 유니폼을 입고 본인이나 팬이 만족할 만한 성적을 거두지 못했다.

하지만 매 시즌이 들어가기 전 '올해는 다르다!'는 믿음이 이상하리만큼 항상 생겼는데, 뚜렷한 근거가 있어서라기보다는 그래야만 한다는 절실함이 아니었나 싶기도 하다. 팬들은 그만큼 기대했지만 한 번도 그 기대는 채워지지 못했고 그만큼 욕설도 같이 따라붙었다.

어쨌든 박경수는 떠났고 케이티위즈에서 완전히 다른 선수로 다시 태어났다. 여기까지는 엘지트윈스와 이별한 다른 선수와 비슷한데, 그 후 박경수의 몰라보게 달라진 활약(첫해 22홈런 0.284 0.339 0.507 이듬해 20홈런 0.313 0.412 0.522) 에도 엘지의 팬들이 박수를 쳐 주며 마음으로 응원해줄 수 있던 것은 그의 인터뷰다. 사실 다른 선수들도 마찬가지인데, 기자들은 김상현 이후로 엘지와 이별하고 좋은 활약을 보이면 의도적으로 엘지를 떠나니 성공했다는 식의 대답을 이끌어 내기 위한 질문을 던진다. 거기에 "뭐, 그렇죠" 정도의 대답만 나와도 조회 수를 올리기 위한 현란한 제목이 달려 수많은 기사들이 각 포털사이트 스포츠란에 올라간다. 그리고 그것을 본 엘지트윈스 팬들이 자신이 한때 응원했던 선수의 배은망덕함에 분노하는 것은 일종의 패턴이었다.

박경수는 달랐다. 집요하고 의도적인 기자들의 질문 공세에도 엘지와 케이티 팬들 모두를 만족시키며 옛 팬들에게는 감사를, 새로운 팬들에게는 기대를 안겼다. 나는 그것이 박경수의 진심이었기 때문에 모든 이의 가슴에 와닿았다고 생각한다.

"엘지는 고맙고 미안하고 감사한 팀이다. 나를 키우기 위해 많은 공을 들였다. 많은 감독님과 코치님을 만났다. 엘지에서 다 보

여드리지 못해서 미안했다. 1군에 오래 있었고 기회도 많았다. 그런 경험 때문에 지금 내가 좋아진 것이다. 엘지를 떠나서 잘 된 거는 솔직히 아닌 거 같다. 구장 차이를 일단 인정해야 한다. 엘지는 환경이 좋고, 최고 인기 팀이다. 결과만 보면 엘지를 떠나서 잘됐다고 말하는데 나는 그런 거 신경 안 쓰고 있다. 잘된 선수들 보면 가능성이 있었던 선수들이다. 엘지에서 빛을 못 본 게 아쉽고 안타까울 뿐이다." (2015년 박경수)

징글징글한 첫사랑

야구는, 그리고 엘지트윈스는 정말 징글징글한 첫사랑이다. 야생마 이상훈은 한 인터뷰에서 엘지의 찬란한 시기를 잊지 못하고 현재의 성적에 좌절하는 팬들에게 "새로운 사랑을 찾지 못하고 첫사랑을 잊지 못한다"며 눈물을 보였다. 정말 여기까지다. 이젠 내 몸도 마음도 더 버틸 수가 없어. 지독한 몸살을 앓듯 사랑과 이별에 온몸과 마음이 사무치던 청춘의 마음을 여전히 가지고 있는 팬들은 긴 암흑기 동안 야구와 그리고 엘지트윈스와 셀 수 없이 많은 이별을 했다. 그리고 잊을 만하면 다시 눈앞에 나타난 그 옛사랑에게 다시 기대하고 또 기대고, 얼마 지나지 않아 이번이 마지막임을 다짐하고 또다시 이별하곤 했다.

〈야잘잘〉의 안 팀장은 본인이 만들었던 인터넷 카페에 공식적으로 엘지트윈스와의 작별을 고하기도 했다. 초등학교 시절, 여자친구와 잠실구장에서, 그리고 같은 팀 직원의 예비신랑과의 만남까지 이어지는 세 가지 에피소드와 함께 눈물 없이는 읽을 수 없는 절절한 카페지기의 한 문장 한 문장은 회원들의 가슴을 후벼팠다.

"사랑이 어떻게 변하냐는 질문에 이제는 미안한 감정 없이 웃음만 지어줄 수 있을 것 같네요."

단관과 번개 안내 공지들이 더 쓸쓸하게 느껴지는 그 카페의 글은 아직도 남아있고 지금도 틈만 나면 내가 놀리기 좋은 소재로 잘 쓰이고 있다. 2012년에 있었던 그 공식 선언 이후 2015년부터 지금까지 나, 류철민과 함께 엘지트윈스 팬들이 만드는 팬 팟캐스트하면서도 여러 차례 이별을 통보하고 우리에게 물었다.

"아직도 야구 봐?"

그러면서 정작 자신은 아프리카TV로 중계를 하고 있었지만.

이별한다. 그리고 다시 만난다. 구차하게 다시 만나달라고 조르기도 하고, 내 앞에 나타난 그 모습에 순간 마음이 다시 설레기도 한다. 주위에는 가끔 만나도 그것대로 괜찮은 오랜 친구처럼 건강한 관계를 유지하며 야구와 잘 지내는 사람들도 있다. 그런 적당한 거리와 스트레스 없는 야구 사랑이 한없이 부러울 때도 있지만 역시 사랑은, 마음이 데일 정도로 뜨거운 사랑 아닌가. 그저 그런 친구 사이로만 남는 것은 받아들일 수 없는 그런 상대. 산봉우리가 높으면 그만큼 계곡도 깊다. 사람의 희열이 높은 만큼 그 괴로움은 끝을 모르게 깊다. 그만큼 열렬히 사랑하고 그만큼 크게 좌절하는 나 같은 팬들은, 야구와 헤어지지만 헤어지지 못하고 서로를 계속 괴롭힌다.

우린 경기에 지는 날이면 매일 밤 이별한다. 다음 날 라인업이 뜨는 오후 5시 30분까지, 이제 다시는 술을 마시지 않겠다는 술꾼의 아침 반성처럼. 아, 그게 일요일이면 이별의 기간은 조금 더 길어지겠다. 월요일 건너 화요일까지니까. 김광석의 노래처럼, 우린 매일 이별하며 살고 있구나.

2부
야구 소년

재욱이 형과 김재박: 그날 내 인생에 가장 큰 낙인이 찍혔다

제기동 미도파백화점

기억이 나는 어린 시절부터 되돌아보면 우리 가족을 제외하고 나와 가장 가까운 사람은 친척 형인 '재욱이 형'이다. 우리 집과 이모댁은 아주 가까운 사이여서 주말이면 '똥차'라 불리던 용산–성북 간 국철을 타고 서로의 집에 찾아가곤 했다. 제기동 미도파백화점에서 만나 먹던 만두와 유부우동은 별미였다. 방학이나 긴 연휴에는 가까운 곳에 두 가족이 함께 놀러 가는 것은 언제나 당연했다.

나와 한 살 차이가 나는 재욱이 형은 내가 세상의 모든 새로운 것을 접하는 데에 마중물 같은 역할을 했다. 형이 무언가를 발견하고 그 재미를 느끼면 그건 그대로 나에게 전달되었다. 나는 곁눈으로 형이 하는 걸 보면서 태권브이를, 탱크를, 야구 선수를 종이 위에 그렸고 탁구를, 농구를, 탁구공야구를, 동전축구를(연습장 표지에 선을 긋고 볼펜으로 동전을 가지고 놀던) 따라했다. 형이 그리기 시작한 야구 만화의 캐릭터를 이름만 바꿔 그대로 그렸고, 말투나 행동, 글씨체도 따라 해보려 했다.

통기타로 〈If〉 〈Feeling〉 같은 곡을 치는 것도 재욱이 형에게 배웠는데 나중에 난 음악하는 사람이 되었으니 그것도 참 재미있는 일이다. 어릴 적 유난히 몸이 약해서 운동회도 단 한 번밖에 못해보고 성적도 신통치 않았던 나는 공부도 잘하고 운동도 잘하는 형이 부러웠다. 반에 한 명씩 있는 운동도 공부도 잘해서 친구들을 끌고 다니는 인기 있는 애가 바로 그 형이었다. 우리 엄마 아빠도 은근히 나보다 형을 더 좋아하는 건 아닐까 소심해지곤 했다.

교실마다 바글바글하던 그때 초등학생들, 그중에서도 남자아이들은 대부분 야구소년이었다. 그때 야구는 가장 인기 있는 놀이였기에 매일 골목마다 벽을 포수 삼아 나름의 로컬룰로 야구가 펼쳐졌다. 골목 수만큼 다양한 야구 규칙 중에 도루 금지, 에러로 추가 진루 금지, 1루수가 없을 경우는 전봇대에 맞추면 포구로 인정, 저쪽 차 넘어가면 홈런, 볼넷이면 볼카운트 리셋, 유리창이 깨지면 특별한 절차 없이 야구 장비부터 챙겨서 사방으로 흩어지기 등이 그나마 겹치는 규칙이었다. 그래봤자 동네에서 다 아는 얼굴들이었지만 그건 일종의 의식 같은 것이었다. 우리 동네에서는 우리의 규칙대로, 내가 재욱이 형 집에 놀러 갔을 때는 그쪽의 규칙으로 경기는 치러졌다.

하는 야구는 매일 있는데, 보는 야구의 욕구를 충족시키기에 TV나 라디오 중계는 턱없이 부족했고 야구장을 직접 가는 건 상상하기 힘든 이벤트였다. 그래도 가끔 고교야구 대회 결승전이 있거나 국제대회가 있으면 아이들은 야구를 하다가도 칼같이 시간에 맞춰 집으로 들어갔다. 일요일 아침 〈은하철도 999〉를 봐야 하는 것만큼이나 그 경기의 매 순간은 다음 날 학교에서 하루 종일 끊이지 않을 얘깃거리이기도 했기 때문이다. 나중에 재욱이 형과 그 삼진과 그 홈런에 관해 얘기해야 하는 것은 물론이었다.

그러다가 엄청난 일이 벌어진다. 프로야구가 시작된 것이다.

'야구를 매일 한다고?'

야구사에서 1982년은, 축구사에서 2002년에 비견될 만큼 충격적인 한 해였다(이 둘이 20년 차이밖에 나지 않다니!). 신문 뒤쪽 TV

편성표에는 심심찮게 야구 중계가 등장했고, 9시 뉴스가 끝날 무렵엔 앵커가 프로야구 소식을 전달해줬다. 아버지는 광주 출신인데다 젊었을 적 별명이 '미스터 스포츠'였을 정도로 각종 운동에도 능했고 고교야구 경기도 잘 챙겨보셨다. 자연스레 프로야구 원년 내 선택지는 해태타이거즈가 될 가능성이 컸지만, 여기에서도 재욱이 형은 어김없이 등장한다.

나는 재욱이 형의 선택에 의해 나도 모르는 사이 MBC청룡의 팬이 된 것이다. 그건 그냥 그러는 거였다. 우리는 만두와 유부우동을 먹던 제기동의 미도파백화점에서 어린이 회원이 되어 모자, 셔츠, 잠바, 가방과 인쇄된 사인볼 등을 받았다. 평생을 따라다닐 낙인이 깊고 짙게 찍힌 것이다. 가장 먼저 어린이 회원을 모집한 팀의 모자를 쓰고 다니는 애들이 압도적으로 많았지만 이제 나는 '어린이에게 꿈과 희망을' 주기 위해 만든 프로야구 리그의 MBC 청룡 회원으로 첫발을 떼어버린 것이다. 이날이 앞으로 나에게 얼마나 큰 감정의 기복을 주게 될지 그땐 몰랐고 마냥 좋기만 했다. 소풍이라도 가는 날이면 곱게 접은 셔츠와 잠바 위에 모자를 얹어 머리맡에 두고 잤다.

나왔다, 《소년중앙》 8월호!

프로야구가 시작되기 이전 《소년중앙》 《어깨동무》 《새소년》 등의 소년 잡지에는 야구에 관련한 기사가 항상 실렸다. 야구에 목마른 소년들에게는 매달 돌아오는 오아시스와도 같아서, 다음 달 TV에서 "나왔다! 《소년중앙》 8월호!" 광고가 나오기 전까지 읽고 또 읽었다. 거기에 가장 많이 등장한 야구 선수가 바로 김재박이다. 실제 플레이를 보기 쉽지 않았기 때문에 그 기사와 함께 실린 사진 한두 장, 그리고 김재박을 주인공으로 한 만화를 통해서 소년들은 상상의 나래를 펼치곤 했다. 재욱이 형에게 전해 들은 김재박의 또 다른 활약상에는 어린 시절의 부풀림이 묻어 있었고 내 안에서는 그게 더 증폭되어 김재박은 그냥 '야구의 신'이 되었다.

그런데 어쩐 일인지 프로야구 원년, 김재박의 이름이 보이지 않았다. 우리나라에서 프로야구가 시작되었는데 야구의 신이 거기에 강림하지 않다니. 이건 도저히 이해할 수 없는 일이었다. 그렇지만 1982년을 더욱 특별하게 만드는 일이 벌어진다. 세계야구선수권대회가 우리나라에서 열린 것이다. 최동원, 이해창, 장효조처럼 이미 야구 영웅의 대열에 있던 이들과 함께 김재박의 이름은 거기에 있었다.

소년 잡지의 별책부록은 만화만을 모아둔 것이어서 본 책보다 훨씬 더 인기가 좋았다. 당연히 야구 만화는 그중에서도 가장 인기여서 만화가들은 너도 나도 야구를 그렸다. 내가 보던 《소년중앙》에는 이상무의 독고탁이 등장했지만, 주말에 재욱이 형네 집에서 보는 《어깨동무》의 〈태양을 향해 달려라〉에는 국제 리틀야구대회에 출전한 이강토와 강산이 미국에서 강적 대만, 일본, 미국과 혈전을 벌이고 있었다. 야구 강국은 대만, 일본, 미국이고 한국은 거대한 이들에 맞서는 언더독이었다. 적어도 리틀야구의 세계에서는. 1982년 세계야구선수권대회의 첫 상대는 이탈리아. 알고 있던 것이라고는 지도에서 본 장화처럼 생긴 나라정도였다. 축구를 잘하는 나라라는 건 알았지만 야구와 관련해서는 아무것도 알 수 없었다. 그 첫 경기를 지고 난 후 내가 알고 있던 것보다 야구의 세계는 엄청 큰 것일까, 우리에겐 김재박도 있는데, 라고 생각했던 것 같다.

다음날 학교에서는 아이들이 아침부터 악을 쓰며 요란한 동작을 하고 있었다. 우리가 처음 본 건 이탈리아 야구 대표팀만이 아니었다. 세계 각국에서 온 심판들은 난생 처음 보는 엄청난 동작으로 스트라이크를, 아웃을 선언했다. 프로야구가 시작되고 그 이전에 구심이 앞에 차고 있던(한 손으로 손잡이를 잡아들고 있던) 검은색의 큰 보호대는 사라졌지만, 우리 심판들의 동작은 그전과 비교해 조금 더 커졌다고 느낄 뿐이었다. 하지만 삼진 아웃을 외치는 어느 외국인 심판의 동작, 2루 도루를 시도하던 주자에게 아웃을 선언하는 동작은 처음엔 웃기고 신기하다가 아이들이 모두 따라 하는 재미있는 놀잇거리가 되었다. 분명히 어제 그 경기와 심판들의 동작을 보셨을 선생님도 쉬는 시간 삼삼오오 모여 시끄럽게 깔깔거리며 흉내 내고 있는 우리들을 보며 지긋이 웃고 계셨다. 1982년의 세계선수권대회는 김재박의 개구리번트, 한대화의 '석 점짜리' 홈런, 선동열의 역투를 수놓으며 우리나라 야구 인기에 거대한 불을 당기기도 했지만, 이후로 우리나라 심판들의 콜 동작에도 지대한 영향을 끼친다.

MBC청룡과 그라운드의 여우

마이클 잭슨이 음악으로 이끌었듯이 나를 야구로 이끈 그 이름, 마침내 김재박이 MBC청룡의 유니폼을 입는다. 당시 세계선수권대회 참가와 프로 참가를 놓고 여러 단체와 선수들이 실랑이를 하고 하마터면 개구리번트를 못 볼 수도 있었다는 걸 알게 된 건 아주 시간이 많이 흐른 뒤다. 사진을 찍기 위한 것 같은 멋진 타격 준비 자세에 물 흐르듯 낚아채는 수비, 어? 어? 하는 사이에 홈으로 질주하는 발과, 상황이 끝나고 중계진이 한참을 설명해야 했던 플레이들. 7번을 등에 단 그라운드의 여우였다.

김재박이 남긴 숫자들을 천천히 보고 있으면 프로야구에서 압도적인 성적을 남긴 것은 아니었다. MBC청룡–엘지트윈스–태평양돌핀스를 거치며 10년 동안 통산 0.273의 타율, 0.346의 출루율, 0.353의 장타율로 OPS 0.698을 남겼으니 공격에서 역사적인 선수와는 거리가 있었다. 하지만 그 당시 야구 선수들이 서른만 넘어도 노장 소리를 듣고 특출난 선수가 아니고서는 30대 초반에 은퇴했던 것을 생각하면, 이미 우리 나이로 서른이 되어 프로야구에 합류한 것은 김재박에게 다소 불운이었다. 그러면서도 284개의 도루를 기록한 것은 그의 야구 센스가 빛을 발하는 부분이다. 우리 나이 39세에 태평양돌핀스로 이적하면서까지 선수 생활을 연장한 김재박은 그해 시즌 종료 후 은퇴한다.

김재박의 이적은 재욱이 형과 나에게 큰 충격이었다. 야구라는 세계를 열어준 사람이 이제 다른 팀의 유니폼을 입고 뛴다니. 그러나 그건 시작에 불과했고 현대유니콘스의 창단과 함께 젊은 감독으로 부임한 그는 10시즌이 넘는 동안 네 번의 우승을 일구며 팀을 왕조로 이끌었다. 감독으로서 김재박의 야구 스타일과 국가대표 감독으로 맞은 참사에 대해서는 여러 사람들의 여러 얘기가 있지만, 짧은 역사를 가진 야구팀 현대유니콘스 영광의 시대 한복판에 그가 있던 것은 부인할 수 없는 사실이다. 게다가 그즈음 엘지트윈스는 끝 모를 암흑기에 있었으니 엘지트윈스의 팬이자 김재박 키드였던 재욱이 형과 나의 박탈감은 이중고를 겪고 있었다.

2007년 김재박은 엘지트윈스의 감독으로 시즌을 시작했다. 잠실구장 한편에는 "그가 왔다"라는 현수막이 붙었다. 나는 냉큼 MBC청룡의 옛날 유니폼에 김재박의 이름과 7번을 넣어 주문하며 사실은 우리 것이었는데 다른 팀 좋은 일만 시켜주고 있던 명장이 귀환한 것에 흥분했다. 그때까지 엘지트윈스는 눈물 없이는 들을 수 없는 숱한 스토리를 남기며 1990년대 영광의 시대로부터 멀찌감치 떨어져 있었고, 이제 김재박과 함께 그 역사를 청산할 참이었다.

우리들 만나고 헤어지는 모든 일들이

오랜만에 만난 사람이 예전과 변하지 않고 그대로 있어 주면 내가 추억을 되살리는 데는 좋을지 모른다. 하지만 사람은 끊임없이 변하고 우리는 그 사람 자체를 잘 몰랐던 것일 뿐일 수도 있다. 재욱이 형과 나는 고등학생이 되면서 가족 간의 왕래가 드물어졌다. 식구들이 모두 모여 신나게 놀러 가는 것도 뜸해졌는데 대학 입시라는 지상최대의 과제가 눈앞에 놓여있었기 때문이다. 야구 결과 확인에 마음 쓸 겨를마저 없던 시절이다.

내가 고등학교 3학년 때 가족 행사로 모처럼 만에 만난 재수생 재욱이 형은 예식장 옆 골목에서 다른 형들과 담배를 피우고 있었고, 그 모습은 정말 나와 멀게 느껴졌다. 얼마 지나지 않아 학교 화장실에서 친구들과 침을 뱉어가며 담배를 피우고 있던 내 모습도 또 다른 누군가에게는 멀게 느껴졌겠지만. 어쨌든 재욱이 형은 학생 티가 폴폴 나던 나와 달라져 있었다. 김재박도 그랬던 것일까. 내가 알던 선수 김재박도, 현대유니콘스의 명장 김재박도 아니었다. 부임 첫해 반짝하는가 싶던 엘지트윈스는 최악의 추락을 한다. 김재박은 더 이상 김재박이 아니었고, 재욱이 형도 더 이상 재욱이 형이 아니었다.

하지만 이건 억지로 갖다 붙인 말이다. 재욱이 형과는 대학 입학 후에 같은 캠퍼스에서, 학교 앞 주점에서 자주 만났다. 서로 학생회에서 동아리에서 바빴지만 여러 교내 행사와 시위 현장에서 마주쳤다. 그 이후로도 형과는 자주 만나 옛날얘기도 나누고 때마다 명절이면 찾아뵈어 서로의 이모와 이모부께 인사도 드렸으니, 김재박의 엘지트윈스 감독 시절도 역시 우리는 각별한 사이었다.

김재박의 엘지트윈스와 엘지트윈스의 김재박은 우리가 그렇게도 오랫동안 기다리던 결과를 내기는커녕 비아냥과 조롱의 대상으로 전락했다. 현대유니콘스 감독 시절 다른 팀을 내려다보며 한 "내려갈 팀은 내려간다"는 말은 'DTDDown Team is Down'라는 정체불명의, 그러나 매우 직관적인 콩글리쉬가 되어 우리 팀의 심장에 날아와 박혔다. 부족한 전력, 특히나 헐거운 마운드를 쥐어짜며 시즌 초반기 잠깐 성적을 내다가 추락하는 팀을 응원하는 팬에게 이보다 더 참혹한 말은 없었다. 프로야구 전체 역사를 돌아봐도 여기에 비견할 만한 말은 봄에 반짝하는 롯데자이언츠를 칭한 '봄데' 정도다. 기나긴 인고의 시간 동안 서로가 먼저 우승하지 못하기만을 바라보고 있는 이쪽과 저쪽 팬들.

1992년과 1994년부터 차곡차곡 늘어나고 있는 무관의 숫자를 멀찌감치 서서 바라보고 있다. 그래, 같이 불행하자.

8888

금속공학과를 졸업한 재욱이 형은 광고대행사에 입사했다. 형은 내가 "형은 광고 카피라이터를 하면 참 잘할 것 같아"라고 추천한 것도 영향이 있었다고 하지만 사실 난 그 말을 형에게 했던 기억도 잘 나지 않는다. 그것보다는 형이 항상 재미있는 발상을 잘하고, 간결하고 굵은 글을 잘 쓰던 재능이 제대로 길을 찾은 것이다. 형이 중학생 때였다. 반에서 문집을 만들었는데 〈그러는 거다〉라는 형의 글은 지금 떠올려 봐도 신선하다. 그러는 거다. 내가 처음 MBC 청룡의 팬이 되었던 것처럼. 그러는 거였다. 내가 고등학교 문예반에 들어가 괜히 이해하기 어려운 아무 말이나 하며 오글거리는 시를 쓴답시고 폼 잡았던 거랑은 결이 좀 달랐다고 해야 하나.

그냥 생각해 봐도 형이나 나나 대학 때 공부를 열심히 했던 기억은 없다. 공대와 형의 가장 큰 매개점은 공대 앞 공터에서 족구를 가장 잘하던 공대생 정도인 것 같고, 나와 문과대의 접점이라면 문과대 풍물패 '한울두레패'에서 죽으나 사나 꽹과리 장구를 두들

겼던 것 정도다. 대학을 다니던 때도 학교에서는 서로 바빠 못 만났지만 우리는 휴일이며 명절에 자주 어울렸다. 대학을 졸업하고도 역시 마찬가지였다. 어릴 적엔 딱지와 미니카를 가지고 놀았지만 이제 그 손에는 술잔과 담배가 들려있었고, 어린 시절 얘기는 낄낄거리기 좋은 안주였다. 홍대 앞에서 후배 장규와 함께 야구를 보고 그 녀석을 위로하던 바로 그 친척 형이다.

그러던 어느 날 재욱이 형은 놀랄 만한 소식을 전했다.

"내가 김재박을 모델로 광고를 찍는다!"

이미 형은 김연아, 박지성 같은 슈퍼스타들과 광고를 찍은 거물이었지만 이 얼마나 기가 막힌 스토리인가. 마치 누군가 몰래카메라를 대하드라마로 만들어 수십 년 간 방영하는 것 같았다. 하지만 이 얘기를 여기에 해야 하나 고민도 됐다. 재욱이 형을 통해 알게 되고 나를 야구의 세계로 이끈 김재박은 바로 그 재욱이 형과 광고를 찍으며 서로 술잔을 기울이는 사이가 되었고 마침내 TV에는 그 광고가 방영되었다. '현대 스위스! 8888.'

우린 김재박이 있으니까!
(cc. by Rob Croes / Anefo)

"사진을 찍기 위한 것 같은 멋진 타격 준비 자세에
물 흐르듯 낚아채는 수비, 어? 어?하는 사이에 홈으로 질주하는 발과,
상황이 끝나고 중계진이 한참을 설명해야 했던 플레이들.
7번을 등에 단 그라운드의 여우였다."

야구와 만화, 그리고 야구 만화: 독고탁과 히로, 소년의 미래와 아저씨의 과거

삼위일체

사람을 제외하고 내 삶에서 가장 큰 의미를 가진 세 가지. 야구, 만화 그리고 음악이다. 어릴 적 말 그대로 반해버렸고, 지금까지 오랜 시간을 두고 항상 곁에 있는 친구들. 그중 하나는 내가 하는 일이 되기도 했다. 가장 좋아하는 것을 직업으로 삼으면 행복할까, 아닐까. 이 얘기는 나중에 또 하기로 하자. 마이클 조던은 농구가 항상 즐거웠을지를 생각해보면서. 초등학교를 다니던 때, 이 세 가지 중에서 접근이 가장 쉬웠던 것은 만화였다. 내가 응원하는 팀의 야구 중계가 항상 있는 것도 아니었고, 언젠가 한번 지나가다 본 장충동 리틀야구장은 내가 들어가 볼 수도 있겠다는 생각조차 들지 않은 먼 세계였다. 아버지 손을 잡고 처음 가본 봉황기 결승이 열린 잠실구장도 연중행사를 넘어 올림픽이나 월드컵 정도의 이벤트였다.

주로 카세트테이프나 탁상시계에 달려있던 라디오로 듣던 음악도 제한적이기는 마찬가지였다. 집에는 만화영화 주제가들이 담긴 보물 같은 테이프들이 여럿 있었는데, 내가 지금까지도 그 노래들을 흥얼거릴 수 있는 이유다. 물론 친구들이 놀러 오거나 내 또래 친척이 왔을 때 스피커 하나짜리 라디오에 테이프 하나를 척 넣고 플레이 버튼을 누르는 것은 매우 자랑스러운 순간이었다. 몇 개 있던 팝송 모음집과 그때 유행하던 가요 테이프들도 보물이었는데, 듣고 또 듣다가 지겨워지면 라디오를 켜고 이리 저리 주파수를 맞춰 흘러나오는 음악에 귀 기울이기도 했다. 아버지 친구 분이 그 찬란한 소니 워크맨 1세대를 선물해 주시고 용돈을 모아 파란색 스티커가 붙은 지구레코드의 마이클 잭슨 〈스릴러〉 테이프를 사서 폼나게 꽂아 넣던 날까지 나에게 음악의 범위는 그 정도였다.

만화는 달랐다. 워낙 만화를 좋아하시는 엄마 덕분에 집 안에는 만화책이 항상 넘쳤다. 《소년중앙》에서 《보물섬》으로 넘어갈 때도 조금도 주저함이 없었고, 《바벨 2세》나 《20세기 기사단》을 포함 단행본들도 빠짐없이 있었다. 내 태명은 '땡이'였고, 집에서나 친척들 사이에서는 초등학교 다닐 때까지 그 이름으로 불렀는데, 이 이름 역시 엄마가 좋아하던 만화의 주인공에서 나왔다.

만화는 정말 엄청난 장르다. 어마어마한 인원과 비용과 시간을 들여 환상적인 영상과 압도적인 사운드로 작품을 스크린에 내놓는 영화의 그것을, 만화는 읽는 사람의 상상력을 자극해 때로는 더 엄청난 이미지를 만들어낸다. 그것도 거의 혼자서. 끝내기 힘든 두꺼운 소설과는 달리 이제 몇 장 남지 않았을 때의 아쉬움은 영원히 계속되었으면, 하게 되는 비틀즈의 〈Hey Jude〉나 이문세의 〈그녀의 웃음소리뿐〉 마지막 부분 같은 느낌이었다.

만화에는 '불량'이라는 말이 앞에 따라다니고, 만화방은 오락실과 함께 어린이가 가지 말아야 할 양대 산맥이었지만 적어도 우리 집에서는 달랐다. 그런데 그 만화 속에서 야구가 등장한다는 건 건강에 좋지 않다는, 그러나 포기할 수 없다는 삼겹살에 소주, 치킨에 맥주와 같은 조합이었다. (많은 사람들이 의아해하고 분노할 만한 얘기지만 사실 난 치킨은 좋아하지 않는다. 맥주에는 역시 멸치, 김, 초콜릿)

안녕, 독고탁!

《비둘기 합창》으로 어린 가슴을 찡하게 울린 이상무 화백의 본격 야구 만화 《달려라 꼴찌》는 연재를 예고할 때 제목이 '꼴찌 만세'였다. 독고탁은 키가 작은 주인공이었기 때문에 키도 작고 몸도 약한 내가 감정 이입하기에 딱 좋았는데, 정작 연재가 시작되니 제목은 바뀌고 그 키 작은 주인공은 인간의 신체 능력을 가뿐히 뛰어넘었다. 왼쪽과 오른쪽으로 왔다갔다하며 미트에 파고드는 드라이브볼과 강한 회전으로 먼지를 일으켜 타자의 시선을 방해하는 더스트볼. 나중에 탱크장의 조언을 얻어 더스트볼에 또 다른 변화까지.

이상무 작품은 우수고등학교의 W로고와 함께 시작된다. 《달려라 꼴찌》도 역시 이 로고가 박힌 모자를 쓴 고등학생들이 학교를 졸업하면서 '패거리들'이라는 프로야구팀을 만들어 일본 프로야구에 도전한다. 숙명의 라이벌 챨리킴은(챠리킴이라고 썼던 것 같다) 차별받고 박해받은 혼혈아였지만 천부적인 재능으로 독고탁과 명승부를 펼친다. 다른 작품들에서도 그렇고 독고탁의 환경도 그렇고 이상무 화백의 설정은 어린이를 위한 만화 치고는 꽤나 어두운 편이었다. 만화건 드라마건 영화건 주인공의 환경이 매우 불우한 것은 최근까지도 계속되는 설정인 듯도 하고.

프로야구를 배경으로 그린 이상무 화백의 작품은 기억에 없다. 《달려라 꼴찌》에서도 만화의 후반부에 주인공이 성장하며 무대가 옮겨진 것이었다. 소년들을 위해 리틀야구를 소재로 하거나 일본 만화의 영향을 받아서인지 고교야구가 주된 무대였다. 이때 프로야구가 시작되고 소년들이 그것에 매우 흥분해 있던 것이 아마도 이유가 아니었을까. 봉제공장을 하며 짭짤한 수입을 올리던 구단주가 모든 걸 처분해 신생 프로야구단 패거리들을 창단하며 고등학교 대표팀 선수들에게 입단을 호소하는 장면은 1차 지명자를 놓고 1년 내내 씨름하는 지금이라면 말도 안 되는 얘기다. 하지만 독고탁이 조봉구에 앞서 가장 먼저 입단서에 사인하면서 소년들은 이 팀을 나의 팀으로 느꼈다.

만화를 본 아이들은 공터에 모여 드라이브볼을 던지기 시작했고, 몇몇 똑똑하고 싶던 아이들은 옆에서 팔짱을 끼고 지적했다.

"그건 보크야."

왼손잡이에 언더핸드 투수가 1루 쪽으로 발을 놓고 던지는 필살 변화구. 내가 그때 언더핸드로 공을 던지던 것이 독고탁의 영향이었나, 싶기도 하다. 그러고 보니 이상무의 다른 작품에서도 여고생이 볼링으로 단련하며 왼손 언더핸드로 야구공을 던지던 장면이 생각나는데 제목이 영 기억나지 않는다.

'만화 같은'이라는 말은 현실성이 없다는 뜻으로 쓰인다. 지금처럼 심심찮게 우리의 상상력을 뛰어넘는 결과가 실제로 일어나는 그런 상황이라면 '만화 같은'이라는 말의 쓰임새에 반론을 제기할 수도 있겠다. 하지만 《달려라 꼴찌》는 '만화 같아야'했다. 소년 독자들도 드라이브볼이 아니라 무슨 천둥번개볼 같은 초자연적인 마구를 던지는 장면을 원했다. 그러고 보니 허영만의 작품에서는 왕년에 어금니를 꽉 깨물고 '스모그볼'을 던져 이가 다 빠진 고수도 있었고, 누군지는 기억 나지 않지만 물속에서 "에헤라 소라야"라며 마구를 던지던 작품도 있었던 것 같다. 이두호의 《바람처럼 번개처럼》에서는 동자승이었다가 야구 선수가 되어 퍼펙트 게임을 던지기도 했으니 모두가 '만화 같았다.'

아이들은 삼삼오오 모여 드라이브볼을, 더스트볼을, 스모그볼을, 그리고 "에헤라 소라야"라고 외치며 마구를 던지고 놀았다. 지독히도 현실적이고 내가 응원하는 팀이 연패를 당하고 있는 프로야구판과는 달리 만화에서는 모든 게 가능했고 우리 팀이 이겼다. 아이들은 그 만화를 보고 골목에서 독고탁이, 이강토가, 까치가 되어 던지고 치고 다시 집으로, 만화 가게로 돌아가 그 만화를 봤다.

프로야구를 다룬 만화로는 역시 《공포의 외인구단》이다. 《보물섬》에 연재된 〈검객 스카라무슈〉를 통해 내가 처음 알게 된 이현세는 그 후 《고교 외인부대》를 통해 슬기, 봄이보다 훨씬 더 유명한 여자 캐릭터 '엄지'를 등장시킨다. 그때 인기 많던 아저씨들이나 보는 무협지도 아니면서 만화 가게에 엄청 긴 장편이 등장했는데 그게 바로 《공포의 외인구단》이었다.

우! 승! 직! 기!

독고탁과 슬기, 까치와 엄지, 강토와 봄이.

이 만화의 인기는 정말 대단했다. 만화 가게에 들어갈 때마다 누군가 보고 있어서 별 관심 없는 다른 야구 만화를 보면서 기다려야 했고, 대여는 아예 되지도 않았다. 분명 나온 지 며칠 지나지 않은 새 책인데도 너덜너덜해진 상태였고 1, 2권은 낱장이 떨어져 나간 채로 그냥 책에 끼워져 있는 게 많아서 조심해야 했다. 이때부터 만화 가게에는 소년 잡지에 연재되지 않고 바로 단행본으로 출간되는 장편들이 많아졌다. 김철호의 《슈퍼스타》는 50권도 넘었던 것으로 기억된다. 김철호는 《날제비》 시리즈로 유명했고 스포츠 만화를 많이 그렸는데 이 작품에서 주인공은 권투로 통합 세계챔피언을 하고 가수로는 마이클 잭슨을 뛰어넘는다. 아마 이걸 보고 난 후에 그와 비슷한 박봉성류의 만화를 별로 좋아하지 않게 된 듯.

어쨌거나 필살 타법, 필살 투구에 감독이 한국시리즈 중에 죽고 주인공은 눈이 멀고 너클볼을 던지기 위해 손가락 하나를 자르고(왜?) 상대 팀은 서부 구단을 이기기 위해 후기 리그를 포기한 채 절벽을 오르며 훈련하고. 과하다, 과하다 너무 과한 설정과 전개였지만 우리 모두는 환호했다. 이때《공포의 외인구단》을 본 사람들에게 박힌 이 이미지는, 아마도 이 경기를 지면 현해탄을 헤엄쳐서 건너야 한다고 일갈하던 박종환 감독이나 "너 때매 져써"라며 펑고를 쳐대며 지옥 훈련을 이끌던 김성근 감독에도 투영되었다고 생각한다. 비단 만화뿐 아니라 전 사회가 마치 군대인 것 같은 문화로 가득 찼던 시기다. 야구팬들로 좁혀서 본다면, 특히 김성근과 쌍방울레이더스의 스토리는 그 옛날 만화 가게에 쪼그리고 앉아 보던《공포의 외인구단》과 겹쳐 보였을 것이다.

이전에도 야구 만화는 주류였지만《공포의 외인구단》이후 숱한 야구 만화가 더 쏟아졌다. 제목은 기억나지 않지만 어떤 만화에서는 실제 프로야구 선수들의 이름을 교묘하게 바꿔서 캐릭터로 그대로 썼다. 그중 인상적이었던 이름은 김시진을 모델로 한 '김진시'. 강력한 직구 그리고 직구와 똑같이 오다가 막판에 확 휘어나가는 슬라이더를 던지는 에이스 투수였다. 물론 주인공은 아니었지만 현실 선수들이 가지는 이미지가 워낙 뚜렷하고 한 해 25승을 거두며 끊임없이 신문과 방송에 이름이 오르내리던 선수였으니 어정쩡한 캐릭터를 만들어내는 것보다 훨씬 나았을 것이다.

원래 야구를 포함해 스포츠 만화를 잘 그리지 않았던 만화가들도 한두 작품 정도는 야구 만화를 그렸던 것 같다. 하지만 당대 스포츠 만화는 허영만과 이현세라는 거대한 이름이 꽉 잡고 있었고, 굳이 따지자면 나는 허영만의 만화를 더 좋아했다. 《태양을 향해 달려라》《태풍의 다이아몬드》《흑기사》 같은 야구 만화는 물론이고 영원한 페더급을 꿈꾸던 《무당거미》나 마지막 장면에서 통소가 바닥에 떨어져 핑그르르 돌면서 "쫏쫏쫏……"으로 처리되던 《쇠퉁소》 같은 작품을 참 좋아했다. 하지만 축구, 권투 등과 함께 만화의 가장 인기 있는 소재였던 야구는 이후로 조금씩 변방으로 밀리게 된다. 허영만과 이현세를 비롯한 유명 만화가들도 더 이상 야구를 그리지 않았고 등단하는 신인 작가들도 스포츠 만화를 내걸지 않았다.

그즈음 우리나라 만화 시장은 조금씩 커졌고 더이상 '불량 만화'로 취급받지도 않았다. 한편으로 그동안 열광하며 보던 만화가 사실은 일본 만화를 신나게 베끼고 있었던 게 드러나면서 만화가들도 진짜 자기 콘텐츠로 승부해야 하는 상황이 되었다(콩콩코믹스의 《권법소년》 작가는 전성기가 아니었다!). 많은 독자들이 만화라는 장르에 새로운 눈을 뜨게 되는 것도 이즈음이었던 듯. 만화의 소재는 다양해지고 그때 그 소년들도 나이가 들었다. 야구를 보는 눈도 꽤 좋아졌고 이제 마구를 던지는 초인간적인 야구 선수의 얘기는 그렇지 않아도 시들해질 참이었다.

갑자원을 향하는 고교야구 선수가 되어

1990년대 말 일본 문화가 단계적으로 개방되면서 많은 문화 콘텐츠들이 쏟아져 들어왔다. 그런데 사실은 그 이전부터 일본 문화에 관심 있거나 좋아하던 사람들은 갖은 통로로 다 보고 듣고 있었다. 1980년대부터 이미 '길보드(길거리 불법 테이프)' 리어카 아저씨에게 〈긴기라기니〉 달라고 하면 저 밑을 깊숙이 뒤져서 숨겨놓았던 금지곡 모음 테이프를 건넸다. 일본 노래들과 금지곡으로 지정된 가요들. 불법 위에 더 불법이었달까. 만화도 역시 예외가 아니었는데 아예 대놓고 일본에서 대히트를 친 만화들의 필사본 혹은 조악한 해적판이 만화 가게에 쫙 깔려있었다. 상황이 그렇다 보니 대사가 연결이 잘 안되거나 아예 문장이 말이 안 되는 건 기본이고 대놓고 일본색이 강한 장면들은 대충 지워진 부분도 많았다.

그렇게 해놓았는데도 너무 재미있었다. 거의 국기라 할 만큼 일본에서 야구의 인기가 높았고 또 만화의 왕국이었으니 얼마나 재밌는 야구 만화가 많았겠나. 그런데 일본 야구 만화도 예전 작품에는 다소 황당한 설정에 초인적인 주인공이 심심찮게 등장했다. 하지만 그쪽 소년 독자들이 성장하면서 그런 것인지 스포츠 만화라기보단 순정 만화, 찡한 드라마에 야구가 소재로 쓰이는 만화가 나오기 시작했다. 정식으로 수입되어 제대로 번역된 일본 만화는 국내에 팬층을 훨씬 두텁게 만들었고, 나는 내가 구할 수 있는 모든 야구 만화를 다 보겠다는 각오로 일본 야구 만화에 푹 빠진다.

고교야구 만화. 사실은 이를 가장한 새파란 청춘들의 드라마를 그린 순정 만화. 아다치 미츠루는 정말 일관성이란 무엇인가를 한 평생을 통해 보여주고 있다. 똑같은 설정, 똑같이 생긴 주인공들, 매너리즘이라기에도 미안한 뻔히 예상되는 전개. 그런데 그게 매번 재밌다. 그것도 정말. 1981년부터 연재를 시작한 최고 히트작

《터치》도 역시 고교야구 만화지만, 그 26년 후 이야기를 31년이 흘러 또 다른 고교야구 만화로 연재를 시작하다니. 1951년생인 작가가 《터치》를 시작할 때가 31세, 다시 《믹스》의 연재를 시작한 것은 62세. 여전히 그의 만화에는 고교야구 선수들의 땀 냄새가 가득하고 청춘들의 사랑이 싱그럽다. 고교야구가 이 사람을 계속 이렇게 청춘의 마음으로 이끈 것일까. 다른 잔재주를 부리지 않고 본인의 장점을 변함없이 갈고 닦은 장인이기에 가능한 경지일까.

내가 제일 좋아하는 그의 작품 《H2》는 델리스파이스의 노래 가사를 그대로 채웠고, 내 솔로 앨범 2집의 표지를 차지했다. 혹 아직 만화들을 보지 않은 분들을 위해 내용은 적지 않겠지만, 아다치 미츠루는 150킬로미터의 속구와 절묘하게 꺾여나가는 고속슬라이더를 장착한 정통파 투수라 생각한다. 물론 야구 만화를 그리지는 않았지만 《심해어》《솔티니스》《크레이지 군단》, 그리고 뭐니뭐니해도 역시 《이나중 탁구부》의 후루야 미노루처럼 특수한 투수도 있다. 이 독특한 만화가는 일반 포수들이 받기 어려워 해 전담 포수를 둬야 하는 너클볼 투수 같다.

아다치 미츠루 이외에도 야구 만화는 차고 넘쳤다. 프로야구보다는 대부분 고교야구를 소재로 한 작품들이 많았고, 더 재미있었다. 《다이아몬드의 에이스》《크게 휘두르며》《거인의 별과 하나가타》《그래, 하자!》《라스트이닝》《루키즈》《하늘의 플라타너스》. 열거하자면 끝도 없을 리스트에는 각자의 스타일 속에서 '갑자원' 혹은 '고시엔'이라는 절대 목표가 관통하고 있고 주인공은 숱한 난관을 자신의 재능과 무지막지한 훈련량으로 극복해낸다. 여기에는 강렬한 코치나 감독, 그리고 믿을 만한 친구들, 너무나 강하지만 반드시 넘어야 할 호적수도 어김없이 등장한다.

우! 승! 직! 기!
내가 너희를 갑자원에
데려다 주겠다!

밑도 끝도 없는 《메이저》나 독특한 접근의 《원아웃》, 비교적 최근의 《그라제니》까지 프로야구를 다룬 작품들도 꽤 많았다. 하지만 역시 만화라면 야구 만화, 야구 만화라면 고교야구 만화! 만화 가게에서 라면을 시켜놓고 밤새 읽다 보면 동이 터오기를 수도 없이 반복하면서 나는 어느 고교야구부에서 주인공들과 흙바닥에서 구르며 던지고, 치고, 달렸다. 어릴 적 야구 선수가 꿈이었던 소년은 자신의 미래를 상상했지만, 이제 어른이 되어버린 아저씨 야구팬은 돌아갈 수 없는 시절로 꿈꾸듯 되돌아갔다.

둘이 예전처럼 친했으면 해

여전히 야구 만화가 쏟아져 나오고 있는 일본에 비해 우리는 사정이 조금 달라졌다. 전체적으로 만화판이 웹툰으로 중심을 옮겼고, 모바일이나 컴퓨터로 보기에 더 적합한 방식으로 다양한 소재가 등장했다. 그 시장도 엄청나게 커지고 영향력도 막대해져서 웹툰 작가를 꿈꾸는 이의 수와 더불어 수많은 학원들, 동호회의 수가 부쩍 늘었고. 많은 대학이 웹툰 관련 학과를 개설했다. 몇몇 웹툰은 엄청난 스케일의 영화로, 드라마로 제작되며 스타 웹툰 작가가 여럿 나왔다. 자기의 작품을 내놓으면서 독자들과 만날 뿐 아니라, 자신의 유튜브 채널을 개설하거나 TV 예능프로그램에서 익히 알고 있는 연예인들을 옆에 두고 중앙에 앉아 작품의 팬이 아닌 자신의 팬을 양산하기도 한다.

워낙 만화 자체를 좋아하고 장르에 관계없이 다독하던 만화팬으로서, 만화 최강대국을 옆에 두고 나름의 시장을 굳건히 하는 모습은 반갑게 박수칠 일이긴 하다. 그런데 어째 야구 만화가 보이지 않는다. 물론 장이 작가의 《굿모닝 사회인 야구》《퍼펙트 게임》처럼 사회인 야구를 소재로 한 작품이나 지금도 연재되고 있는 유영태 작가의 《육아부부의 사야이》처럼 육아와 사회인 야구를 재미있게 다룬 작품들도 있지만 리틀야구, 고교야구, 프로야구가 만화에 등장하는 것을 찾기란 매우 어려워졌다.

만화는 왜 야구와 더이상 절친이 아닐까. 내가 너무 옛날 생각만 하고 있는 걸까. 하긴 둘러보면 스포츠 자체를 소재로 하고 있는 만화 자체가 아주 적다. 옛날 생각대로라면, 만화는 '소년'들의 것이고 소년들이야 당연히 스포츠에 가장 관심이 크다. 게다가 야구는 가장 인기 있는 종목이고 게다가 다른 스포츠보다 더 정적인 장면이 많아 표현하기 수월하다. 하지만 그 많던 야구 만화가 모두 진짜 야구를 사랑해서 나온 만화였는가 하면 그건 아니었다. 만화가들이 너도 나도 야구 만화를 그리던 것은 마치 서태지와아이들의 성공 이후로 쏟아져 나온 3~5인조 남성 댄스 그룹의 열풍과 비슷했다. 〈미스트롯〉, 〈미스터트롯〉의 성공 이후 모두가 만들다 보니 이게 저건지 저게 이건지 도대체가 헷갈리는 트로트 프로그램처럼.

지금은 만화가 소년들의 전유물도 아니고 순정 만화를 소녀들만 보는 것도 아니다. 만화 가게에 가야만 신간을 기다려서 볼 수 있는 것도 아니고 정해진 한 장의 틀에서 칸을 나누어 그려야 하는 시대도 아니다. 야구는 이렇게 더 넓어지고 더 자유로워진 만화의 세계에서 너무 오래된 소재다. 그리고 실제 매일 벌어지고 있는 야구의 드라마(아름다운 것뿐 아니라 대환장 파티까지도) 자체가 정말 말 그대로 스펙터클하다.

게다가 눈을 들어 야구팬을 보라. 귀를 열어 그들의 말을 들어보라. 오랫동안 야구를 봤고 정말 야구 잘 안다고 자부하는 이들은 야구 만화를 보는 건지, 그 만화에서 야구적 오류를 찾으러 나온 감시단인지 지적질 준비를 초저녁에 마치고 눈을 부릅뜨고 있다. 그렇지 않아도 작품에 달리는 댓글 하나에 신경이 쓰일 판에 그런 사람들을 상대해야 하는 건 남는 장사가 아닐 게다. 연예인들로 이루어진 사회인 야구팀의 성장을 그린 예능프로그램 〈천하무적 야구단〉에도 선수 기용에 대한 불만을 토로하는 이들이 야구팬이다.

그래도 야구와 만화, 그리고 야구 만화를 좋아하는 나로서는 이 상황이 못내 아쉽다. 어떤 접근이건 간에 내가 사랑하는 야구를 다루는 만화가 더 많기를 바란다. 어쩌면 정말 좋은 작품의 탄생은 역으로 야구에 좋은 영향을 끼칠 수도 있다. 야구를 전혀 모르는 사람들도 너무 재미있게 봤다고 얘기하는, 그 이후로 야구팀에 조금 관심이 가기 시작했다고 하는 드라마 〈스토브 리그〉. 잘못된 오류를 찾으러 눈에 불을 켜던 야구팬들도 "뭐, 재밌네. 이만하면 사실적이기도 하고"라며 호감을 표하고 "혹시 속편은……?"이라 내심 기대까지 하지 않았던가. 그 이후 야구판에서 일어난 사건 사고들이 선발 투수 예고하듯이 드라마에 미리 다 나와있더라고 다시 회자되기도 했다.

불행히도 나는 만화를 그릴 수 있는 재능도 없고 노력도 하지 않을 예정이지만, 어떤 작품이건 야구를 다루는 만화가 더 나온다면 누구보다 열심히 보고 '좋아요'를 눌러 주위에 알릴 준비는 되어있다. 단행본도 다 사 모을 수 있으니, 야구를 좋아하시는 만화가 분들이시여, 제발 그려 주시기 바란다. 야구 만화.

어두운 가정 환경을 딛고 일어나
드라이브볼을 던진 작은 거인 독고탁.

미국, 일본과 함께 세계 최강
리틀 야구팀 대만을 꺾어라! 이강토.

필살 타법과 필살 수비.
엄지야, 난 네가 원하는 일이라면
뭐든지 할 수 있어.
이현세, 《공포의 외인구단》의 장면.

힘 내, 지지 마. 힘 내, 지지 마.
힘 내, 지지 마. 힘 내, 지지 마.

H2를 오마주한
솔로 앨범 자켓

유니폼과 숫자: 등에 박힌 번호가 아닌 가슴에 걸린 그 이름을 위해

사실은, 정말 입어보고 싶었어

야구의 유니폼은 다른 스포츠와는 확연히 다르다. 신체 활동을 최대한 편하게 해서 몸 움직임에 도움을 주도록 고안되고 발전하는 다른 스포츠의 유니폼에 비해 불편하다. 햇빛이 비치는 위를 쳐다봐야 하고 머리로 공을 받을 일이 없으니 모자를 쓰는 거야 좋다고 치자. 앞에 단추를 잠그도록 되어 있는 셔츠와 벨트를 채워야 하는 바지는 이렇게 뛰고 달리는 스포츠에서는 찾아볼 수가 없는, 마치 정장을 입는 느낌이다.

그런데 이런 불편함이 주는 매력이 있다. 야구 유니폼을 제대로 갖춰 입으면 운동을 잘하기 위해 '츄리닝'을 입은 게 아니라 뭔가 근사하기 때문이다. 리틀야구 선수들이 동네 이름이 가슴에 박힌 유니폼을 입고 지나가면 귀엽기도 하거니와 멋있기도 하다. '오 뭔가 폼 나는데?' 이렇다 보니 사회인 야구를 하는 아저씨들은 다른 옷들은 구겨지거나 뭐가 좀 묻었거나 대충 입고 말아도, 자기 유니폼만큼은 애지중지 빨아서 멋지게 입고 싶어 한다. 광이 번쩍번쩍 나는 벨트에 산뜻하게 떨어지는 바지, 스파이크까지 신고 모자를 쓰고 나면 괜히 야구 선수가 된 느낌이다.

어떤 스포츠건 선수가 된 듯한 느낌을 복장으로만 주려면 그 복장이 좀 번거롭고 복잡해야 한다. 아이스하키를 취미로 하는 사람들은 그 두꺼운 장비를 차고 헬멧에 스틱을 들면 실력이 어떻든 간에 그럴듯해 보인다. 구분하자면 야구도 그런 쪽인데 이게 야구 유니폼을 모두 갖춰 입었다고 끝난 게 아니다. 바람 좀 분다고 바람막이, 날씨 좀 춥다고 풀오버, 유광이건 무광이건 잠바, 한국시리즈에서 선수들이 하고 있던 걸 보는 바람에 우리도 장만한 넥워머, 별로 쓰지도 않는 손목 아대, 그렇게 빠르지도 않은 타구 잡을 거면서 글러브 안에 수비 장갑, 해도 아직 안 떴는데 고글, 플라이볼은 어차피 놓칠 거지만 눈 밑에 검정색 스티커, 왜 하는지 몰라도 무슨 음이온 나온다는 야구 목걸이. 아직 글러브는 나오지도 않았고 타격 쪽은 들어가지도 않았다. 수십만 원에 달하는 글러브를 포지션 별로 장만하고, 검투사 헬멧에 타격 장갑, 팔꿈치 보호대와 다리 보호대, 무게와 길이에 따른 배트들에 이 장비들을 모두 담을 야구 가방까지. 기본적으로는 야구 선수들을 따라 하다 보니 갖추게 되는 장비 목록들이다(포수는……).

역시 야구는 '장비빨'이라고, 복장과 장비가 복잡하다 보니 갖출 것이 많지만 그래서 다 해놓고 나면 그럴듯하다. 직장인 밴드가 프로 밴드들보다 더 좋은 악기를 쓰는 경우가 많은 것도 비슷한 현상이다. 어쨌든 이 종목이 예의를 갖추기 위해 모자와 셔츠, 그리고 벨트까지 매는 건지는 잘 모르겠다. 하지만 꽤 엄격하게 복장에 대한 규칙을 적용하는 것 치고는 액세서리나 다른 잡다한 것들에 대해서는 유연하다. 신체 접촉이 많이 일어나지 않는 경기의 특성일 수도 있다. 그런데 이렇게 다 갖춰 입고 매고 붙여도 결국 가장 중요한 건 다른 두 가지다. 바로 가슴에 박힌 팀의 이름, 그리고 등에 붙은 번호.

홍대 앞에서 음악하는 사람들끼리 모인 사회인 야구팀 '락커스'. 언제 불러도 이보다 더 멋지고 정체성을 한 방에 보여주는 야구팀

이름은 없다. 창단하던 때가 2009년이고 2010년부터 리그에 가입했는데 〈천하무적 야구단〉이 무려 〈무한도전〉을 상대로 전국의 아저씨들 안에서 야구 소년을 일깨우던 때다. 사실 '나도 야구 소년이었지. 하고 싶다!'라기 보다는 '야, 내가 해도 저것보다는 잘하겠다!' 쪽이었다. TV 화면으로 보던 야구는 대부분 프로야구, 가끔 고교야구나 대학야구였으니 그에 비해 같은 화면에서 나오는 연예인들의 야구 실력은 너무나 형편없어 보였다. 어렸을 적 자기들이 하던 야구는 기억에서 아름답게 왜곡되어 떠오르니 내가 하면 훨씬 더 잘할 거라고 확신한 아저씨들이 동대문 야구용품점으로 몰려갔다.

그 이전에도 꾸준히 야구를 하던 사람들은 많았다. 연차가 쌓이면서 이들은 실력도 늘고 있었다. 알음알음으로 야구 레슨도 받으면서 변두리에 위치한 야구장에서 시합도 하곤 했는데 갑자기 폭발적으로 야구를 하겠다는 아저씨들이 범람하기 시작한 것이다. 취미 야구 시장은 빅뱅이 일어났다. 당시 팔꿈치 보호대와 야구 가방을 사기 위해 찾은 한 야구용품점 사장님은 매년 100퍼센트씩 매출이 늘어나고 있어서 부자가 된 사장들이 많다는 얘기를 건넸다. 턱없이 부족한 야구장 때문에 일요일은 야구부가 있는 학교의 운동장을 빌리거나, 열악하고 멀더라도 예약만 된다면 한걸음에 먼 야구장으로 달려가는 사회인 팀들이 늘어났다. 여기 저기 새로운 사회인 야구 리그가 우후죽순으로 생겼고 락커스도 그런 신생 팀 중 하나였다.

7번 하면, 역시

락커스의 멤버들이 응원하는 프로야구팀은 다양하다. 유니폼을 맞춰야 했는데 특정 팀이 연상되는 디자인은 큰 갈등의 소지가 될 수 있었다. 특히나 사이가 유독 좋지 못한 팀의 팬들끼리는 유니폼의 디자인에 따라 야구팀 탈퇴도 불사할 조짐이었다. 하긴, 어떻게 저쪽 팀 유니폼을 입고 야구를 하겠나. 특정 팀의 디자인을 이리 저리 피하면서 나온 유니폼은 어딘지 일본 국가대표팀 냄새도 좀 나는 듯했다. 나는 락커스 팀 결성 초기단계에 팀 이름이 '홍대락커스'라 될 뻔한 것을 '락커스'로 확정하는 정도에만 발을 얹었다. 홍대락커스라니, 이 멋진 이름을 망칠 뻔한 것이다.

창단 멤버가 되지 못한 것은 내가 하고 있던 밴드와 운영하던 라이브 클럽의 일정으로 우물쭈물하는 바람에 일어난 참사였다. 야구팀을 꾸리던 이들과 술자리를 같이하고, 어렸을 적 야구 무용

담을 나누긴 했지만 정작 팀의 유니폼 제작할 때를 놓쳤다. 그리고 그건 원하는 등번호 선점에 실패했다는 뜻이었다.

우! 승! 찍! 기!

아이들의 첫 유니폼 등번호에는 엄마보다 아빠가 더 깊게 관여한다.

각 종목에는 인기 많은 등번호가 존재한다. 축구에서는 차범근의 11번에서 펠레와 마라도나 그리고 수많은 전설들의 10번, 베컴과 호날두 그리고 박지성과 손흥민의 7번. 마이클 조던의 23번이 절대적인 농구에서도 스테판 커리의 30번이나 강백호의 10번처럼, 의미 있고 멋있는데다가 모두가 달고 싶어 하는 번호가 존재한다.

스포츠에 등번호가 도입되고 넓게 쓰이기 시작할 때 각 번호는 선수들의 취향이나 선택과는 상관없는 자동 부여였다. 처음 등번호를 사용한 메이저리그의 뉴욕 양키스는 타순에 따라 그냥 번호를 매기는 바람에 베이브 루스와 루 게릭이 3, 4번을 달게 되었다. 그리고 이것이 지금 양키스의 한 자리 수 등번호가 모두 영구 결번되어 멸종한 결과로 이어졌다.

전 종목에 등번호가 퍼지면서부터는 포지션별로 선수를 구별하는 용도로 쓰였다. 축구의 골키퍼가 1번, 수비수들이 2, 3번. 야구에서는 투수부터 수비 위치에 따라 1번부터 9번. 일본 고교야구는 여전히 팀의 에이스가 1번을 등에 달고 던지는데《H2》의 히로가 바로 그렇다. 아마추어 농구의 번호는 좀 독특한데 심판의 수신호와 겹치지 않게 1~3번은 불가, 4번부터 시작이고 15번까지가 등번호로 유효하다. 그래서 주장 채치수가 4번을 달았다.

프로에서는 이와는 다른 번호들이 각광받기도 하지만 원래 경기에서의 위치에 따라 부여된 번호를 다는 것도 멋있다. 하지만 다른 스포츠들과 마찬가지로 야구에서도 위치에 따라 부여된 고유의 번호들 이외에 롤모델에 따라 반드시 달아줘야 폼이 나는 번호들이 생긴다. 메이저리그, 일본 프로야구, 고교야구와 실업야구, 그 옛날 레전드들에 심지어 야구 만화까지 많은 요소들에 의해 각 번호들 중 '명당'이 생겼다. 이건 또 선수들마다 선호하는 바가 달라서 서로 달고 싶은 번호가 제각각이기도 했다. 그래도 역시 그중에서도 인기 있는 번호, 선배가 후배에게 부탁하거나 협박해서 뺏고 싶은 번호, 무엇보다도 상징적인 번호들은 있다.

한 선수의 업적을 영원히 기리기 위해 그 번호는 이제 아무도 달 수 없는 번호가 되어버리는 '영구 결번'. 이런 번호들은 적어도 그 팀에서는 무슨 수를 써도 달 수가 없다. 심지어 메이저리그 첫 번째 아프리칸-아메리칸 선수인 재키 로빈슨의 번호 42번은 앞으로 메이저리그 어느 팀의 선수도 달 수 없게 되었다. 리그의 영구결번. 이런 건 참 멋있단 말이지. 번호가 가지는 상징성과 매력이다. 선수들은 정말 자신의 번호를 어떻게든 가지고 싶어 한다. 물론 다른 선수의 번호를 뺏어 달 수 있다고 해도 영화 〈The Fan〉에서처럼 선수를 살해하고 문신을 도려내지는(!) 않겠지만 말이다.

프로야구 초창기 유격수는 7번이었다. 김재박에서 시작한 이 등번호는 이후 이종범, 박진만으로 이어지며 당대의 최고 유격수를 상징했다. '럭키 세븐'은 괜찮은 것 같지만 약간 촌스러운 느낌도 있는데, 야구 제일 잘하는 선수가 달고 뛰면 그냥 멋진 번호가 되어버린다. 수비 위치에 따른 번호로 본다면 유격수는 6번이 맞지만 한동안 유격수의 번호였던 7번. 지금은 더 이상 상징적이지는 않다. 미국 진출 전까지 김하성과, 박진만의 은퇴 후 김상수가 7번을 달았지만 다른 대표적인 유격수들은 류중일의 1번, 유지현의 6번, 강정호의 16번, 오지환의 10번을 비롯한 여러 번호 등(이젠 바꾸지 말자, 좀) 제각각이었다.

메이저리그의 유격수라면 역시 데릭 지터의 2번, 알렉스 로드

리게스의 3번과 13번, 노마 가르시아파라의 5번이다. 데릭 지터의 은퇴와 함께 영구 결번된 양키스의 2번은 나이키 'RE2PECT' 캠페인으로(마이클 조던이 등장한다!) 세계적인 유명세를 떨쳤다. 게다가 양키스의 마지막 한 자리 수 영구 결번이었기 때문에 메이저리그에 큰 관심이 없는 야구팬들에게도 알려졌지만, 그 외 다른 선수들의 번호는 이만큼의 임팩트는 없다. '유격수니까 이 번호'로 연결이 좀 덜하다.

엘지트윈스의 7번이라면 역시 김재박에서 시작해 '캐넌 히터' 김재현의 번호로 크게 기억에 남는다. 그 이후 김재현의 FA 이적으로 김상현이 잠시 달았고, 타자와 투수를 오고 갔던 '트랜스포머' 김광삼이 야수 시절 달았다가 등번호 교체의 '달인' 오지환(9번-7번-52번-2번-10번. 대부분 교체의 이유는 선배들에게 양보)과 '작뱅' 이병규를 거쳐 2021년에는 정주현의 번호다. 한 자리 수 번호는 대개 실력이 출중하고 인기가 많은 팀의 상징적인 선수들이 많이 다는 편이다. 그래서 다른 팀의 낯선 신인이 한 자리 수를 달고 출장하면 이런 생각을 하게 된다.

'저 선수, 엄청 기대 받고 있는 신인인가 보네.'

우리 리그는 오지환의 경우처럼 '나이'와 '기수'로 이런 번호가 배정되는 경우가 흔하다. 2021년 노장 포수 이성우가 4번, 김용의가 5번을 달았던 것을 보면. 이들이 은퇴하면 억대의 계약금과 그만큼의 기대를 받고 입단한 신인에게 이 귀한 번호들이 갈 수도 있겠고, 혹은 호시탐탐 이 번호를 탐내다 이제 팀에서 나이 서열이 최상위권이 되는 어느 고참 선수가 가져갈 수도 있겠다. 등번호가 한 선수의 야구 인생을 선명하게 상징하면 좋겠다고 생각하는 나는 번호를 돌려가며 쓰지 않았으면 하지만 또 각자의 사정과 사연이 있겠지.

자신의 번호와 함께 은퇴한 노송

유격수에 깊은 애정이 있어 그런 것인지 엘지트윈스에서 그 이외의 특별한 번호는 딱히 떠오르지 않는다. 물론 영구 결번이 있지만. 16시즌 동안 613경기에 출전해서 126승 89패 227세이브라는 찬란한 기록을 남긴 선수. 만 40세에 은퇴하던 시즌에서도 127이닝 동안 6승 4패 4세이브를 던져 왜 그만두는지가 의문이었던 '노송' 김용수. 아직 그가 현역이던 1999년에 이미 41번은 영원히 김용수만의 번호로 남게 되었고, 그 옆에 다른 번호가 붙던 2017년까지 엘지트윈스의 유일한 영구 결번이었다. '면도날'이라는 다른 별명처럼(하긴 입단하면서부터 '노송'이면 이상하잖아) 칼날 같은 제구력과 믿기지 않는 체력을 바탕으로 앞으로도 나올 수 없는 업적을 남겼다. 1990년과 1994년 한국시리즈 우승에서도 김용수의 존재감은 절대적이었다. 두 번 모두 한국시리즈 MVP를 거머쥐었으니 그의 등번호 41번뿐 아니라 한국시리즈에서의 활약도 유일무이했다.

박종훈 감독이 경질되고 나락으로 떨어진 팀을 구원할 감독은 누구인가로 혼란스럽던 2011년 말. 팬들은 자발적으로 여의도 한강공원에 모여 페스티벌을 열었는데 내용은 팀의 방향성을 성토하는 것이었다. 규모도 제법 컸다. 당시에 많은 팬들은 팀을 장악하고 지옥 훈련을 통해 어쨌든 눈에 보이는 성과를 낼 것으로 기대한 김성근 감독을 원했다. 김성근은 엘지트윈스를 마지막으로 한국시리즈로 이끈 감독이었고 그건 불과 10년 전 일이었다. 하지만 결론은 감독 경험이 없던 당시 만 42세의 김기태였다. 초보 감독의 선임이 불러일으킨 팬들의 분노는 대단했지만 상황이 어떻게 흘러갈지 그곳에 모인 사람들은 아무도 알 수 없었다.

그날 여의도에서는 팬들이 만든 김용수의 은퇴식이 열렸다. 나는 자원해서 공연을 하러 간 덕분에 대기실에서 노송을 직접 만나 사진도 찍고 이야기도 나눌 수 있었다. 많은 사람들로 분주하고 어수선해서 속에 있는 얘기를 나눌 분위기는 아니었다. 나는 여러 장의 사진을 찍은 후 은퇴식을 앞둔 레전드에게 참으로 경망스러운 질문을 했다.

“제 투구폼 어떤가요? 여기서 몸이 안 넘어오는 거 같지 않나요?”

허허허 웃던 노송은 몇 번의 질문에도 웃음으로만 대답하다가 갑자기 정색을 했다.

“하루에 러닝을 얼마나 합니까?”

“아…… 안하는데요…….”

인생에 딱 한 번 있을 법한 영구 결번 선수와의 만남이었는데, 참 아쉽다. 지금이라면 야구에 관한, 그리고 삶에 관한 더 많고 깊은 질문들을 천천히 할 수 있지 않을까.

재미있고 돌발적이라기보다는 차분하고 꾸준하면서 진지한 이미지. 노송의 그 길고 단단한 선수 경력을 통해서 팬들이 가지고 있는 인상이다. 다른 사석에서 만난 이들의 증언은 조금 다르지만, 어쨌든 잠실야구장 한쪽에 붙은 ‘41’번을 볼 때마다 나는 그런 이미지가 떠오른다. ‘면도날’과 ‘노송’. 이 두 가지의 이미지를 동시에 가질 수 있는 사람은 아마 김용수밖에 없을 것이다.

Revolution #9

2017년, 우승을 하면 말을 타고 야구장에 들어오겠다던 엘지트윈스의 외야수는 끝내 그 꿈을 이루지 못하고 야구장을 떠난다. 정작 그날 경기는 강우 콜드게임으로 7회에 끝났다. 하지만 야구장을 가득 메운 팬들은 우비를 입고 우산을 들고 쏟아지는 빗속에서 묵묵히 기다릴 뿐 아무도 경기장을 떠나지 못했다. 바로 직전 해 2군에서 4할이 넘는 맹타를 휘두르고도 1군에 올라오지 못했던 긴 시간. 정규시즌 마지막 경기에서 맞은 현역의 마지막 타석. 투아웃 상황에서 날린 안타였는데도 홈에서 살지 못한, 하필이면 같은 이름의 2루 주자. 덕아웃에는 여전히 같은 감독.

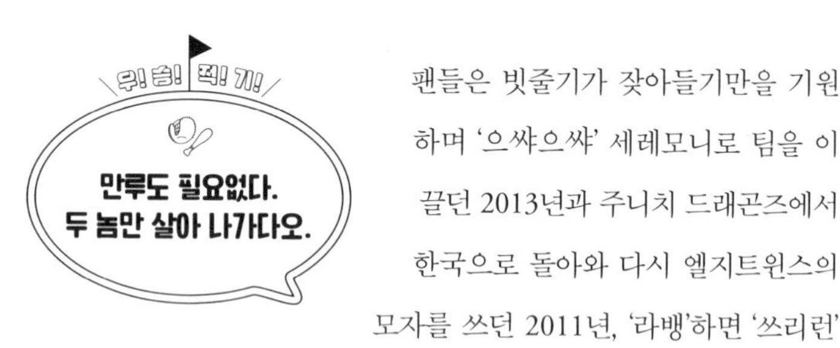

팬들은 빗줄기가 잦아들기만을 기원하며 '으쌰으쌰' 세레모니로 팀을 이끌던 2013년과 주니치 드래곤즈에서 한국으로 돌아와 다시 엘지트윈스의 모자를 쓰던 2011년, '라뱅'하면 '쓰리런'이 바로 입에 붙던 시절과 잠실의 중견수로 30-30을 달성하던 1999년, 야생마 이후 다시 등장한 잠실의 '말'이 신인왕을 타던 1997년의 장면들을 각자의 버전으로 떠올리고

있었다.

팬들의 바람이 통했을까. 비는 잦아들었다. 은퇴식의 시작. 2014년 준플레이오프 3차전 코엑스까지 울려 퍼졌다는 '엘지의 이병규!'를 마지막으로 외친 팬들. 우리는 엘지의 이병규가 마지막으로 운동장을 돌 때 다시 내린 비 덕분에 서로에게 눈물을 숨길 수 있었다. 9번. 스타성은 만들 수 있는 게 아니라는 걸 보여주는 캐릭터. 선구안이란 그에게는 처음부터 존재하지 않는 미지의 것이며, 결정적인 순간 타석에 등장하기 위해 천천히 걸어 나오며 방망이를 등 뒤로 돌리는 동작만으로 타석이 완성되는 타자. 유광잠바를 입고 벤치에 앉아있다 대타 호출에 벗은 잠바 뒤로 보이던 숫자, 9.

엘지의 이병규가 있기 전까지 나에게 9라는 숫자는 비틀즈를 통해서 의미가 있었다. 존 레논은 자신의 생일과 어린 시절 주소부터 시작해 9라는 숫자가 평생 따라다녔다. 숫자 9와 운명적인 인연을 느낀 존 레논은 평생을 통해 이 숫자에 탐닉했다. 비틀즈의 9번째 앨범인 〈White Album〉에 온갖 실험적 시도를 한 〈Revolution 9〉이라는 곡을 넣는가 하면, 처음 발매할 때 모든 앨범에 1번부터 고유번호를 붙이고 1~4번의 앨범은 멤버들이 각각 가져갔는데, 스스로 아홉 번째 앨범을 따로 챙겼다.

비틀즈 해체 후 발표한(오노 요코와 함께 발표한 앨범을 포함해) 자신의 아홉 번째 솔로 앨범에도 〈#9 Dream〉이라는 곡을 내고 그 곡이 차트 9위까지 올랐으니, 단순히 좋아하는 숫자 정도에 머물지 않았다. 그 숫자가 엘지트윈스에 와서 이병규의 등번호로 영구결번되어 누구도 그 번호의 이미지를 가져가지 못하게 되었다. 비틀즈 음악을 연주하고 거기에서 존 레논의 역할을 맡고 있는 나로서도 대단한 인연이다.

곧 33번이 저 숫자들 옆에 놓이게 될 것이다. 2,504개. 당분간 유지될 것으로 보이는 KBO 최다 안타의 주인공. 한 팀에서만 19년을 뛰면서 쌓아올린 금자탑이다. 2루심의 위치를 조절하던 장면은 그가 쌓은 시간과 업적으로 가능한 것이었다. 숱한 별명을 낳으면서 팬들의 사랑에 감사한 이 선수를 바라보며 팬들은 그 옆에 더해질 다른 번호들도 그려볼 것이다.

너무 많으면 그 가치가 떨어질 것 같은 걱정도 들고, 단순히 성적으로만 하자니 뭔가 멋도 없고 영구 결번의 가치가 그런 것인지에 대한 의구심도 든다. 앞으로 나오게 될 선수들은 누구일지, 그러려면 다른 팀으로 가는 일 따위는 절대 없어야 할 텐데. 지금까지 성적이 이 정도였으니 은퇴를 대략 이 시점에 한다면 그때까지 매년 이 정도씩은 활약해야겠네. 은근히 자기가 가장 아끼는 선수의 기록도 살펴보면서 그 번호가 저 영광스러운 곳 한편에 자리할 날을 그려보는 것이다.

이미 그 시기를 놓친 아쉬운 번호들도 마음에 걸린다. 각자의 영웅은 각자의 스토리에 따라 모두 다르니 사실 그런 번호를 모두 결번시킬 수도 없고, 게다가 성적을 꼼꼼히 찾아보면 자신에게 남아있는 인상이나 이미지보다 훨씬 짧거나 별로인 경우도 많다. 그럴 땐 입 밖으로 꺼내지는 못하고 그 번호를 새로 단 후배 선수들만 애꿎은 눈으로 쳐다보게 된다. 엘지트윈스에서는 봉중근, 이형종, 서승화에 나중에는 조윤준이 나에게 그 눈초리를 받았고 다른 팀에서는 강민호나 나성범은 투수가 아니라서 별 감흥이 없는데 투수가, 그것도 왼손 투수가 그 번호를 달고 있으면 묘하게 '뭔데?' 하고 바라보게 되었다.

등에 달려있는 번호. 별것 아니라면 별것 아니다. 그렇지 않아도 챙겨봐야 할 숫자가 넘쳐서 곤란할 지경이다. 등번호에 이렇게까지 감정이입하며 의미를 부여할 필요가 있을까도 싶다. 하지만 뉴욕 양키스는 1번부터 9번까지 한 자리 수 번호가 이미 다 빠졌고, 모두 22명의 전설들이 21개의 번호를 은퇴시켜버렸다(8번은 빌 디키와 요기 베라가 같은 날 동시에 결번!). 이러다가 앞으로는 모든 선수가 100번 대의 번호를 써야 하지 않을까 걱정이다. 하지만 새로운 선수들은 그 안에서도 열심히 번호를 찾는다. 이 단순한 숫자 하나에 야구와 선수와 그들의 삶이 연결되면 가지는 의미가 달라지기 때문이다. 더 많은 연봉을 위해 팀을 옮기는 것도 존중받아야 하고, 자신의 번호가 그 옆에 놓이는 것을 유일한 목표로 하는 것도 낭만적이다.

그저 숫자일 뿐

내가 몸담고 있는 사회인 야구팀은 음악하는 사람들의 팀 '락커스'와 팟캐스트 〈야잘잘〉을 듣고 모인 팀 '야잘잘스' 이렇게 두 팀이다. 락커스에서 초창기에 한 박자 늦게 합류했지만 여전히 7번이 남아있던 것은 행운이었다. 유격수를 노리고 있었으니. 그때도 먼저 물어봤던 번호는 역시 47번이었다. 엘지트윈스 팬인 형이 번호를 선점하고 게다가 투수였기 때문에 인연이 없다고 생각했었다. 나중에 47번을 단 그 선배가 부산으로 내려가면서 같이 하기 힘들어지게 되자 47번으로 냉큼 갈아탔다.

야잘잘을 듣고 모인 사람들끼리 유니폼을 맞추는 것은 남다른 의미가 있었다. 한 사회인 야구팀에는 여러 팀의 팬들이 모이다 보니 특정한 팀의 색깔이 나는 유니폼을 하기 어렵다. 그런데 전원이 엘지트윈스 분위기가 나는 유니폼이 아니라 아예 엘지트윈스와 똑같은 유니폼을 입고 함께 뛸 수 있다니 정말 신나는 일이었다. 자연스레 문제가 있었으니 바로 이 유니폼에 적힌 등번호의 의미가 이제 더욱 남다르다는 것. 야잘잘스는 서둘러 41번과 9번을 영구 결번시켰고, 덧붙여 47번도 함께 누구도 달 수 없는 번호로 뺐다. 왼손잡이 여성 투수가 입단하는 바람에 넘겨줬는데, 큰 잡음은 없어서 다행이었다.

9번을 놓고는 다툼까지는 아니어도 서로 마음이 상하는 일이 일어날 참이었다. 나머지 번호를 서로 선점하는 과정에서 치열한 눈치 싸움이 벌어졌는데 먼저 가입한 사람들이 자기가 원하는 번호를 가져가게 되었지만 그게 겹쳤을 때는 마치 프로야구팀처럼 나이가 많거나, 수비 위치가 맞거나, 그 번호에 어울리거나, 야구를 좀 더 오래했거나, 자주 나오거나 등의 기준으로 정리가 되었다.

《달려라 꼴찌》에서 독고탁은 처음 에이스 투수의 번호 1번을 요구했다가 선배들에게 혼나고 4번과 7번은 어떠냐고 했다가 그 번호를 단 선배들에게 다시 한 번 혼난다. 야구와 관련해서 큰 특징이 없던 번호 14번은 독고탁의 상징이 되었다. 류택현은 이 만화를 보고 초등학교 시절부터 14번을 달고 프로야구에서 무려 20시즌을 뛴 후에 은퇴했다. 번호는 그냥 숫자일 뿐이지만, 그게 유니폼의 뒷면에 달리면 의미가 생긴다. 야구 선수라면, 야구팬이라면 그 숫자는 신성해지기도 한다. 큰 부상을 당해 전력에서 이탈해 있는 선수들을 위해 그라운드 위의 선수들은 모자에 그 선수의 번호를 적는다. 모자에 적힌 숫자는 그저 숫자가 아니게 된다.

유니폼 등 뒤에 박힌 번호가 아닌 가슴에 걸린 그 이름을 위해 뛰라는 말은 감동적이다. 하지만 그 유니폼 앞의 팀 이름에 뒤에 걸린 숫자가 합쳐지면 그 감동은 더 커진다. 수없이 많은 기록과 가공된 기록으로 유독 숫자가 많은 스포츠—야구. 선수들은 하나의 숫자를 영원히 자신의 것으로 남기기 위해 어마어마한 다른 숫자들을 쌓아간다. 야구, 유니폼 그리고 숫자.

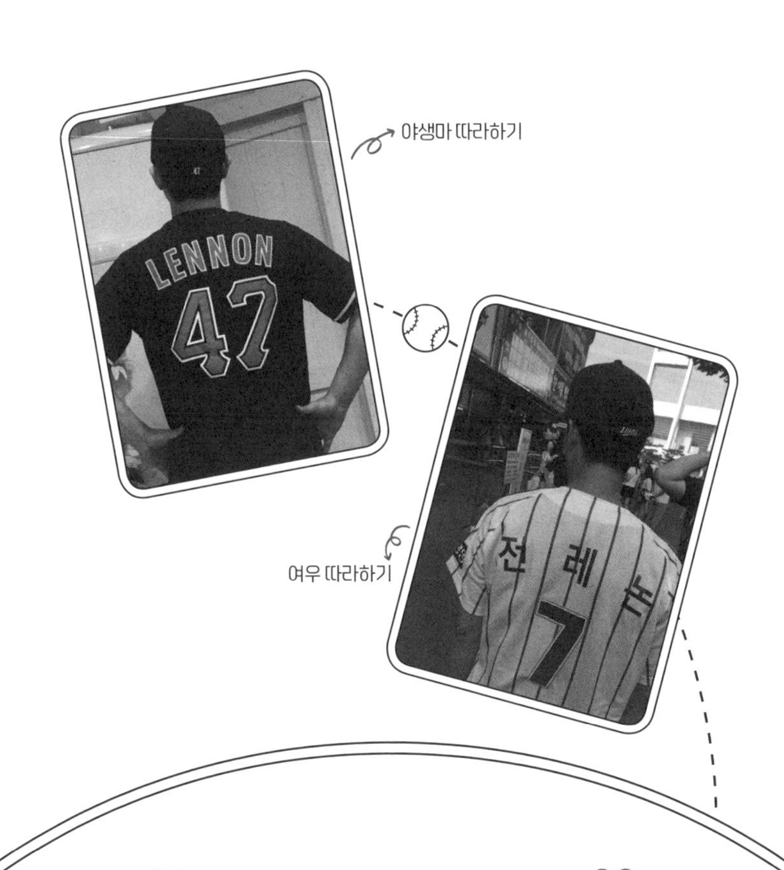

나의 유니폼들 번호는 그냥 숫자일 뿐이지만,
그게 유니폼의 뒷면에 달리면 의미가 생긴다. 야구 선수라면,
야구팬이라면 그 숫자는 신성해지기도 한다. 큰 부상을 당해 전력에서
이탈해 있는 선수들을 위해 그라운드 위의 선수들은 모자에 그 선수의
번호를 적는다. 모자에 적힌 숫자는 그저 숫자가 아니게 된다.

야구 영화, 그리고 야구와 영화: 30년 후 꿈의 구장에서 이뤄진 꿈

잘 만든 것

중학교 시절부터 그렇게 가르치려 애썼다. 시간이 흘러도 '친구'라고 하면 가장 먼저 떠올리게 되는 그 녀석들 중의 하나. 바둑은 정말 너무나 재밌는 거라고, 너는 일단 시작하면 잘할 거라고 무던히 애도 썼다. 내가 단칼에 거부하고 농구공 들고 나갔냐 하면 여러 번 마주 앉아서 미니 바둑부터 두고 그 녀석이 빌려준 바둑책도 봤다. 그때는 집집마다 바둑판이 있었는데 뒤집어서 장기판으로도 쓸 수 있는 접이식 바둑판이 대부분이었고, 그 집 아버지께서 바둑

좀 두신다 하면 근사한 받침대가 있는 으리으리한 고급 바둑판이 있기도 했다.

나는 주로 오목을 몇 판 두다가 알까기로 전환하는 쪽이었다. 하지만 최고의 스포츠 스타들과 견주어도 더 큰 인기를 자랑하던 당대 프로 바둑기사들의 영향이었는지 바둑을 제대로 배우고 꽤 심각하게 어른들과도 대국하던 친구들이 있었다. 내 친구가 그중 한 명이었다. 나도 괜히 바둑을 둔다고 하면 머리도 좋아 보이고 어른스러운 것 같아 몇 번 시도했지만 결국 실패했다. 사실 흥미가 아예 없었다.

초등학교 시절 아버지 따라서 갔던 낚시도 비슷한 경우다.

"찌를 잘 보고 흔들거리다가 물속으로 쑤욱 들어가거든 확 낚아채라."

아버지의 말씀대로 집중하고 한 마리를 낚았다. 낚싯대의 손잡이 부분이 파르르 떨리는 그 '손맛'이라는 것을 한 번 느끼긴 한 것이다. 그리고 딱 거기까지였다. 아니 이거 한 번 느끼자고 계속 찌만 보고 오랫동안 앉아있어야 한다니, 이건 내 스타일이 아니야. 난 그 이후로도 바둑과 낚시는 영 당기지가 않았다. 그러고 보니 아버지도 집에 근사한 바둑판을 두고 바둑책도 시리즈로 비치하셨다. 낚싯대도 꽤 좋아 보이는 게 있었다. 친구분들과 주말에 낚시를 가시곤 했는데, 내 기억에 주로 남는 아버지의 장면은 테니스 치시던 모습뿐이고 지금은 바둑판 자체가 아예 없다. 우리 집안은 그런 느긋하고 진득한 것하고는 별 인연이 없나 보다.

《고스트 바둑왕》이라는 만화가 있다(나중에 재발매되면서 제목은 원작 그대로 《히카루의 바둑》으로 바뀐다). 그 옛날 어느 고수의 영혼이 바둑판을 통해 현대의 한 소년에게 빙의되는 이야기. 바둑을 소재로 우정과 연애를 다루기도 하고 주인공의 성장 드라마를 매력적으로 보여주기도 하지만 이 작품의 본격적인 내용은 바둑에 대한 여러 가지 것들이 중심이다. 총 23권으로 구성된 단행본을 앉은 자리에서 독파했다. 바둑에 흥미도 없고 프로 기사들의 대국을 《삼국지》 장수간 일합을 겨루는 것 정도로 보던 내가 바둑 이야기에 푹 빠져들었다.

잘 준비된 스토리는 그 대상에 흥미가 없거나 무지한 사람의 마음도 충분히 빼앗을 수 있다는 걸 다시 한 번 느꼈다. 생각해보니 이 만화뿐 아니라 많은 것들이 그랬다. 김연아의 기술과 연기력은 모든 국민에게 피겨스케이팅에 관한 심미안을 선사했고, 〈라스트 댄스〉를 보며 그때 시카고 불스와 마이클 조던의 시대가 얼마나 찬란했는지 모두가 다시 깨달았다. 반면 야구는 국내에 확보한 팬의 수와 그 영향력에 비해 관련 콘텐츠가 많지 않았고 나는 항상 그게 불만이었다.

옥수수밭에 나타난 야구 선수들

〈꿈의 구장Field of Dreams〉. 케빈 코스트너가 아이오와의 농부로 등장하는 이 영화는 2021년에 다시 한 번 전 세계 야구팬들의 가슴을 감동으로 물결치게 했다. 1989년에 나온 이 영화를 야구 영화로 봐야 할지 따뜻한 가족 영화로 봐야 할지 아니면 그야말로 꿈 같은 이야기인 판타지로 봐야 할지 모르겠다. 그저 이 영화의 마지막 장면에서 그 모든 것이 합쳐질 때 혹시 내가 화면 속의 저들을 방해하지 않을까 하는 걱정이 들며 생각했다.

"정말 아름답구나!"

우! 승! 피! 기!

If you build it, he will come.

30년이 넘게 지나 이 영화의 배경이었던 아이오와의 작은 야구장과 옥수수밭에서(사실은 그 옆에 새롭게 야구장을 지었지만) 뉴욕 양키스와 영화 속의 바로 그 팀 시카고 화이트삭스가 정식 메이저리그 경기를 펼쳤다. 영화에서 유령이 되어 옥수수밭에 나타나는 야구 선수들은 1919년 월드 시리즈에서 승부조작을 한 이들이다. 시카고 화이트삭스의 이 스캔들은 '블랙삭스 스캔들'로 불리며 가담한 모든 선수들이 영구 제명되었다. 오랜 시간이 지나 현재의 화이트삭스 선수들이 마치 그들을 대신하듯이 뉴욕 양키스와 경기를 치른 것이다. 케빈 코스트너를 필두로 옥수수밭에 나타난 양 팀의 선수들은 그 등장만으로 모든 것을 완성했다. 영화 속 유령 야구 선수가 케빈 코스트너에게 옥수수밭 야구장에서 물은 한 마디. "여기는 천국인가요?" "Is this heaven?" 바로 이 한 마디를 관객에게 던진 레이 킨셀라(케빈 코스트너의 극중 이름)의 식전 행사에 더해 두 팀은 극적인 경기로 가장 완벽한 야구의 밤을 기가 막히게 마무리했다.

나는 이 영화를 1994년 즈음에 처음 봤는데, 영화에서 레이 킨셀라가 바로 저 질문을 받고 둘러본 농장과 가족의 모습, 아내와 짐을 챙기기 위해 2층으로 뛰어 올라가던 모습, 마지막 캐치볼의 모습이 뇌리에 박혀 언제나 내가 꼽는 최고의 명장면으로 남아있다. 귀여운 딸이 사람들이 올 거라고 말하자 야구장으로 들어오는 끝없는 차의 행렬처럼 전 세계의 수많은 야구팬들은 그날 아이오와를 보며 자신의 추억과 야구에 대한 사랑을 느꼈고 나도 그 하나였다.

이 영화가 사람들에게 남긴 것은 야구에 대한 불같은 사랑과 열정이라기보다는 야구가 자연스럽게 인생의 한 부분인 사람들의 삶에 관한 잔잔한 물결 같은 것이었다. 항상 곁에 있어 때로는 그 존재를 잊기도 하지만 돌아보면 항상 같이 있었던 그런 물결. 그 물결은 오히려 크고 높지 않아서 쉽게 사라지지 않고 30년이 넘는 시간 동안 흐르고 있었나 보다. 2005년 이후 정규시즌 최고의 시청률을 기록한 그날 경기 이후, 메이저리그는 2022년에도 이곳에서 다시 경기를 갖겠다고 약속했고, 그때까지는 메이저리그 구단이 없는 아이오와에서 패배한 유일한 팀으로 뉴욕 양키스가 이름을 남기게 되었다.

뉴욕 양키스와 시카고 화이트삭스 선수들이 기꺼이 영화 속 유령 선수로 분해서 나타나는 장면을 보면서 그리고 다시 한 번 그 영화에 대한 기억을 꺼내면서 이런 걸 만드는 사람들은 얼마나 야구를 사랑하는 것일까 생각했다. 혹시 야구를 사랑하지는 않지만 이게 돈이 될 것 같아서 이렇게 만든 거라면, 그 솜씨가 참 감탄할 만한 거라고 느꼈다. 이런 멋진 작품을 통해 야구는 조금 더 멋있어지고 야구팬들은 조금 더 자신의 평생 친구를 자랑스럽게 여기게 된다. 우리도, 우리 야구도 구구절절한 사연에 눈물과 웃음이 넘쳐날 텐데. 우리도 이런 걸 좀 가져보면 좋겠는데. 소재 자체가 많은 이들에게 관심을 불러일으킬 만한 것이면 우선 당장은 이목을 끌 수는 있겠지만, 그 사람들이 그 소재에 가지고 있을 애정의 깊이와 역사를 본다면 어지간히 만들었다가는 욕이나 먹기 쉽다.

지금은 실시간으로 세상 어느 곳에서 만드는 콘텐츠이건 볼 수 있고 그래서 자연스럽게 비교가 된다. '방화'가 오스카를 로컬이라 칭하며 상을 휩쓸고 빌보드 싱글차트에서 자신의 곡을 자신의 곡이 밀어내며 1위를 하는 한국산 아이돌도 있는 마당에 '그래도 우리나라에서 만든 국산이니 사랑해야 하지 않겠냐'는 건 통할 리 없다. 야구에 목마른 비시즌에는 특히나 더 찾게 되는 야구 관련 영화. 내가 아는 야구 선수가 주인공이거나 우리 리그를 다룬 영화라면 더 좋겠다.

동네 공터에서 한 마지막 야구

〈꿈의 구장〉이 상영되기 3년 전인 1986년 국내에서는 〈이장호의 외인구단〉이 개봉했다. 거의 하나의 현상에 가까웠을 정도였던 이현세의 야구 만화 《공포의 외인구단》이 원작. 최재성과 이보희가 까치와 엄지로 열연했고 정수라의 OST 〈난 너에게〉는 그해 가장 주목받은 곡이 되었다(조용필의 〈허공〉이 있었지만 이 분은 제외하고 인간계끼리 견준다면. 그리고 폴 앵카Paul Anka의 〈I don't like to sleep alone〉을 들어보면……흠흠). 영화 제목의 시작을 '공포'로 할 수 없었기 때문에 굳이 제목이 저렇게 바뀌었다든지, 정수라가 개봉 당일 아침에 저 곡을 녹음했다랄지 뒷얘기도 많았지만 어쨌든 원작의 화제성과 함께 그만큼 이 영화도 꽤 주목받았다.

야구팬들은 어쩌면 극장에서 대형 스크린으로 야구를 본다는 것 자체에 흥분했을 수도 있겠다. 영화는 고교야구나 실업야구의 장면을 상황에 맞게 섞어 넣어 사실감을 확보하려 했다. 하지만 역시 이미 프로야구가 시작된 후 높아진 야구팬들의 눈높이와 심미안을 만족시키기는 어려웠던 것으로 기억된다. 물론 영화는 '지독한 남자들의 눈물겨운 사랑 승부'였으니 그건 그것대로 성공한 듯하고.

영화에서 야구를 사실적으로 그리는 것은 정말 어려운 일이다. 케빈 코스트너는 전문적인 야구 교육도 받고 작은 구단을 공동 소유했을 정도로 야구에 미친 사람이었기에 〈꿈의 구장〉뿐 아니라 〈사랑을 위하여For Love of the Game〉 〈19번째 남자Bull Durham〉 등에서 프로 선수 역을 해낼 수 있었다. 아무리 천의 얼굴을 가지고 연기하는 배우들이라지만 프로 운동선수와 비슷하게 야구하는 모습을 보이는 건 불가능하다.

지금이야 하나의 장르로 자리 잡았지만 예전 난타가 대학로에서 처음 기획될 때다. 배우가 타악을 배워 무대에 오를 것이냐 혹은 타악 연주자가 연기를 배울 것이냐로 설왕설래가 있었고 실제 두 가지 다 시도했다고 한다. 연기와 어떤 기능을 동시에 프로의 수준으로 갖추는 것은, 특히나 그게 압도적인 피지컬과 기술을 필요로 하는 스포츠인 경우는 참 난감한 문제다. 그래서 〈이장호의 외인구단〉에서 그려진 야구 장면을 놓고 표현이 별로라고 얘기하는 것은 무리다. 오히려 야구 이외에 다른 부분에서 할 말이 더 많다.

〈퍼펙트 게임〉 〈슈퍼스타 감사용〉 〈YMCA 야구단〉 〈해가 서쪽에서 뜬다면〉 〈미스터 고〉와 다른 숱한 작품들은 야구가 국내에서 가장 인기 있는 스포츠이기에 만들어졌을 수 있었다. 하지만 모두 어떤 인물이나 사건을 중심으로 한 얘기다. 어릴 적 공터에서 아이들과 함께하던 가장 가까운 놀이이자 문화로서의 야구 자체를 조명한 경우는 아직은 없는 것 같다.

부러운 야구 역사와 문화가 낳은, 1993년에 나온 〈리틀 야구왕 The Sandlot〉은 내가 꼽는 최고의 야구 영화다. 마을에 이사 온 소년(야구도 할 줄 모르고 다른 소년들이 줄줄 꿰고 있는 야구 상식도 하나도 모르는)과 공터에서 펼쳐지는 동네 꼬마들의 야구 이야기. 국내에서는 개봉을 했는지도 잘 모르겠다. 하지만 출연한 소년들이 다 성장한 후에 다시 그 공터에 모여 촬영을 하고, 메이저리그의 슈퍼스타들이 각 소년의 역할을 맡아 경기도 하는 걸 보니 저쪽에서는 꽤 주목받았나 보다. 이미 다 커 버린 어른들이 여전히 이 영화의 장면을 퍼 나르고 대사를 인용하고 자신의 코멘트를 끊임없이 올리고 있는 걸 보면 자신의 어린 시절을 본 게 아닐까.

주인공 소년은 역시나 덩치도 작고 별 재능도 없다. 초등학교 시절 반에서 덩치도 크고 운동도 잘했던 애들은 극히 소수고, 나머지는 대부분 나처럼 걔들을 쫓아다니기 바빴으니 다수의 사람들이 감정이입하는 데는 역시 이게 맞는 방법인 듯. 나도 역시 이 영화를 볼 때마다 주인공 소년이 되어 다른 아이들과 동네 흙바닥에서 공을 던지고 열심히 뛴다. 한번은 어떤 이가 이 영화에 관해

올린 글을 보고 내 기억을 찾으려 애썼던 적이 있다.

'아이들은 이게 이 공터에서 하는 마지막이 될 것을 모르고 야구를 하고 있다.'

맞다. 언제 누구와 했을까? 지금은 재개발이 되어 대략의 위치도 찾기 힘든 그 공터에서 나는 누구랑 마지막으로 야구를 했을까. 도통 기억이 나지 않는다.

야구도 널 사랑해줬어?

나는 영화배우보다 영화감독을 꿈꾸는 청춘이 더 많았던 1990년대를 치열하게 살았다. 주위에서 그 꿈을 이룬 사람은 한 명밖에 없는 것 같은데, 좀 지나치게 큰 꿈을 이뤄 오스카에서 작품상과 감독상을 받았다. 나도 영화감독이 된 나를 그려본 적도 있고 그걸 위해 여러 가지 시도도 해봤지만, 영화로 성공하거나 앞으로 성공할 사람들에 비해 진득한 끈기는 없었나 보다. 언제 그 꿈을 접었는지도 기억이 잘 안 나는 걸 보니. 하지만 〈리틀 야구왕〉을 보면서는 그 주인공이 되는 걸 넘어, 이런 영화를 만들어 보고 싶다는 생각이 참 오랜만에 들었다.

세상엔 수많은 야구 영화들이 있다. 모두가 다른 방식으로 야구를 다룬다. 모든 식당이 설렁탕을 팔 수는 없듯이 맛이 달라야 그게 또 제 맛이다. 야구를 좋아하다 못해 야구 영화까지 보고 싶어 하는 야구팬에게 정신 좀 차리라고 하기도 한다.

"선생님은 레드삭스를 정말 사랑하죠. 그런데 레드삭스도 선생님을 사랑해주던가요?"

〈나를 미치게 하는 남자Fever Pitch〉에 나오는 그 학생의 대사에 나를 포함해 잠시 멍했던 사람들이 분명 꽤 있었을 것이다. 하지만 내 기억 저편에 잠들어있는 친구로서의 야구를 꺼내 볼 수 있는 야구 영화를 여전히 만나고 싶다. 거창하고 위대한 야구 선수의 이야기가 아니더라도. 아니, 사실 뭐라도 좋으니 야구가 나오는 영화를 계속 많이 만나고 싶다.

형: 형이네

몇 년생?

호칭과 존댓말. 한국의 '사회생활'을 정의하는 가장 커다란 두 가지다. 직급이나 사장님이 아니면 선생님이라도 붙여 불러야 하고, 그냥 이름만으로 불리면 존중받지 못하는 사람으로 느껴질 정도. 물론 면전이 아니라면 그 호칭 대신 다른 말이 이름 뒤에 붙어서 돌아다니기도 한다. 우리가 '김 선생님'이라 불러야 하는 것은 성년이 되면 격식을 갖춰 부를 수 있는 '자'를 지어 부르고 이름 자체를 부르는 것은 실례이거나 모욕에 해당했던 한자문화권 영향도

클 것이다. 하지만 우리 한국인에게는 중국, 일본보다 더 거대한 장벽이 있으니, 바로 나이다. '민증'으로 국가가 공인한 개인의 나이는 처음 만나는 사람들이 자기를 소개할 때 맨 처음 튀어나오는 이름, 출신학교와 함께 '탑 쓰리'에 들 뿐 아니라, 분쟁이 생기거나 결정적인 순간에 등장하는 만능키다.

아주 예전 어마어마한 덩치에 살벌한 인상의, 하지만 아주 착한 친구와 늦은 밤 당구를 치고 있었다. 이제 갓 스무 살 쯤 되어 보이는 몇몇이 술에 거나하게 취해 당구장으로 들어왔다. 웃고 떠들고 서로 욕하면서 순간 당구장을 아수라장으로 만들고 있는데 같이 있던 내 친구가 말했다.

"아, 어린 놈들이 진짜……."

이 말을 들은 한 명이 맞받아쳤다.

"뭐? 지금 뭐라고 했어?"

이 친구가 그들에게 점점 다가감에 따라 "몇 살이나 처먹었어?"에서 "그러니까 몇 살이냐고요?" 이윽고 "나이가 어떻게 되시는지……"로 언어의 그라데이션이 펼쳐지는 것을 보았다. 남들과 함께 쓰는 장소에서 소란을 피운 것이나 처음 보는 상대를 도발한 것이 더 이상 문제가 아니었고 남은 것은 '나이'였다. 몇 살인지를 알면 그 상황에서의 잘잘못이 바뀌는 것이었을까. 내 친구의 덩치와 인상이 있어 가능한 전개였지만 거기에서 쟁점은 결국 나이였다.

세대가 변하면서 이런 경향이 사라지거나 적어도 옅어질 거라 생각했던 것은 큰 오산이었다. 지금도 중고등학교는 물론 초등학교에서도 1년 선후배는 어울리기보다는 분리되어, 후배들은 선배들의 눈치를 보며 지내야 한다. 심지어 어린이집에서 네 살짜리 아이가 새로 들어온 세 살 먹은 아이에게 말한다. "형아라고 불러야 돼." 나이 차이가 제법 나는 사람들끼리의 관계가 '우정'이라 표현되는 것이 큰 화제가 되고, 딱딱한 격 없이 지내는 사이일지언정 나이는 곧 호칭과 존댓말을 수반한다.

혹자는 이것이 농경문화에서 오랫동안 지내 온 영향이라고도 한다. 매년 새로운 것에 도전하는 것이 아니라 예측 가능한 변수 안에서 해 오던 농사를 잘 짓는 것이 최고의 덕목인 사회. 자신의 논과 밭을 혼자서 일구기도 하지만, 모내기와 수확기처럼 다수의 손이 필요한 시점에는 마을의 모든 사람들이 일사불란하게 움직여야 하고 가장 경험이 많은 사람의 지휘를 받는 것이 가장 합리적인 사회. 오랜 시간 동안 홍수와 가뭄, 범람과 재건 등의 경험을 쌓은 마을 어른의 지혜는 생존을 위한 최적의 수단이었을 것이고 자연스레 존경과 복종이 뒤따랐을 것이다.

지난 10년은 그 이전의 10년과는 질적으로 다르게 우리 사회를 변화시켰다. 단 1초라도 빠르게 이 변화의 흐름을 꿰뚫고 새로운 것을 내놓기 위해 많은 회사와 조직들은 앞다투어 스스로 탈바꿈했다. 나이보다는 능력, 연공보다는 기발함이 더 환호받는 기업들도 늘었고 특히나 외국계 회사들은 이익을 극대화하기 가장 좋은 방식을 이미 경험했다.

하지만 일상에서는 여전히 나이와 그에 따른 존댓말이 우리를 감싸고 있다. 이성끼리 부르는 '누나'나 '오빠'가 왠지 친근하고 부드러운 느낌이라면 동성끼리 부르는 '언니'와 '형'에는 그런 느낌과 함께 '서열'과 '엄격함'도 같이 있다. 그걸 미리 강화하고 상대에게 자신의 위치를 부각하기 위해서인지는 몰라도 자기 이름 뒤에 스스로 '형'을 붙여 '나 상규형이야'라고 하는 사람들을 많이 본다. 그런 의도인지는 모르겠지만 개인적으로는 참 낯간지럽고 민망하다. 높여 부르는 호칭을 본인이 자신에게 붙이는 건 좀 그렇지 않은가?('나 상규 오빠야'는…… 하)

어쨌든 여성들끼리 부르는 '언니'라는 호칭 안에 숨어 있을 여러 느낌들은 내가 잘 알기 어렵지만, 지금까지 나보다 나이가 많은 남성들에게 숱하게 불러왔던 '형'의 느낌은 어느 정도 알 것 같다. 비슷해 보이지만 전혀 다른 느낌의 '형님'도. 인디 밴드의 전설 크라잉넛의 멤버는 장인어른과의 첫 술자리에서 자신에게 보여주신 따뜻함에 큰 감동을 받았다. 한껏 취한 상태에서 그 감사함과 친근함을 표시하고 싶었는지 또 하나의 전설적인 일화를 남긴다.

"장인어른! 저는 아버님이 너무 좋아요! 저 이제 형이라고 부르고 싶어요! 형!"

편지엔 이렇게 쓰지 않았잖아

"저 사람은 진짜 형이야!"

이때의 '형'은 남자들끼리 보내는 거의 최고의 찬사다. 이건 '저 사람은 나보다 나이가 많은 남성이야'라는 의미가 아니기 때문이다. 여기에서 '형'은 보통의 남자들이라면 보여주기 힘든 능력, 통솔력, 희생 정신, 신뢰감, 원칙 등의 총합으로 종합적으로 '멋지다'라는 의미이고 '나도 저렇게 되고 싶다'는 뜻이다. 그저 나이가 많아서 '누구누구 형', 나이 차이가 좀 더 있거나 그렇게 편하지 않은 관계라서 '누구누구 형님'이라고 부르는 것과는 글자만 똑같지 그 속뜻이 전혀 다르다. 사실 형님이라는 말은 '형'에다가 '님'을 붙였으니 더 높임말 같지만 거리감이 더 있을 뿐, 이런 찬사의 의미는 없다. "저 사람은 진짜 형이야!"에다가 형 대신 형님을 넣어보면 그 차이는 더 확연하다.

내 세대의 수많은 소년들은 영화 〈영웅본색〉의 주윤발을 보고 인생이 송두리째 흔들릴 만큼의 충격을 받았다. 주윤발은 배신당한 친구 적룡의 복수를 위해 적진에 혈혈단신 뛰어들었다가 다리에 큰 부상을 입었고, 친구가 대만의 교도소에서 출소하기까지 온갖 수모를 견디면서 기다렸다. 큰돈을 가지고 달아날 수 있는 기회에서 홀연히 돌아와 별것 아니라는 미소를 한 번 지었다. 철없는 장국영이 경찰로서의 입신양명을 위해 친형인 적룡에게 총부리를 겨누는 것을 보고, 형제의 의미를 얘기하다가 배신자의 총에 맞아 쓰러지면서도 끝까지 총을 쏘았다. 그리고 무릎을 꿇는 주윤발의 모습과 함께 울리는 음악. 빰빰빰 빰 빰 빰 빠 바바바바밤.

'와, 멋지다. 난 저렇게 할 수 있을까? 아니, 저런 사람을 본 적이나 있나?'

너도 나도 긴 코트에 선글라스를 끼고 입에는 성냥개비를 물었다. 그 내용이야 흉내도 못 내지만 적어도 겉모습이라도 따라하면 조금이라도 닮아질 수 있을 것 같았다. 현실에는 존재하지 않는 슈퍼 히어로가 망토를 걸치지도 않고 복면을 쓰지도 않고 초자연적인 힘을 쓰지도 않으며 엄청난 부자라서 돈으로 모든 걸 해결한 것이 아닌 '인간 버전'. 저 영화의 주윤발까지는 아니어도 주위에 나보다 나이 많은 남성들 중에서 평소 만나볼 수 없던 캐릭터를 직접 보거나 그의 이야기를 들으면 말한다.

"형이네."

아무런 설명이 없어도 그 자리의 모든 이들은 그 말의 뜻을 안다. 다른 이가 잘못했는데 사과한다. 다른 이가 은혜를 입으니 감사한다. 다른 이들이 모르는 사이 궂은일은 해결되어 있고 곤경에 처하면 나타난다. 어릴 적 부모님이 하셨던 것과 똑같은 일을 하는데 왜 그때는 그렇게 멋진 것을 몰랐을까. 이건 당연하지 않은 내 세대의 버전이기 때문일까.

실존 인물은 허구 속의 인물들보다 극적이지는 않지만 나와 얘기할 수도 있고 같이 술자리를 할 수도 있다. 무엇보다 그의 말과 행동이 직접 나를 향하기도 한다. 사람의 마음을 끌어당기는 무언가를 내뿜는 멋진 사람. 그래서 닮고 싶은 사람. 짐짓 센 척하면서 살아왔지만 사실은 약하기 이를 데 없고, 어딘가에 의지하고 싶은 '남성'들이 기대고 싶은 사람.

긴 머리 휘날리며 눈동자를 크게 뜨고

치렁치렁한 머리를 휘날리며 마운드를 향해 전력 질주하는 모습은 전에도 후에도 본 적이 없다. 안정된 호흡을 유지하기 위해 차량으로 구원 투수를 불펜에서 그라운드까지 데려다주기도 하는 요즘에는 더욱. 경기력을 생각한다면 뛰는 건 그렇게 권장되는 등장은 아니라고 하는데, 맞는 말이다. 구원 투수, 그것도 마무리 투수라고 하면 매우 긴박한 상황에서 마운드에 오른다. 던지는 공 하나에 그날 경기의 결과가 모두 뒤바뀔 수도 있다. 아주 조금이라도 영향을 미칠 수 있는 게 있다면 모두 제거해야 팀 승리의 확률을 조금이라도 올릴 수 있다.

하지만 그는 뛰었다. 그리고 그 순간이 어쩌면 조금 후에 있을 팀 승리 확정의 순간보다 더 짜릿했다. 그가 뛰는 발걸음 하나하나에 관중들은 심장이 함께 뛰었고, 아직 경기는 재개되지 않았지만 팬들의 두 팔은 하늘을 향해 뻗어있었다. 오늘 경기의 바로 그

한 순간이다. 아직 연습공도 던지지 않았는데, 마지막 타자를 삼진으로 돌려 세우고 어퍼컷 세리머니를 할 때 나올 그것보다 결코 작지 않을 수천 명의 함성이 경기장을 가득 울린다.

TV에 중계가 되지 않을지도 모르는 이 짧은 시간을 위해 나는 기꺼이 나의 시간과 돈을 들였고, 몇 군데에는 적당한 거짓말을 해야 했다. 기억에 닿는 가장 어린 시절부터 숱하게 보아온 야구 선수들 중에서 이런 선수는 없었다. 마구를 던지던 만화 주인공들 중에도 찾지 못했다. 그런데 그런 선수가 엘지트윈스의 유니폼을 입고 잠실구장을 가로질러 마운드로 향했다.

그는 1995년 30경기에 출장해 228.1이닝을 던져 선발로만 20승을 기록했고 2.01의 평균자책점을 남겼다. 2019년 린드블럼이 30경기 194.2이닝 20승 평균자책점 2.50으로 리그를 맹폭하고 MVP를 수상했을 때보다 더 좋은 기록이다. 1997년에는 마무리투수로 37세이브를 올렸다. 또한 한국 프로야구에서 일본 무대를 거쳐 메이저리그로 진출한 최초의 한국인 선수였다. 박찬호, 김병현처럼 메이저리그에서 데뷔해 역으로 일본을 거쳐 한국으로 돌아온 선수들과는 다른 경우였다. 구대성, 임창용, 오승환이 그가 밟은 바로 이 길을 갔고, 이후에 류현진, 김광현, 양현종 등의 투수와 다른 야수들이 KBO에서 메이저리그로 직행하기는 했지만 이 경우는 그가 최초였다.

하지만 우리에게 더 진하게 남아있는 기억은 그가 야구사에 남긴 화려한 기록과 이력이 아니다. 그는 야구 선수이자 기타를 연주하고 노래하는 로커였다. 은퇴를 불사하고 안정된 수입을 포기하고서라도 자신의 꿈을 찾아 해외로 나갔다. 2002년 한국시리즈에서는 팔을 올리지도 못하면서 나갈 수 있느냐고 묻지 말고 나가라고 해달라 말했다. 엘지트윈스의 유니폼을 벗고 다른 팀으로 옮겨서는 엘지 유니폼을 상대로 던질 수 없다며 가만있기만 하면 받을 수 있던 수억 원의 잔여 연봉을 포기하고 은퇴했다. '엘지 유니폼을 상대로 던질 수 없어서'가 아니었다.

"그렇게 못하는 게 무슨 프로야."

18.44미터에서 던질 수 있을 때까지 던지겠다던 그의 다짐은 정말 '형'의 그것이었지만, 그것을 이루지 못하게 된 것도 '형'의 그것이었다.

야구장에서 팬이 바라보는 선수였던 '형'을 다시 보게 된 것은 홍대 앞의 음악판이었다. 기타 수리점을 하는 후배의 가게에 야구 선수가 아닌 로커로 나타난 것이다. 동네에서 가장 시끄러운 엘지트윈스 팬인 나에게 소식이 전해진 건 너무나 당연한 일. 하지만 그때는 말 한 번 제대로 붙여보지 못했다. 같이 음악하는 동료로서가 아니라 팬으로 접근하는 것이 불편하지 않을까 하는 생각도 있었지만 당시 형은 엘지트윈스와의 관계가 좋지 못했기 때문이다. 본인이 그렇게 한 적은 없지만 주위에서 알아서 '야구' 얘기는 하지 않는 분위기였달까. 기타 수리점에서 야구를 보고 있다가도 급하게 중계를 끄면 그는 말했다.

"야구 봐…… 왜 꺼?"

하지만 모두는 서둘러 다른 얘기로 주제를 바꿨다고 했다.

내가 운영하던 클럽 타에서 밴드 'What!'의 공연이 있었다. 우연히 이효리와 이나영이 우리 클럽에 왔을 때도 그렇게 떨리지는 않았던 것 같다. 미리 준비해 둔 우리 CD에 사인을 해서 공연 후에 드리고 'What!'의 사인 CD도 받았다.

"저희 팀 이름이 와이낫?(Ynot?)인데 이름도 비슷하고 뒤에 느낌표랑 물음표 붙어있는 것도 닮았네요!? 하하하"

어색하게 웃으며 악수를 청했다.

"괜찮으시면 왼손으로 해도 될까요?"

왼손을 내미는 나를 보고 살짝 웃었던 것 같다.

공연 중에 외국인들이 클럽으로 들어왔을 때는 간단한 영어로 그들에게 인사를 건넸는데, 관객들은 덩치 큰 아저씨가 무대에서 영어로 인사를 했다는 것에 '오'하는 반응을 보였다.

"제가 보스턴에서 2년을 살다가 왔거든요."

"네에, 네에 하하하하."

아니, 이 사람들이 지금 저 형이 보스턴에 어학연수 다녀온 줄 아나. 보스턴 레드삭스에서의 그의 등번호는 40번이었다.

어느 비가 주룩주룩 내리던 날 잠실 주경기장에서 열린 공연에서는 같은 무대에 올랐다. 자전거를 테마로 하는 행사였는데 큰 경기장에는 공연을 위한 무대도 있었지만 이쪽 저쪽 다양한 부스에서 여러 가지 물품도 팔고 정보도 제공하고 있었다. 우리 바로 다음이 'What!'의 무대였는데 갑자기 전체 시스템이 꺼지면서 공연이 중단되었다. 쏟아붓기 시작한 폭우 때문이었는지 서울시가 주최한 행사에서 마이크에 대고 당시의 서울 시장에게 욕을 했기 때문인지는 아직까지도 확실하지 않다.

같은 시간, 같은 공간에서 음악하는 동료였지만 가까운 사이는 아니었다. 음악의 장르로 봐도 우리는 좀 더 방정맞고 통통 튀는 리듬을 좋아하는 펑키록Funky Rock 밴드였고, 'What!'은 헤비메탈이나 그런지 음악에 가까워서 같은 무대를 공유할 기회도 많지 않았다. 그리고 한참 시간이 흘렀다. 'What!'의 리더는 야구계로 돌아가 독립 리그의 팀에서 프로팀의 코치를 지냈고 그 이후 엘지트윈스에 돌아오기도 하고 다시 떠나기도 했다. 모두가 본인의 의지만은 아니었을 것이다. 그사이 나는 친구들과 엘지트윈스 팬 팟캐스트 〈야잘잘〉을 만들어 새로운 '덕질'을 시작해 재밌게 놀고 있었고 클럽 타는 문을 닫았다. 많은 일이 있었다.

그리고 한 권의 책이 나왔다. 《야구하자 이상훈》. 저자 김태훈 작가는 "우리는 최동원을 포함해 이 둘에게 빚을 지고 있다"고 했다. 그리고 나는 김태훈 작가에게 큰 빚을 지게 되는데, 상환은 불가능해 보인다. 책 발간에 맞춰 우리 팟캐스트 공개방송을 '북 콘서트'의 형식으로 하게 된 것이다. 그리고 이를 통해 '형'은 '아는 형'이 되었다. 술잔을 나누며 야구부터 음악까지 많은 얘기를 나누고 집에 돌아와 누워서 얘기했다.

"시리야! 야생마에게 전화해줘."

전화가 걸리면 신호가 가기 전에 바로 끊으면서 혼자 좋아했다.

유명하고 인기가 좋았던 야구 선수를 개인적으로 알게 된 것이 아니라, 동경하던 '형'의 전화번호를 내 전화기에 담은 것이었다. 김태훈 작가와 셋이 형이 잘 아는 작은 고깃집에 모여 앞으로 어떤 일을 도모해 볼 수 있을까 얘기를 해보기도 했다. 두 형은 그 옛날 고교야구 대회의 상대 학교와 기록에 대해서 내기를 걸기도 했다.

〈야잘잘〉의 멤버들과 홍대 앞 밴드들이 자주 뒤풀이하던 어느 허름한 고깃집에서 한잔 나눌 때는 음악하는 후배이자 엘지트윈스의 팬인, 형의 모교 서울고등학교 후배 장규도 불렀다. 사인볼을 받아 미리 챙겨뒀다가 술자리가 끝나고 살짝 건넸을 때는, 장규가 나를 약간 '형'으로 보는 것 같기도 했다. 팟캐스트를 녹음하고 있다가 갑자기 걸려온 전화에 '야생마' 이름이 떴는데 녹음을 중단하는 게 아니라 호들갑을 떨며 녹음 볼륨을 최대치로 올리고 스피커폰으로 바꾸기도 했다.

숨 가쁘게 살아가는 순간 속에도

'어? 이걸 내가 했다고?' 혹은 '내가 그걸 어떻게 했었지?'라는 순간이 있지 않나. 어느 날 친구들과 만나는 자리에서, 책상 앞에 앉아 인터넷으로 뭔가를 검색하다가, 자려고 불 끄고 누워서 휴대폰을 들고 졸린 눈으로 화면을 바라보다 갑자기. 이 형과 나눈 얘기들이 길게 늘어선 카톡창의 내용을 손가락으로 올려 본다.

'내가 어떻게 이 형이랑 이런 얘기를 하고 있지?'

그러고 보니 이렇게 '형'과 아는 사이가 되어 함께 무언가를 해보고 같이 한잔하며 남에게는 하기 힘든 얘기도 꺼내 보았던 것이 처음은 아니었다. 이미 20대에 엄청난 음악인들과 함께 무대에 서기도 했고, 인디음악 레이블을 같이 만들기도 했었다. 많은 이들의 청춘을 물들였던 노래를 만들고 끝없이 무대에서 에너지를 발산하며 사람들의 환호성을 이끌어 내던 '형'들은 선망의 대상이었다.

더구나 나는 애시당초 운동선수를 해볼 만한 키나 덩치가 아니었다. 학창 시절 어느 저녁에 대학가요제 대상을 타던 곡을 듣고 음악을 꿈꿔왔으니, 닮고 싶었던 쪽은 오히려 이쪽 '형들'이었다. 이들은 더 어릴 적 마음을 송두리째 앗아간 저 먼 나라의 음악인들이나 이미 세상을 뜨고 사라진 전설들이 아니었다. 이들과 직접 만나 함께 공연도 하고 인디 음악 레이블을 만들어보기도 했다. 심지어 그 대학가요제의 대상을 연주하며 노래하던 그 형과는 못 볼 꼴 다 봤으니 그게 더 신기하고 대단한 일이어야 했다.

물론 대단한 형을 만난다고 해서 그리고 같이 무언가를 한다고 해서 내가 그 형이 되는 것도 아니고 딱히 그 형이 나를 어떻게 만들어 줄 수 있는 것도 아니다. 뿐만아니라 같은 분야에서 선망의 대상으로 바라보던 천상계의 '형'이 직접 만나 인간계로 내려오고 나면 '아, 차라리 내 마음속 그 형으로 남아있는 것이 나을 뻔 했나'라는 순간도 만나게 된다. 하지만 다른 분야의 이 형에게 나는 바랄 만한 게 없다. 그 유명세에 기대어 혹시 내가 하고 있는 밴드가 도움을 얻을 수 있으려나 하는 기대도 할 필요도 없고(오히려 밴드는 내가 선배다). 대형 공연이나 프로젝트에 한 자리 끼워주려나 기다릴 필요도 없다. 변덕규가 얘기하지 않았나.

'자신의 힘으로 돌파하라!'

이 형은 지금까지처럼 그저 자신으로 있으면 나로서는 만족이다. 그 모습을 멀찌감치 바라보는 것도 괜찮은데, 더 가깝게 있다 해서 변할 것도 없다. 점점 나이를 먹으며 나에게 의지하는 사람들은 늘어간다. 경기를 책임지는 마무리 투수처럼 이젠 흔들리는 모습을 보여서도 안 되게 되니 '형'은 더욱 귀해져만 간다. 그렇지 않아도 '형'이 드문 시기에 나도 그런 나이가 되었다. 그래서 그 형의 의지나 생각과는 상관없이 형의 존재 자체가 뜨겁다. 언제나 떠올리면, 역시 한마디면 족하다.

"형이네."

왼손으로 악수 해달라고 하자
형은 살짝 웃었던 것 같다.
(《야구하자 이상훈》 일러스트,
©한성원)

"형의 의지나 생각과는 상관없이 형의 존재 자체가 뜨겁다. 언제나 떠올리면, 역시 한마디면 족하다. "형이네."

3부
숫자 너머의 감동

잠실구장에 가까워지면 냄새가 난다: 다시 보기도, 설명도 없는 불편한 좌석의 감동

겨울엔 사랑방 중계

시즌이 끝나면 그해의 모든 게 다 끝나버린 느낌이다. 오래된 기억이라 희미하지만 1990년과 1994년 우승을 했을 때도 시즌이 끝난 바로 그 다음날부터 야구가 보고 싶어졌던 것 같다. 그게 6개월간 매일 야구를 보던 야구팬의 속성이다. 길들여졌달까. 대략 11월부터 이듬해 3월까지. 5개월 이상이 야구가 없는 세상이다. 물론 그사이에도 야구 소식은 있다. 연봉 협상이 순조롭게 이루어지고 있는데 몇몇 선수는 난항을 겪고 있다더라. FA로 시장에 나온 어느 선수가 어느 구단으로 간다더라. 외국인 선수 구성에 차질을 빚고 있어서 미국으로 스카우트 팀이 날아갔다더라. 올해부터는 스프링캠프가 오키나와가 아니라더라.

요새는 각 구단에서 유튜브 채널을 개설해 선수들과 인터뷰는 물론 소소한 얘깃거리를 재밌게 구성해 보여주기도 한다. 하지만 소식은 소식일 뿐, 야구 경기가 열리는 건 아니다. 팟캐스트 〈야잘잘〉도 비시즌엔 심심함의 연속이다. 야구 영화 특집, 야구 만화 특집, 다른 팀 욕하기 특집, 우리 팀 욕하기 특집. 별의별 특집을 다 갖다 붙여도 길고 긴 겨울은 끝날 기미가 보이지 않는다. 모든 야구팬들은 무료함 속에 숨죽여 봄을 기다린다. 만물의 소생과 함께 야구가 찾아오기를. 포수의 미트에 퍽– 하고 둔탁하게 박히는 소리나 배트 중심에 공이 맞아 100미터는 족히 날아갈 것만 같은 경쾌한 소리. 따뜻해 보이는 햇살이 쏟아지는 넓고 푸른 잔디 위로 흙먼지가 날리는 풍경과 시즌 중에는 그렇게 보기 싫던 심판들의 동작과 외침마저도 그리운 것이다.

가끔 유튜브로 수만 명의 관중이 한꺼번에 두 팔을 높이 들고 환호하는 영상이라도 보게 되면 금단 증상은 극에 달한다. 물론 작년 경기나 찬란했던 시기의 경기 하이라이트를 몰아볼 수도 있고 야구 영화, 만화, 게임도 있지만 어떤 오디오도 라이브 음악을 이길 수는 없다. 이 기간 6시 30분이 넘으면 화들짝 놀란다. '아, 아니지.' 하던 일로 다시 복귀하곤 하는 야구팬들에게 봄은 그래서 여느 사람들과는 다른 의미다.

2002년 월드컵 무렵부터인 것 같다. 그전까지 화면에서 보던 스포츠 중계가 확 달라지기 시작했다. FIFA를 통해 촬영 기술의 발전과 더 세련된 연출력, 현장 인력의 고급화가 눈앞에 펼쳐졌다. 새벽이 아닌 시간대에 더 많은 사람들이 TV 앞에 모였다. 그리고 스포츠팬들은 그 중계에 감탄하기 시작했다. 다각도에서 초고속 촬영을 해 선수들의 기술은 물론 표정과 땀방울 튀는 것까지 선명하게 보였다. 각종 그래픽은 상황을 재구성해 이해와 감동을 도왔다. 100미터도 넘게 떨어져 경기를 지켜보는 현장보다 더 현장감이 전달되었다. 야구도 전 경기 중계와 함께 TV 화면으로 더 생생하게 보여주는 기술이 급진적으로 늘기 시작했다.

중계. 방송국이 아닌 다른 장소에서 발생하고 있는 일을 방송국이 연결해서 시청자에게 전달하는 것이다. 중간에 누군가 끼어 있다는 건 원래의 것이 아주 조금이라도 훼손되고 있다는 얘기. 그런데 현장에서도 경험할 수 없는 정보와 화면이 더해지니 다른 세상이 열렸다. 투수가 공을 놓는 순간의 손을 보며 구질을 분간하는 게 아니라 "이 선수는 체인지업 그립이 독특하네"라고 얘기하게 되었다. 이해할 수 없는 플레이가 나오면 그 이유가 된 다른 각도의 장면이 바로 공급되고 중계진은 자세한 설명을 덧붙인다. 살짝 벗어난 공을 기가 막히게 들어올려 스트라이크 존 안으로 가져다 놓는 포수의 능력이 새삼 빛을 발한다. 현장에서는 프레임 단위로 끊어 봐야만 알 수 있을 만한 판정을 판독하고 있는데, TV로 지켜보고 있는 팬들은 그 결과를 미리 안다. 상황이 이러니 심판들의 판정에 불만을 넘어 욕설을 퍼부을 수 있는 정당성마저 확보된다.

지금 이 순간에도 중계 기술은 더 발전하고 있다. 그런데 중계 기술은 정확성뿐 아니라 감동적인 장면을 보여주는 것에도 효과가 대단하다. 2018년 한국시리즈에서 김광현이 등판해 연습구를 던질 때 3루 쪽에서 2루를 지나 1루 쪽까지 투수의 뒤를 감싸며 돌아가는 카메라의 움직임은 경기장의 조명과 그의 이름을 휘감은 띠 전광판과 어우러져 정말 예술이었다. 2014년 정찬헌과 정근우의 빈볼 상황에서 터진 벤치 클리어링을 담은 화면은 미리 연출했어도 나오기 힘들 영화 같은 한 장면으로 지금까지 팬들에게 회자된다. 게다가 스마트폰으로는 야구 경기를 띄워놓고 친구들과 수

다를 톡으로 날릴 수 있으니 어디에 있건 모두가 함께할 수 있다. 야구장에 갈 필요가 없는 게 아니라 경기를 자세히 잘 보려면 중계 화면으로 봐야만 가능한 지경이다.

피리 부는 사나이

그런데도 팬들은 아이돌 공연 티켓 구하는 것만큼이나 어렵다는 경쟁을 하며 예매 전쟁에 나선다. 가을야구나 어린이날처럼 특별한 경우의 성공은 하늘에 달렸고, 정규 시즌도 날 좋은 주말 경기라면 며칠은 공덕을 쌓아야 그 경쟁을 뚫기가 가능하다. 아무리 중계 기술이 발달하더라도 스포츠가 존재하는 한 이건 변하지 않을 것이다. 내가 바로 거기 있었다는 뿌듯함과 오랫동안 우려먹을 수 있는 이야깃거리의 원천이기 때문이다. 같은 팀의 팬들과 어깨를 걸고 우리 팀의 이름을 목청이 터져라 외치는 쾌감도 있다.

하지만 무엇보다도 잠실구장에 가까워지면 냄새가 난다. 그냥 코로 느껴지는 후각에의 특정한 자극이 아니라 온몸의 감각과 마음에까지 와닿는 그런 '냄새'가 난다. 지하철역에서 내리는 날엔 이미 플랫폼에서부터 그 냄새가 종합운동장역에 진동을 한다. 지하철 문이 열리고 우르르 내리는 사람들의 유니폼과 모자에서 나는 것 같기도 하고, 개찰구를 지나 뛰기 시작하는 사람들의 발에서 나는 것 같기도 하다. 음료수랑 오징어를 놓고 손님을 부르는 아주머니의 목소리에서 나는 것 같고, 바람을 빵빵하게 넣고 탕탕 쳐보는 응원봉에서 나는 것도 같다.

주차장으로 들어가는 날이면 멀리 보이는 잠실야구장 옆 주경기장에 걸린 오륜 마크에서 나는 것 같고, 그 옆을 유유히 흐르는 탄천에서 나는 것도 같다. 주차 위치를 안내하는 아저씨의 경광봉에서 나는 것 같고, 먼저 주차한 차에서 내려 같은 유니폼에 아빠 손을 잡고 걸어가는 아이의 머리에서 나는 것 같다. 김밥 한 줄을 사면 얼음물이 공짜라고 한결같이 외치시는 사장님의 쭉 뻗은 팔에서 나는 것도 같고, 경기가 이미 시작했는데도 아직 밖에서 삼삼오오 모여 무언가 얘기를 나누는 사람들의 여유로운 표정에서 나는 것도 같다. 생맥주를 두 잔 사서 양손에 들고 넘칠 것만 같은 오른쪽 잔의 거품을 살짝 마시는 그 입술에서 나는 것 같고, 유니폼에 이름과 등번호를 새겨 넣는 저 기계에서 나는 것 같다.

그러다 비로소 경기장으로 들어가는 오르막길을 살짝 올라 야구장이 한눈에 들어오면 안다.

'아, 이 냄새였구나.'

잔디와 흙이 섞여 있고, 대칭을 이루게 하는 선은 단 하나만 그을 수 있는 기묘한 모양의 운동장. 사각형도 원도 아닌 기울어진 모양의 관중석과 채워질 숫자를 기다리고 있는 수많은 빈 칸들로 가득한 전광판. 공격할 때와 수비할 때 다른 도구를 사용하는 선수들이 저마다 다르게 준비하고 있는 모습과 아직은 아무도 오를 수 없는 한가운데 우뚝 솟은 땅. 이 모든 것들이 이런 냄새를 만들고 있었구나. 잠실구장의 지붕을 넘어 주위에 이 냄새를 풍기고 있던 거구나.

중계로 얻을 수 있는 그 많은 것들을 물리칠 수 있는 바로 이 냄새. 다시 보기도 없고, 친절한 설명도 없는 데다 때로는 상황을 파악하지 못해 좌우로 고개를 돌리며 물어봐야 하고, 잠깐 한눈이라도 팔면 공이 어디 있는지 찾는 데도 한참 걸리고, 비좁은 좌석에 가방 둘 곳도 마땅치 않고, 화장실에 가려면 연신 고개를 숙이며 몸을 굽혀 나가야 하는 이 불편함을 모두 이겨내는 이 냄새. 바로 이것 때문에 야구팬들은 피리 부는 사나이에게 홀려 따라간 아이들처럼 잠실구장을 찾는다.

주세페 메아차 혹은 산 시로

신혼여행으로 찾은 이탈리아에서 AC밀란의 경기를 보러 갔다. 여기까지 왔으니 스포츠 이벤트는 하나 봐야겠다 싶었다. 야구보다야 축구로 유명한 나라고 게다가 그 유명한 즐라탄 이브라히모비치가 영입되었다고 하니 운 좋으면 세계적인 스타를 볼 수도 있는 기회였다. 산 시로 구장으로 가는 지하철에는 AC밀란의 수건을 목에 두른 사람들로 가득했다. 유서 깊은 경기장은 8만 5천 명을 수용하는 어마어마한 크기였다. 이 경기장의 이름은 '주세페 메아차'. 밀라노 출신의 전설적인 선수 이름을 그대로 사용한 것이었다.

그런데 이 선수가 같은 도시의 다른 팀 인터밀란에서 14시즌이나 뛴 레전드이다 보니 AC밀란은 우리가 잠실구장이라 부르듯이 경기장이 있는 동네 이름을 따 '산 시로'라고 부른다. 양 팀이 홈경기를 치를 때는 같은 경기장을 놓고 '주세페 메아차' '산 시로'라는 다른 이름으로 불린다. 같은 날 홈경기가 잡히면 세 시간 차이를 두고 경기를 한다고 하는데 요새는 인터밀란의 팬들도 그냥 간편하게 '산 시로'라는 이름을 쓰기도 한다고. 한 도시의 두 팀, 같이 쓰고 있는 홈구장, 앙숙인 팬들. 이건 어디서 많이 듣던 스토린데. 묵고 있던 호텔에서 제공한 무료 마세라티 서비스를 이게 웬 떡이냐 싶어 이용했다. 기사 분께 뭐라도 말을 걸어 보려고 AC밀란 경기 보러 갔던 얘기를 했다가 인터밀란의 오랜 팬 심기를 건드려 잠시 어색하기도 했다.

그 정식 명칭 주세페 메아차, 통칭 산 시로 구장에서 가장 신기했던 것은 관객들이 앉자마자 모두 담배를 무는 광경이었다. 맥주나 음료를 파는 사람들이 돌아다니기도 했는데 사는 사람을 못 봤고, 대부분 전반전이 끝난 후 각자 가져온 샌드위치를 꺼내 먹었다. 내 바로 뒷자리에서 경기 내내 떠들던 아저씨가 심판의 석연치 않은 판정에 "맘마미아!"라고 외칠 땐 속으로 생각했다.

'이게 원어민의 발음이군.'

홈 팀이 어마어마한 응원과 함께 상대를 쉴 새 없이 몰아붙였다. 유럽 축구팬들의 열기는 장난이 아니라더니 골대 뒤쪽에 모여 대형 깃발을 흔들며 폭죽을 쏘아 올리는 무리는 약간 무섭기까지 했다.

'흥미진진하군. 즐라탄은 안 나오려나?'

그런 생각이 들 즈음 휘슬이 울리고 경기가 끝났다. 우리로 치면 아직 선발 투수가 마운드에 있을 시간이다.

'어?'

믿을 수 없는 속도로 관중들이 경기장을 빠져나갔다. 얼떨결에 따라 나오니 경기장 주위엔 아무것도 없다. 아예 불 켜진 상점조차 없다. 지하철의 입구는 모두 닫혀 있고 사람들은 우리에서 탈출한 토끼들처럼 사방으로 흩어졌다.

"얘들은 신천 같은 곳이 없나? 근처에 펍이 있으면 맥주라도 한 잔 하면서 이 사람들 뒤풀이를 보고 싶은데."

아마 우리가 찾지 못한 것 같다. 여기 저기 숨어있는 각자의 단골집으로 빠르게 찾아간 것일지도. 하지만 중요한 건 눈 깜짝할 새에 경기가 끝나버렸다는 점이다.

어떤 오디오도 라이브를 이길 순 없지

2020시즌 KBO의 평균 경기 시간은 3시간 10분 정도였다. 별로 마음에 들지 않는 자동 고의사구를 포함한 스피드업 정책의 결과로 그나마 좀 짧아진 시간이다. 막상 축구 경기를 보고 나니 야구 팬들이 얼마나 많은 시간을 여기에 쏟아 붇는지 새삼 느껴졌다.

야구장을 찾으면 그 경기 시간의 앞뒤로 또 얼마간의 시간이 더 붙는다. 어쩌면 그렇게 오래 잠실구장에 머무르다 보니 야구의 냄새가 더 짙게 배는지도 모르겠다. 그 냄새가 조금 빠질 즈음이면 금단현상에 시달리듯 다시 그곳에 냄새를 배게 하려고 찾아가는지도.

2020년에는 전 세계를 강타한 코로나19로 그나마 간간히 있던 기회조차 사라져버리고 말았다. 너무나 많은 야구팬들이 이 냄새에 굶주려 있다. 응원 단상 바로 앞에서 며칠 전에 이미 쉬어버린 목소리를 짜내며 노래 부르던 열혈 청년이나 외야 노란색 폴대 끝 쪽에 앉아 야구장 안에서 가장 먼 시선으로 야구장을 내려보던 아저씨나. 어느 곳에서 어떻게 야구를 보았건 그 냄새는 진하게 배어 있었을 것이다.

TV로는 중계되지 않는 시간들, 투수가 교체되어 올라오는 시간이나 연습공을 던지고 있는 동안 그 모습을 한 발 뒤에서 투수코치가 바라보고 있는 시간. 다른 야수들이 공을 주고받으며 어깨가 식지 않도록 하는 시간과 혹은 상대 선수와 가볍게 뭔가 얘기하고 있는 그 시간. 화면으로 보고 있었다면 광고를 봐야 할 그 시간에는 더 짙은 냄새가 풍긴다.

텅 비어 불 꺼진 잠실야구장 주위를 걸었던 적이 있다. 일부러 찾은 것은 아니었고 주경기장에 있던 다른 공연 때문에 종합운동장에 간 날이었다. 그 거대한 야구장은 무척 외로워 보였다. 아무도 결과를 알지 못하는 오늘 경기를 위해 모인 사람들의 흥분과 들썩임. 익숙하게 자리를 잡고 일행을 기다리는 사람들의 유니폼. 처음 본 야구장의 어마어마한 크기에 동그래진 아이의 눈. 비장한 표정으로 깃발을 들고 있는 청년의 깨문 입술. 아이돌 스타를 만나러 가는 듯 종종걸음으로 뛰어가는 팬의 미소. 야구가 시작되었는데도 밖에서 자신의 야구를 하고 있는 아이들의 공. 이들 없는 야구장은 그저 커다란 콘크리트 덩어리일 뿐이었다. 그곳엔 아무 냄새도 나지 않았다.

잠시 멍하게 바라보고 있자니 그 앞에서 만났던 사람들의 모습이 사진 찍은 것처럼 보인다. 야구장 안으로 향하던 달팽이관 같은 길을 같이 오르던 이들의 발소리도 들린다. 그 길을 따라 올라가 찬찬히 야구장을 떠올렸다. 비로소 냄새가 나기 시작했다. 아주 짙은 야구장의 장면들이 떠올랐다. 왜 내야를 빠져나갈 때 다이아몬드를 가르며 나간다고 하는 걸까 생각하기도 했다. 아무리 봐도 야구장은 외야까지 모두 합쳐야 다이아몬드의 모양인데. 혹시 다이아몬드에서 무슨 냄새가 난다면 이런 냄새일까.

전염병으로부터 더 자유로워지면 오랫동안 참았던 사람들이 친구와 가족과 함께 다시 그 냄새를 찾아 잠실구장으로 모여들 것이다. 일상에 쫓겨 얼마간 그 냄새가 존재했었다는 걸 잠시 잊었던 사람들도 문득 깨닫게 될 것이다. 하나의 야구 경기는 승패와 최종 스코어로만 이루어지지 않는다. 야구를 좋아하는 사람들의 가장 큰 즐거움은, 그 모든 불편함에도 결국 야구장에서 완성된다.

냄새는 익숙해지면 그 냄새가 나고 있는지를 알지 못하게 마련이다. 그곳에서 벗어나 그 냄새가 사라질 즈음에야 뭔가 허전함을 느낀다. 다시 그 냄새가 나는 곳으로 돌아갈 때면 비로소 그동안 그 냄새와 함께 있었던 셀 수 없는 기억들이 한꺼번에 되살아난다. 다음 잠실구장에 들어갈 때 야구장을 한눈에 바라볼 수 있는 그 지점에서 잠시 멈춰 눈을 감고 코로 크게 숨을 들이쉬어야겠다. 음. 냄새가 난다.

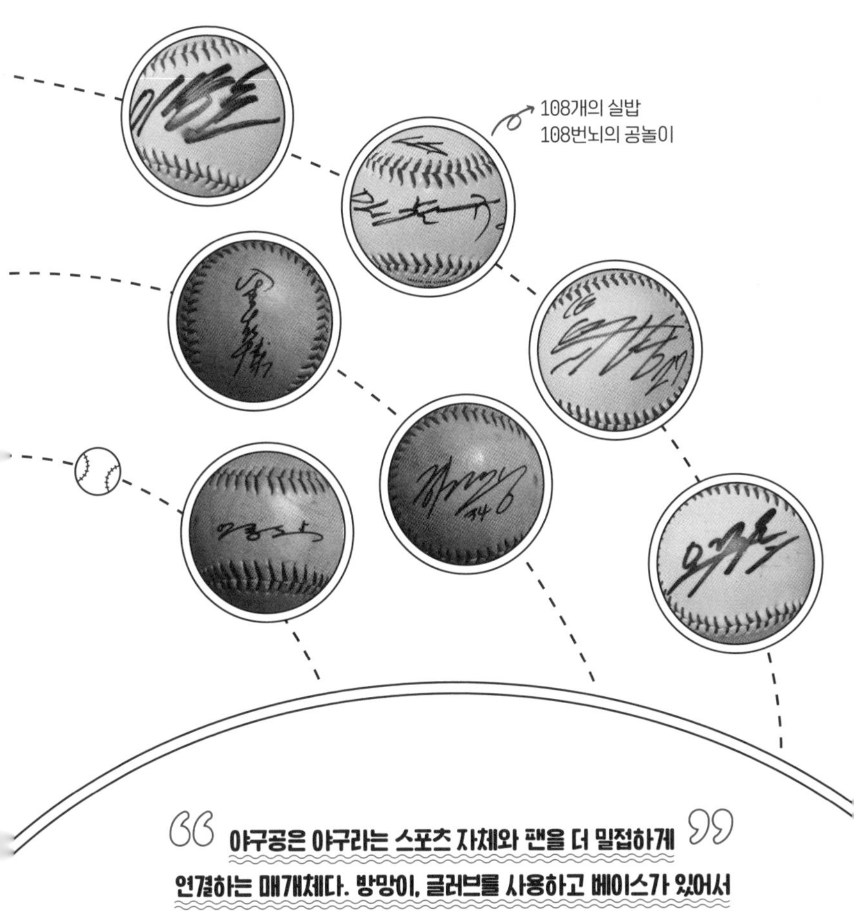

“야구공은 야구라는 스포츠 자체와 팬을 더 밀접하게 연결하는 매개체다. 방망이, 글러브를 사용하고 베이스가 있어서 이름조차 ‘베이스볼’이지만 언제나 야구를 상징하는 것은 빨간색 실밥이 그려진 야구공이다.”

공: 저 하늘 위를 나는 흰 점

홍키공

야구는 그라운드 한가운데 솟아오른 부분이 있는 것도 특이하고, 둥근 방망이로 둥근 공을 치는 예사롭지 않은 구기 종목이다. 그런가 하면 사용하는 공에는 실밥이 108개나 올라와 있어 이것 또한 다른 공들과 크게 다르다. 만약 처음 야구라는 종목이 시작될 때 공에 바느질을 하지 않고 가죽을 접착제 등으로 그냥 붙여서 겉을 밋밋하게 만들었다면 어떻게 되었을까. 투수들은 더 강한 회전을 주지 못했을 테고 모든 종류의 변화구는 존재하지 않았을 것이다. 야구공 위에 올라와 있는 이 빨간색 실밥은 이 작은 공이 더 멀리 날아갈 수 있게도 해준다. 골프공에 딤플이라는 작은 홈들이 무수히 파여 있는 것과 같은 원리.

공은 특히나 남자들이 어릴 적부터 한평생을 통해 가지고 노는 친한 친구인데, 그중에서도 야구공은 가장 특이한 녀석이다. 처음 야구를 할 때는 동네 체육사나 문방구에서 파는 연식공, 혹은 테니스공을 썼다. 야구공은 구하기도 어렵고 비싼 데다가 맞으면 너무 아프기 때문이다. 어쩌다 진짜 야구공이 생기면 신줏단지 모시듯 돌려보다가 금방 까먹고 던지고 방망이로 쳐서 표면에 많은 상처를 내곤 했다. 그런 공들 중에는 가끔은 영화 〈리틀 야구왕〉에서처럼 알고 보니 유명한 선수의 사인볼이거나 홈런볼이 있기도 했다. 이런 '진짜' 야구공을 우리는 홍키공이라 불렀는데, 일본에서 본 시합에 사용한다는 의미로 '혼큐本球'라고 부르던 것이 발음이 변해서 사용되었던 것이라 한다.

꼬마들의 동네야구도 그렇지만 실제 경기에서도 야구만큼 많은 공을 소진하는 종목은 없다. 심판들은 공 주머니에 수시로 공을 보충해 파울볼이 나올 때마다 공을 투수에게 던져주고, 흠집이 난 경우에도 지체 없이 교체한다. 사회인 야구에서도 이렇게 공을 계속 교체하면서 해보고 싶어 한다. 공에 난 흠집이 이상한 변화를 줄 수 있어서가 아니라 그냥 프로 선수들이 하는 걸 따라 해보고 싶어서 그렇다. 바운드된 공을 잡은 포수가 덕아웃 쪽으로 무심히 던져버리는 것, 멋있잖아.

프로에서는 한 경기에 90~120개 정도 공을 쓴다. 반면에 사회인 야구는 파울볼도 다시 주워 오고, 흠집이 나거나 뭐가 묻으면 입으로 후후 불거나 손으로 털어서 그냥 쓰기 때문에 네 개로 시작해서 많아야 열 개 남짓 쓴다. 홈런이나 파울을 쳐서 그 공을 찾을 수 없게 되면 공을 날린 해당 팀에서 새 공을 하나씩 심판에게 제공하는데, 개당 6천원 정도니까 무한정으로 막 쓰는 것은 쉽지 않다.

선수는 멈추고 관중은 쫓는 공

축구나 배구, 농구 같은 다른 종목에서 경기장을 찾은 관중이 공을 챙겼다는 얘기는 들어본 적이 없다. 특별한 이벤트로 관중들에게 공을 나눠주거나 던져줬다면 모를까, 경기 중에 관중석으로 공이 잘 들어가지도 않는다. 들어갔다 하더라도 그걸 챙겨가는 건 중계에서 보지 못했다. 내가 다른 종목을 잘 모르니 혹시 가져가는 경우가 있을지도 모르겠다. 야구에서는 관중석으로 날아든 파울볼은 드물지만 큰 행운이고, 잡으면 팬들은 그 공을 챙긴다. 부산의 야구장에서 파울볼을 잡은 이에게 주위에 있는 아이에게 주라며 외치던 구호인 "아주라" 상황이 아니면, 야구장을 평생 다닌 사람들에게도 어려운 확률인 파울볼 획득을 쉽게 포기할 리 없다.

나는 2019년에 처음으로 파울볼을 잡았다. 한 번 잡아보겠다고 글러브를 들고 다니던 그 숱한 날들에는 내 근처에 공이 온 적도 없었는데, 아무 생각도 없이 편히 앉아있던 그날은 거짓말처럼 공이 나에게 날아왔다. 아깝게 공을 놓친 내 옆의 아저씨는 나와 공을 번갈아 노려보면서 자신의 소중한 것을 내게 빼앗긴 것처럼 억울해했다. 아마 그분도 평생 야구장을 다니면서 자기 주위에 가장 가깝게 공이 온 순간이었을 것이다.

주위에 혹시 엘지트윈스 모자를 쓴 어린 아이가 있는지 재빠르게 돌아봤다. 뭔가 좀 어중간한 거리와 어중간한 나이의 어린이

가 있기는 했지만 난 애써 못 본 척했고 그렇게 생애 처음이자 현재까지 유일한 파울볼을 집으로 가져올 수 있었다. 이렇게 확률은 아주 낮지만 경기장에서 공을 가져올 수 있다는 건 야구의 또 다른 매력이다. 혹시 모르는 일이니.

다른 공보다 크기도 작고 흰색이라 사인을 받아 보관하기도 좋아서 전 종목 중에서 사인볼이 가장 많은 것도 야구다. 야구공은 야구라는 스포츠 자체와 팬을 더 밀접하게 연결하는 매개체다. 방망이, 글러브를 사용하고 베이스가 있어서 이름조차 '베이스볼'이지만 언제나 야구를 상징하는 것은 빨간색 실밥이 그려진 야구공이다.

운명을 바꾼 1구

실제 공을 셀 때가 아니라 투수가 던진 투구의 수를 셀 때도 '球(구)'를 쓴다. 선발 투수의 투구 수를 100구에 맞춘다거나 이닝당 15구 이내가 이상적이라고 얘기할 때도 그렇다. 정규 이닝으로 한 경기를 마치면 약 140~150구를 던진다. 정규 시즌 144경기 동안 2만 개가 좀 넘는 공을 한 팀이 던지는 셈이 되는 것이다. 이렇게 많은 공들이 모두 균등하게 의미를 가지는 것은 아니다. 어떤 공은 기억에 남지 않을 공이 되고 어떤 공은 그 경기를, 그 시즌을 결정짓는 한 구가 되기도 한다.

마무리 투수가 승리를 결정짓는 마지막 공을 던지면 투수 플라이가 되지 않는 이상 포수나 야수가 잡으며 그 경기가 끝난다. 마운드 주위로 모여 손바닥과 글러브를 부딪치며 승리를 축하할 때면 그 야수는 공을 마무리 투수에게 전달한다. 그날 결정적인 홈런을 친 선수가 있을 수도 있고, 선발 투수가 8이닝을 무실점으로 틀어막았을 수도 있지만 그 공은 마지막 순간 마운드에 있던 투수가 가져간다. 신인 선수가 1군에서 데뷔 첫 안타를 치면 그 공은 따로 챙겨주고, 홈런을 치면 그걸 잡은 관중에게 갖은 선물을 주면서 기념구를 회수하기 위해 애쓴다.

'염소의 저주'. 1945년 월드시리즈에서 염소를 대동한 관중의 입장을 막자 다시는 여기에서 월드시리즈가 열리지 않을 것이라는 저주를 퍼부은 사건이다. 시카고 컵스는 이 저주의 당사자로 그 해 월드시리즈를 진 것은 물론, 2016년까지 월드시리즈에 진출도 못했다. 2003년 이 저주는 드디어 풀리는가 싶었다. 내셔널리그 챔피언 결정전에서 시리즈를 거의 가져가는 상황에서 스티브 바트만이라는 청년이 파울볼에 손을 대 수비수가 잡지 못하면서 난리가 났다. 이기던 경기와 시리즈는 이상하게 꼬이면서 결국 시카고 컵스는 이때도 탈락하고 만다. 다른 컵스 팬들로부터 엄청난 욕설과 협박을 받은 바트만은 경찰의 호위를 받으며 집으로 가야 했고 상대 팀이었던 플로리다 말린스의 팬들은 그의 집으로 많은 선물을 보냈다.

문제의 그 공이 이후에 경매에 나오게 되는데, 기념이 되기는커녕 불운의 상징이었음에도 한 레스토랑이 11만 달러가 넘는 금액을 내고 낙찰을 받는다. 전문가가 이 공을 완전히 파괴하는 장면이 미 전역에 생중계되고 그 잔해와 파편은 그 레스토랑에 전시되었다. 이만큼이나 강력했던 '밤비노의 저주'의 주인공 베이브 루스는 아픈 소년의 소원을 들어주기 위해 홈런을 예고하고 진짜로 때려냈다. 이 홈런공은 이후 소년의 병세가 호전되면서 병을 낫게 한 공으로 불렀다. 그 소년의 아들이 몇 십 년이 지나 경매에 내놓은 공은 다 같은 그저 하나의 야구공이 아니다.

2007년 9월의 어느 날, 엘지트윈스는 팀의 4강이 걸린 아주 중요한 경기를 치르고 있었다. 2 대 1로 앞선 9회초 투아웃. 공은 2루수 머리 위로 높게 떴고 팬들이 이미 경쟁 팀들과의 승차 계산에 들어간 상황에서 2루수는 그 공을 떨어뜨린다. 소리를 지르지도 못하고 머리를 감싼 팬들은 그 하나의 공이 2007년 팀의 운명을 결정지을 것을 직감한다. 한 시즌 동안 2만 개가 넘는 그 수많은 공들. 평범한 타구에 일어나는 많은 실책들. 그러나 이 하나의 공은 그 경기를 내주고 시즌을 망쳤으며 결국 그 선수를 방출시킨다(나중에 다시 돌아와 오랫동안 우리 팀의 '수비' 코치를 하고 있다!).

물론 그 공 하나가 나오기까지 수많은 공들이 있었다. 그 이후에도 다른 공들이 역사를 바꾸었을 것이다. 하지만 변곡점을 지나는 바로 그 공. 바트만의 공처럼 누군가 사들여 파괴하지는 않았지만 분명 투수는 그 공을 바꿔 달라고 했을 것이고 덕아웃에서는 어딘가 멀찌감치 던져버렸을 것이다.

'He dropped the ball!'

2009년 뉴욕 양키스와 뉴욕 메츠의 경기에서 나온 전설적인 실책 이후로 비슷한 장면들을 팬들은 '히 드랍 더 볼'이라 부른다. 메이저리그 중계 음성에 우리 야구 장면을 넣어 편집한 영상들이 나오는가 하면, 아예 신문 기사의 제목으로도 등장할 정도. 공 하나의 파괴력이 당해 시즌뿐 아니라 얼마나 오랫동안 영향을 미치는지 보여주는 대목이다.

2012년에도 그런 공 하나가 있었다. 새로 감독을 선임하고 절치부심 준비한 시즌이었다. 비교적 순항하고 있던 6월 어느 저녁. 5 대 3으로 앞서고 있던 팀은 '공식적인' 마무리 투수 봉중근을 9회초에 투입한다. 2아웃까지 깔끔하게 처리한 후 안타를 허용해 주자 1루(네 타자 마무리는 엘지트윈스의 전통 같은 것이어서 그러려니 하고 있었다). 여기에서 던진 하나의 공이 높게 들어가며 통한의 동점 홈런이 나오고 만다. 이 경기는 결국 12회 연장까지 가서 패하고 팀은 그 이후 6연패의 나락에 빠지면서 7위까지 순위가 하락한다.

설상가상으로 봉중근은 블론 세이브 이후 화를 못 이겨 덕아웃에 들어가던 중 그 유명한 '소화전 타격'으로 손등 골절상을 입는다. 정상적인 복귀까지 엘지트윈스의 불펜 운용이 꼬이면서 팀 전체에 막대한 영향을 끼치게 된다. 강민호에게 맞은 이 홈런 공은 내 마음속에서 아직도 날아가고 있다. 이듬해 비슷한 상황에서 똑같은 투수가 던진 공을 똑같은 타자가 치고 좌익수 수비에 나선 박용택이 슬라이딩 캐치로 팀을 구해낸 반대의 경우도 있었다. 그 공 하나는 2013년 엘지트윈스 기적의 레이스를 가능하게 했고,

봉중근이 모은 109개의 다른 세이브 공보다도 더 소중한 공이 되었다.

우표 수집책은 어디로 갔을까

히스토리 채널에서 방영되는 〈전당포 사나이들Pawn Star〉이라는 프로그램은 '소장'과 '수집'에 관심이 깊은 아저씨들에게는 보물 창고다. 라스베이거스에서 3대가 운영하는 유서 깊은 전당포에 손님들이 찾아와 자신이 소장한 보물을 내놓는다. 해당 전문가들을 불러 진위 여부, 보존 상태, 희소성에 입각해 그 물건들을 감정하는데, 라스베이거스에는 놀랍게도 모든 분야의 전문가가 항시 대기 중이다.

자주 등장하는 인기 있는 품목은 옛날 동전, 권총이 중심인 옛날 무기, 옛날 자동차, 기타가 중심인 오래된 악기, 〈스타워즈〉가 중심인 옛날 영화 물품, 그리고 스포츠 스타가 썼던 용품 등이다. 모두 돈 많은 미국 아저씨들이 어릴 적부터 가까이하고 갈망하던 취미다. 마이클 조던이 입었던 유니폼, 베이브 루스가 사용한 방망이처럼(예고 홈런 때 사용한 것이라 주장했지만 아니었던 것으로 판

명) 상상을 초월하는 것들도 나오지만 야구에 관련해서는 오래된 사인볼이나 야구 카드가 많다. 오래될수록, 상태가 좋을수록, 당연히 희귀할수록 그 가치는 천정부지로 오르기도 한다.

국내에서는 '수집'이 어떤지 몰라도(내가 수집에 관심이 별로 없기도 하다) 그 수집품의 거래가 활발한 것 같지는 않다. 값비싼 오디오 장비를 구해서 모으는 사람들은 실제 그 장비가 만들어내는 '소리'라는 확실한 효용에 시간과 노력과 돈을 들인다. 자연스럽게 그 장비의 가격은 그 '소리를 만드는 기능'을 원하는 사람이 얼마나 많고 장비는 얼마나 구하기 어려운가에 따라 결정된다. 하지만 오래된 야구 카드나 사인볼은 그 자체가 물건으로서 지니는 가치는 거의 없다. 여기저기 상처가 가득한 오래된 10원짜리 동전의 가치는 사실 10원일 뿐이듯이.

오로지 수집하려는 사람의 소장하고픈 욕구가 얼마나 큰지, 그리고 그런 사람들의 수가 얼마나 많고 경제력이 상당해서 시장에서 거래될 때 얼마나 가치가 상승될 수 있는지에 따라 가격이 결정되는 물품들. 이런 '수집'을 위한 것들은 그래서 오히려 무한대로 값이 오를 수도 있다. 보편적으로 사람들에게 필요한 물건이거나 쉽게 돈으로 바꿀 수 있는 물건이라면 모를까, 이른바 아는 사람들만 아는 수집품들은 그래서 시장의 존재와 그 크기가 곧 가격이다. 〈스타워즈〉에서 루크 스카이워커가 사용했던 광선총 소품이 비싸게 거래된 것도 몇 억 원을 내고서라도 가지고 싶은 사람들이 많아야 가능한 얘기다.

다 같은 공이 아니다

이승엽의 56호 홈런공은 결국 삼성라이온즈에 기증되어 삼성라이온즈 역사관에 전시되었고, 기증자는 순금 56돈짜리 황금공을 받았다. 그 이전 55호 홈런공은 경매에서 1억 원이 넘는 금액에 낙찰되었지만 구매 의사를 취소했고, 이승엽의 300호 홈런공은 해외 유출 가능성이 있자 1억 2000만원(추정)에 모 회사의 회장이 구입해 삼성라이온즈에 전달했다. 가격이 꽤 올랐지만, 시장에서 거래되는 것이 아니었다.

언젠가 한국 프로야구 사상 처음으로 퍼펙트게임이 나온다고 해도 그 경기 마지막 공을 누군가 자신이 소장하기 위해 거액을 주고 구입하지는 않을 것 같다. 야구의 역사가 짧거나 그만큼 사랑받은 선수들이 적기 때문만이 아니라, 시장이 작거나 없고 야구와 관련된 문화가 자리 잡지 못했기 때문이다. 오늘도 평화로운 어느 중고 물품 거래 사이트에 올라와 있는 우리 레전드 선수들의 사인볼 가격은 다소 충격적이다.

하지만 한편으로 인터넷 커뮤니티에 가끔 올라오는 사인볼 컬렉션은 감탄을 자아낸다. 햇볕에도 색이 바래지지 않도록 제작된 투명 케이스에 넣어 한쪽 벽을 가득 채우다시피 쌓아놓은 사인볼의 산. 오랜 시간 선수들로부터 하나씩 받아 모으느라 고생도 됐겠고 그만큼 뿌듯하기도 하겠다는 생각이 든다. 그런 컬렉션은 어느 날 갑자기 사인볼을 가지고 싶어 돈을 주고 일괄 구매했을 리가 없다. 또한 언젠가 저 정성스러운 컬렉션이 중고 시장에 나와서 돈을 벌 수도 있지 않을까 하는 생각도 들지 않는다. 그 사람은 야구와 그 선수들을 사랑해서 저 공들을 모은 것이지 미래의 투자 가치를 염두에 둔 것이 아니기 때문이다. 자신의 기쁨과 만족을 위한 컬렉션. 물론 어쩌다 방문한 야구팬 친구들에게 보여줄 수 있는 자랑거리이기도 하지만.

망원동 지하에 있는 내 작은 음악 작업실에도 그런 소소한 컬렉션이 있다. 엘지트윈스 선수들로부터 받은 몇 개의 공과 생애 유일하게 잡은 파울볼, 시구를 하고 얻은 기념구 두 개(죄송)와 MBC

청룡 어린이 회원에게 나누어준 인쇄된 사인볼. 사회인 야구에서 승리 투수가 될 때마다 《H2》의 히로를 따라 하며 모은 승리구들. 감사하게도 선물 받은 데릭 지터의 은퇴 시즌 사인볼은 희귀하고 가치도 있겠지만 그 어떤 것도 판매는 생각할 수도 없다. 심지어 내 승리구들은 사회인 야구 시합에서도 쓰지 못할 상처투성이 공들뿐이다. 가끔 작업을 멈추고 그 공들을 하나씩 바라보고 있으면 그 선수에 대한 여러 기억과 이 악물고 던지던 사회인 야구 경기들이 떠오른다.

야구공은 그렇게 나와 야구를 기억으로 연결한다. 다른 이에게는 아무것도 아닐 수 있는 그 기억. 수만 개의 공이 있었다. 그중에 새까만 밤하늘을 가르며 짧은 비행을 하는 동안 모든 이의 시선을 받았던 작고 하얀 공 한 개는 그렇게 누군가에게는 큰 의미가 되어 남는다. 공은 다 같은 공이 아니다.

말:
띄우거나,
말리거나,
망치거나

멋이 넘쳐 흘러요

팀 맥카버는 1959년 세인트루이스 카디널스에서 시작해 21년간 메이저리그에서 활동한 포수였다. 월드시리즈 우승도 두 번이나 경험했고, 올스타전에도 2회 출전한 스타 플레이어. 은퇴 후에는 방송 해설가로 이름을 날렸고 최고의 스포츠 방송인들에게 수여되는 스포츠 에미상과 포드 C. 프릭 어워드를 수상했다. 70대 후반까지 활발하게 활동을 했으니 평생을 야구로부터 은혜를 받은 야구인이다. 자신의 이름을 딴 스포츠 프로그램을 진행할 정도로 인기가 있었고, 월드시리즈 중계만 전국 방송사 세 개에 걸쳐 13회나 했다. 우리나라로 치면 한국시리즈 우승하고 올스타전에 출전한 하일성이나 허구연 쯤 되는 위치일까.

하지만 야구 선수로서 이만한 성과를 냈음에도, 메이저리그는 긴 역사와 넓은 땅덩어리만큼 무지막지한 슈퍼스타들로 가득 찬 곳. 그와 함께 얘기가 나오는 선수들은 더 엄청난 별들이었다. 전담 포수로서 호흡을 맞춘 투수들인 밥 깁슨과 스티브 칼턴은 모두 사이영상 수상자들이고, 명예의 전당에 당연히 '야구 선수'로 헌액되었다.

"밥 깁슨은 내가 본 투수 중에 가장 행운아다. 언제나 상대 팀이 점수를 내지 못하는 날에만 등판했거든."

"땅볼에 대해 중요한 것. 절대로 담장 밖으로 나가지 않는다."

재치와 깊이를 모두 갖춘 수많은 명언들을 남긴 맥카버는 자신과 배터리를 이룬 당대의 투수 스티브 칼턴과의 관계를 이렇게 얘기했다.

"우리가 죽으면 같은 묘지에 18.44미터 떨어뜨려 묻어 달라."

말을 잘하는 사람은 무척이나 많다. 야구계도 예외는 아니다. 틀에 박힌 인터뷰로만 선수들의 말을 들어볼 수 있던 과거에는 누가 그렇게 사석에서 재밌게 말을 잘한다는 소문만 있었다. 그런 소문의 주인공 중에 특히 유명한 선수들은 은퇴 후 해설가로 각 방송사가 경쟁하듯 데려가기도 했다. 하지만 막상 그들의 중계를 들어보면 선수로서의 유명세를 제외하고는 화려한 언변도, 날카로운 분석도, 번뜩이는 재치도 찾지 못해 당황스러웠다. 오히려 전혀 공부도 안 되어 있고, 중계의 맥을 끊거나 황당무계한 얘기를 늘어놓는 경우가 많았다. 이러다가 화려했던 선수 생활까지 부정당하는 건 아닐까 걱정이 될 정도였다.

주위에 음악하는 친구들도 이런 경우가 종종 있었다. 뒤풀이 자리에서는 빵빵 터뜨리며 정말 재밌는 사람으로 통하는데, 라디오에 출연하거나 무대에서 곡 사이에 얘기를 할 때면 본인을 포함해 모두를 민망하게 하는 사람들. 정말 신기한 일이다.

결국 그 '자리'에 맞는 내용을 얼마나 그 자리에 어울리는 '방법'으로 전달하느냐의 문제다. 내용에 대한 알찬 준비는 물론이거니와 전달하는 방법도 그 자리와 말을 하는 본인에 어울려야 한다. 그리고 가장 중요하게는 그 말을 듣는 사람들이 누구인지가 이해되어야 한다. 지금도 재미있게 말을 잘한다는 현역 선수들이 은퇴 후 해설가 자리를 예약했다는 얘기가 나오는데 막상 인터뷰를 보고 있으면 개인 방송에 어울리는 경우가 더 많다. 술자리에서 웃긴 친구와 노래방에서 노래를 잘하는 후배가 실제 무대에 선 개그맨과 음악인보다 더 낫다고 우리끼리 웃으며 얘기할 수야 있지만 정말 그럴까?

'말을 잘한다'는 건 그래서 단순히 하나의 기준으로 모든 시간과 공간에 적용할 수 없는 일이다. 중계, 인터뷰, 야구를 다루는 프로그램들을 통해 전달되는 '야구의 말'의 주인공은 당연히 '야구'다. 그리고 그 말을 듣는 사람들은 팬들이다. 야구의 내용과 의견이 멋지고 알기 쉽게 정리되어, 매우 적절한 방법을 통해, 팬들에게 전달되는 것. 마치 야구의 공, 수, 주처럼 이 세 박자가 맞아 떨어지면 비로소 야구의 말은 소통이 완성된다. 불행히도 이 공, 수, 주가 잘 맞는 야구 선수와 팀을 찾기는 쉽지 않다. 야구의 말도 마찬가지.

선수가 팬들에게 전달하는 최고의 감동은 플레이에 있다. 인터뷰를 잘한다면야 좋지만 그건 김치찌개집의 밑반찬 같은 것. 천 마디의 웅변보다 한 방의 결정타가, 경기를 끝내는 삼진이, 팀을 구해내는 호수비가, 믿을 수 없는 주루가, 그리고 그 이후의 포효가 팬들의 가슴을 울린다. 선수의 가치를 평가하는 그 어떤 숫자에도 '언변'은 없다.

하지만 여전히 야구에는 '말'이 필요하다. 그것을 직업으로 삼는 사람들도 그 어느 때보다 많아졌다. 방금 일어난 저 플레이. 엄청난 업적을 남긴 선수의 생애. 이름 없이 조용히 사라진 어느 무명 선수. 그리고 우리가 사랑해 마지않는 이 아름다운 경기 그 자체. 야구의 말은 이들을 더 멋지게 만들어 주기도 하고 무미건조하게 말려버리기도 하고 아예 망쳐놓기도 한다. 폭발하는 감정과 정확한 발음, 듣기 좋은 목소리는 여기에서 아주 중요하지만, 가장 중요하지는 않다. 화려한 문장과 멋진 단어는 향신료처럼 맛을 돋우지만 이내 곧 사라지고 만다. 야구와 선수, 그리고 팬들에 대한 애정과 이 공놀이에 대한 철학이야말로 야구를 더 멋지게 만드는 것이다.

금값이 금값이다

2014년 9월 25일 데릭 지터는 양키 스타디움에서의 마지막 타석에 들어선다. 9회말 1아웃에 주자는 2루, 스코어는 5 대 5. 야구를 관장하는 신들끼리 모여 '약간 유치한 것 같지만 이 정도 시나리오

는 나와야 하지 않을까?'라며 작성한 대본이 공개되었다. 지터는 대기 타석에서 일어나 아직 완성되지 않은 대본의 마지막 줄을 직접 집필하기 위해 타석으로 향했다. 장내 아나운서의 소개말이 스타디움에 울린다.

"Number 2, Derek Jeter. (잠시 쉰 후) Number 2."

혹시 힘이 들어서 중간에 잠시 쉬신 걸까, 하고 생각하게 하는 나이 지긋하신 목소리가 오히려 더욱 우리를 흥분시킨다.

전설적인 캐스터 마이클 케이('He dropped the ball'의 캐스터이기도 한)는 지터가 타석에 들어서는 순간 짧게 말한다.

"Well, the script is there. The last page is in Derek's hands. 대본은 나왔구요, 마지막 페이지는 이제 지터의 손으로 넘어갔습니다."

한참을 뜸 들이며 타격 자세를 취하는 지터, 포수의 사인을 한참 응시하다가 마침내 세트 포지션으로 들어가며 2루를 힐끗 쳐다보는 투수. 아무도 뭐라 할 수 없는, 너무나도 길게 느껴지는 이 시간에 들리는 것은 오로지 관중의 환호성뿐. 지터는 그 초구를 받아쳐 우익수 앞으로 보냈고, 2루에 있던 주자 리처드슨은 '내가 홈에 들어가지 못하면 아마 난 앞으로 뉴욕에 발도 붙이지 못할 거야'라는 기세로 뛰었다. 데릭 지터가 자신의 마지막 홈경기를 끝내기 안타로 완성하는 순간.

"Derek Jeter! It's his final game with a walk-off single. Derek Jeter! Where fantasy becomes reality! Did you have any doubt? 데릭 지터가 자신의 마지막 경기를 끝내기 안타로 결정짓습니다! 데릭 지터! 환상이 현실이 되는 순간! 이 드라마에 조금도 의심의 여지는 없었습니다!"

앞으로 야구팬들이 수백만, 수천만 번을 다시 듣게 될 캐스터의 이 멘트는 데릭 지터를 그야말로 환상의 스타로 만들었다. 그러나 여기에서 가장 아름다웠던 야구의 말은 이 멘트의 앞뒤로 자리한 끝없이 긴 캐스터의 침묵, 그리고 그 공간을 가득 채운 관중들의 환호성이었다. 이 역사적인 순간 지터가 그라운드 위에서 같은 유니폼을 입은 모든 선수와 일일이 포옹하며 자신들의 기적을 축하하고 있을 때, 캐스터는 아무런 말도 더하지 않음으로 이 광경을 더욱 숭고하게 만들었다.

거추장스러운 고추장

조지 F. 윌은 미국의 정치평론가이자 작가다. 워싱턴 포스트지에 칼럼을 쓰고 NBC 뉴스에서 평론을 했다. 월 스트리트 저널은 그를 미국에서 가장 영향력 있는 저널리스트로 평했으며 1977년에는 퓰리처상을 받았다. 하지만 시카고 컵스의 지독한 팬인 이 사람은 야구에 관련한 짧은 문장으로도 유명하다.

"내 결혼식에 기억나는 거라곤 시카고 컵스가 더블헤더 경기를 둘 다 졌다는 것뿐이다."

"야구는 그저 공놀이일 뿐이죠. 맞아요. 그랜드캐년도 애리조나에 있는 큰 구멍일 뿐인걸요."

직관적이고 군더더기 없이 세련된 이런 말들은 이 사람이 야구에 가지고 있는 애정의 깊이를 쉽게 보여준다. 그 자체가 완성인 최고급 소고기에 누가 고추장을 붓는단 말인가. '진짜' 의미를 담고 있는 문장에 화려한 수사는 거추장스러운 것, 고유의 풍미를 해친다.

이런 야구의 말들과 함께 야구는 조금씩 더 멋있어진다. 아직 야구 안으로 들어오지 못한 이들에게 이 공놀이의 아름다움을 가장 선명히 보여주고 야구팬들에게는 무한한 자긍심을 선사한다.

메이저리그에서만 세 개 구단의 구단주였고 명예의 전당에 헌액된 빌 비크는 야구의 공정성과 그에 따른 멋짐에 관해 말했다.

"야구는 불공정한 세상에서 거의 유일하게 공정하다. 스트라이크 세 개를 던지면 상대가 아무리 뛰어난 변호사를 대동해도 아웃되는 것을 막을 수 없다."

이 말을 할 당시에 소송에 휘말려 골치를 썩이고 있었을 수도 있겠고, 법정 다툼이 일상인 미국의 문화에서 나온 말일 수도 있다. 하지만 야구라는 경기를 짧고 간명하게 멋지게 표현했다. 그의 다른 말도 야구에 대한 평생 동안 농축한 애정을 잘 보여준다.

"계절은 단 두 가지. 겨울과 야구다."

그런가 하면 선수들이 다른 선수에 관해 얘기하는 것도 야구를 더 멋있게 만드는 중요한 야구의 말이다. 선동열은 최동원이 있었기에 그를 넘어서기 위해 노력했고 자신이 있을 수 있었다며 선배이자 한국 야구계의 큰 별을 칭송했다. 하지만 동료나 특히 선배들에게 비유를 써 가며 평가한다는 것이 아무래도 우리나라 정서에는 쉽지 않은 듯하다. 우리 야구계는 서로에 대해 칭찬하는 방법이 꽤 제한적이고 주로 자신을 낮추는 겸양의 미덕이 중심에 있다.

하지만 캔자스시티 로열스 명예의 전당 멤버인 마이크 스위니는 같은 시기 리그에서 뛰었던 뉴욕 양키스의 수호신 마리아노 리베라의 커터에 관해 이렇게 말했다.

"뭐가 올지 알아요. 공포영화에서도 뭐가 올지 알잖아요. 어찌됐건 결국은 당하고 맙니다."

아메리칸리그 신인왕으로 데뷔해 16시즌을 뛰고 네 팀에서 감독을 지내며 월드시리즈 우승까지 일군 루 피넬라가 랜디 존슨을 향해 표한 경의는 대단하다.

"가장 압도적인 투수다. 두 번째는 누군지도 모르겠어."

아예 비교 대상들을 삭제해 버린 것이다.

전설의 미스터 옥토버Mr. October 레지 잭슨은 놀란 라이언이 던지는 강속구를 간접적으로 경험하게 해줬다.

"사람들이 아이스크림 좋아하듯이 우리 타자들은 직구를 좋아합니다. 그렇지만 아이스크림 한 갤런을 입에다 통째로 집어넣는 걸 좋아하는 사람은 없죠. 놀란 라이언의 직구를 타석에서 보면 딱 그런 느낌입니다."

메이저리그 지명 당시 모든 스카우트들이 요기 베라보다 훨씬 높게 평가했던 조 가라지올라는 어릴 적 친구였던 요기 베라와의 긴 인연과 그의 뛰어남을 이렇게 말했다.

"나는 메이저리그 최고 포수는 고사하고, 동네 최고 포수도 아니었어!"

'끝날 때까지 끝난 게 아닌' 그 요기 베라는 내셔널리그에서 25승을 하고 월드시리즈에 올라온 샌디 쿠팩스를 시리즈 시작 전 도발했다.

"내셔널리그 타자들은 바보인가? 어떻게 저런 투수한테 25승을 헌납했어?"

이 시리즈를 0 대 4로 지고 난 뒤, 그는 다시 이렇게 말한다.

"그래, 25승 어떻게 했는지 잘 알았다. 근데 어떻게 5패는 한 거야?"

이 사람의 다른 말까지 모두 보고 있노라면 야구와 말의 연결고리를 가장 잘 이었던 인물임에 틀림없다.

때로는 자기 자신을 평가할 때도 거침이 없는 선수들도 있다. 4할 세 번에 타격왕을 12차례 차지한 전설의 타자 타이 콥은 은퇴 후 요즘 투수들에게는 어느 정도 성적을 낼 수 있을 것 같냐는 질문에 3할 정도 칠 것 같다고 대답한다. 기자가 겨우 그 정도냐는 질문에 대한 그의 대답에는 그의 미소가 보이는 것 같다.

"어이, 이건 알아둬. 난 지금 73살이라구."

그가 메이저리그 옛 스타들의 자선 경기에 출전했을 때다.

"이봐 젊은이, 내가 손에 힘이 없어 배트를 놓칠 수도 있으니 좀 멀리 앉게."

타석에 들어서 포수에게 이렇게 얘기해놓고선 초구에 기습 번트를 대고 1루로 뛰어간 적도 있었다. 이 사람의 이런 말들은 밉게 들렸을 리가 없다. 19년 연속 올스타에 선정되고 통산 3,283안타와 660홈런, 338도루라는 말도 안 되는 기록을 남긴 윌리 메이스는 기자들에게 말했다.

"내가 지금껏 본 야구 선수 중 최고는 나인 것 같네요."

말의 잔치를 벌여보자

야구의 말은 야구 자체보다 더 중요할 수 없다. 말은 야구를 멋지게 포장하는 것이 그 임무일 뿐이다. 하지만 이 포장은 생각보다 많은 일을 할 수도 있다. 야구를 더 풍성하게 하고 야구 좋아하는 사람들에게 기쁨과 감동을 더 크게 안겨줄 수도 있다. 야구 경기가 없을 때도 야구를 생각하고 있는 선수와 팬들에게 야구의 멋짐을 계속 깨우쳐 준다. 야구에 관심을 보이려는 이들에게는 멋진 컬렉션을 보여주듯이 유혹할 수 있다.

그래서 야구의 말은 여전히 중요하다. 한 선수가 남긴 말은 그 사람이 평생을 통해 일군 기록보다 더 큰 감동을 전하기도 한다. 우리 야구에서도 조금은 더 도발적이고, 조금은 더 예상 밖의, 조금은 더 새로운 야구의 말들이 잔치를 벌였으면 한다. 중계진이, 진행자가, 선수가, 감독이, 팬이 모두 더 자신의 색깔대로 멋진 말의 잔치에 함께하기 바란다.

하지만 화려한 수사만으로는 이 잔치가 이루어질 리 없다. 오랜 시간 다져온 깊이, 그것을 기가 막히게 낚아채는 재치, 이 공놀이에 대한 무한한 애정, 그 말을 증명하는 삶의 궤적. 그리고 이 모든 것에 진심이어야 비로소 통한다.

"마, 함 해 보입시더."

누구나 할 수 있지만 아무도 할 수 없는 이 짧은 말은 지금껏 야구팬들의 가슴을 뛰게 하지 않던가.

Fireball

Fireball 기나긴 승부의 마침표
우리의 환호를 쏟아낼
그 마지막 하나의 볼

Fireball 지금껏 이순간을 위해
두 팔을 높이 들기 위한
그 마지막 하나의 볼

모두들 숨을 죽인 채
시선은 바로 여기에

Fireball 다른 건 상관하지 않아
오늘의 영광을 누린다면
어떤 것도 하겠지

Fireball 다른 건 중요하지 않아
오늘의 승리를 얻는 다면
어떤 것도 하겠지

등에 적힌 번호가 아닌
가슴을 덮은 그 이름을 위해

휘날리는 긴 머리
등 번호 47 마운드를 향해
자신의 전력으로 뛰어 오르던
그 바로 위에 투혼과 반격
혼을 아로새긴 야생마처럼

**“야생마에게 헌정하는
노랫말을 쓰는데
오래전 야구장의
환호성이 들려왔다.”**

멋: 숫자 뒤에 무엇

환상 속의 그대

어떻게 되었건 똑같은 점수다. 수십 년간 팬들의 뇌리에 남을 역사적인 홈런이건, 경기장의 긴장을 다 풀어버리는 뒤로 빠지는 공으로 맥없이 들어온 3루 주자의 득점이건 둘 다 같은 1점이다. 좌익수가 기가 막힌 타이밍으로 점프해서 관중석으로 들어가던 홈런볼을 낚아챈 것도, 제자리에서 움직이지 않고 따분하게 잡아 낸 공도 같은 외야 뜬 공이다. 《슬램덩크》 최강 팀인 산왕공업의 주장 이명헌은 송태섭과 강백호가 경기 시작과 함께 만들어 낸 믿을 수 없는 '앨리웁' 득점에 전혀 동요하지 않고 평범한 뱅크샷으로 동점을 만들고 말했다.

"같은 2점이다용."

다른 종목과 마찬가지로 야구는 더 많은 점수를 얻어낸 팀이 이긴다. 경기 막판, 승부를 결정짓는 한 점을 짜내기 위해 선수들은 자신을 희생해 동료를 한 베이스 더 진루시킨다. 홈베이스에 흙투성이가 되어 들어오는 끝내기 주자 위로 엄청난 덩치들이 물을 끼얹으며 모인다. 그 한 점을 지키기 위해 다른 투수들은 팀에서 가장 믿을 만한 투수가 마지막 회에 던질 수 있도록 팔이 떨어져 나가라 던져 지켜낸다. 그렇게 승패는 결정된다.

누가 점수를 더 냈고, 덜 줬는가. 이 간단한 것을 위해 팀은 겨울부터 담금질하고 선수를 데려오고 감독은 타순을 썼다 지운다. 긴 시즌 동안 가장 많이 이기고 마지막 경기에 이긴 팀은 '챔피언'의 칭호를 얻는다. 치열하게 서로를 분석하고 많은 돈을 써가면서 심지어는 몇 년, 아니 몇 십 년간의 시행착오를 거쳐 그 자리에 오르려 애쓴다. 프로야구팀이 존재하는 이유이며, 팬들에게 줄 수 있는 가장 큰 가치이자 선물. 승리다. 그리고 그것은 점수의 합이다. 역사 속에 남게 될 것도 결국은 이 점수의 합이 이끈 승리의 숫자다. 한 팀은 시즌 동안 몇 번을 이기고 몇 번을 졌으며, 지난 시간 동안 몇 번을 우승했는지로 평가받는다. 팬은 팀의 그 승패와 점수를 이루는 숫자들만큼 웃고 운다.

마라도나가 1986년 멕시코 월드컵 잉글랜드와의 경기에서 넣은 두 골도 역시 똑같은 1점씩을 팀에 안겼다. '신의 손'으로 영원히 축구계에서 논란으로 남을 첫 번째 골, 그리고 축구가 존재하는 한 최고의 골로 남을 두 번째 골로 마라도나는 '절반의 천사, 절반의 악마'의 이름을 얻었다. 이 경기로 월드컵은 단일 종목의 국제대회에서 그 어떤 경쟁 종목도 허락하지 않게 되는데, 그 주연이 마라도나였음을 그 누가 부인할 수 있으리.

내 세대는 펠레를 포함한 그 이전 영웅들을 라이브로 본 세대가 아니어서 축구는 그저 마라도나였다. 신은 축구를 위해 마라도나를 만든 것이 아니라 마라도나를 위해 축구를 만들었다고 생각했다. 기록에는 포클랜드 전쟁 4년 후 벌어진 아르헨티나와 잉글랜드의 운명의 한판. 그리고 이 경기에서 2 대 1로 아르헨티나가 승리한 두 골로 남아있다. 하지만 이 두 골은 마라도나가 기록한, 아니 축구가 기록한 가장 극적인 장면이다. 이 월드컵에서 우승컵을 들어올린 아르헨티나(가 아니라 마라도나)의 결승전은 잘 기억나지 않을 정도다. 4년 전 있었던 실제 전쟁의 마침표를 찍은 골.

왕! 조! 시! 작!
클로제의 16
<<<<<<
마라도나의 8

월드컵에서 가장 많은 골을 넣은 선수 명단에 마라도나는 공동 23위에 이름을 올렸고 같은 하늘색/흰색의 줄무늬 유니폼을 입은 선수 중에서는 (이름도 멋진) 바티스투타가 10골로 8위다. 독일의 클로제가 16골로 1위, 호나우두, 뮐러, 펠레, 클린스만, 로시, 바지오 등 당대의 골잡이들이 마라도나 위에 있고 히바우두가 8골로 동률을 이뤘다. 하지만 누구나 안다. 마라도나는, 그리고 그의 두 골은 단순히 점수와 숫자로 받아들일 수 없다는 것을. 스포츠가 가지고 있는 묘한 점이다. 결국은 숫자의 합으로 승리를 얻고 그것이 최고의 가치인데, 더 오랫동안 사람들의 마음속에 남아있는 것은 숫자 뒤에 있는 다른 것들이다.

대체 선수 대비 승리기여도

야구팬들이 누구에게 마음을 빼앗겼는지를 잘 보여주는 것은 구매한 유니폼 뒤의 이름과 번호다. 아예 선수들이 입는 똑같은 재질과 사이즈의 유니폼이 매우 비싼 가격에 팔리는 메이저리그와는 달리 우리 리그는 자기 몸에 잘 맞는 유니폼을 고르고 그 위에 이름과 번호를 박아 넣는 방식이다. 그러다 보니 어린 팬들과 몸집이 작은 여성 팬들의 유니폼은 종종 이름과 번호를 넣을 자리가 없어 보이기까지 한다.

자기 방 책장, 혹은 업무를 보는 책상 위에 소장한 사인볼은 번호를 유심히 살피고 흘려 쓴 이름을 잘 봐야 그 정체가 드러난다. 하지만 경기장에 입고 오는 유니폼은 매우 직관적으로 이 팬이 어느 선수에게 반했는지를 보여준다. 구단별로 매년 유니폼이 가장 많이 팔리는 선수를 집계하기도 하고 판매 금액의 일부가 선수에게 연봉과는 별도로 지급된다. 팬들이 '어느 선수의 이름을 판다'는 표현을 쓰는 유니폼 구입은 오랫동안 묵혀 온 팬심의 발현이기도 하고, 최근 혜성처럼 등장한 선수에게 보내는 어느 팬의 소리 없는 환호성이기도 하다.

팀은 이기는 것이 최고의 가치고, 선수들은 그 승리에 공헌할수록 좋은 선수다. 그래서 팀에 가장 큰 공헌을 한 선수, WAR Wins Above Replacement(대체 선수 대비 승리기여도)가 가장 높은 선수의 이름을 팬들이 제일 많이 '팔' 것 같지만 이게 꼭 그렇지는 않다. 팬들은 팀의 승리와 우승에 목말라 있다. 따라서 그 목을 가장 많이 축여주는 선수가 응당 가장 많은 지지를 받아야 한다. 그런데 팬심을 적나라하게 드러내는 유니폼 '마킹'이 이것과 정비례하지는 않는다.

아이와 처음 찾아간 경기에서 역전 홈런을 날린 선수의 이름을 새겨 넣었을 수도 있고, 이미 은퇴하고 없는 선수의 이름이 아빠, 엄마와 아이 등에 나란히 달려있을 수도 있다. 팬들은 승리를 원하지만, 정작 등뒤에는 자신에게 소중한 야구의 기억을 남긴 선수, 남들은 찾지 못한 매력을 보인 선수, 마음속으로 조용히 응원하고 싶은 선수의 이름을 단다. 그 선수가 차곡차곡 쌓아온 승리 기여도가 마음과 기억에 남아 그 선수의 번호를 택했을 수도 있다. 하지만 직접적으로 영향을 준 첫 번째 요소라고 말하기는 좀 어색하다.

"어디 보자, 작년에 이 선수가 승리기여도 가장 높았군! 그럼 올해 개막에 맞춰서는 이 선수의 이름을 새겨 넣겠어!"

결과적으로 보니 이럴 수는 있겠지만, 팬들은 이런 식으로 자신의 마음을 보내지는 않는다.

위풍당당 행진곡

무엇이 팬들의 마음을 움직인 것일까. 야구장에 찾아간 팬들은 계획했던 구매도 하지만 '트윈스숍'을 지날 때 충동적으로 사기도 한다. 경기 시작 전에는 대체로 마음에 품었던 이름을 새긴다면, 경기 후에 그것도 극적인 승리를 한 후에는 잠시 이성을 놓고 마킹하는 기계 앞에 줄을 선다. 잠실야구장에는 경기장 밖에 공식 트윈스숍이 있지만 1루 내야석으로 입장하는 곳의 큰 로비 공간에도 유니폼과 각종 물품을 파는 가게들이 있다. 공식 숍과의 관계는 잘 모르겠다. 하지만 경기 중에 활발하게 장사를 하다가 경기가 끝나기 전 이미 문을 닫고 불을 꺼버린 식음료 가게와는 달리 여기는 그때부터가 다시 시작이다.

2014년 6월 13일, 이진영은 그 시즌에 친 홈런 여섯 개 중 절반을 그날 3연타석 홈런으로 뽑아냈다. 그날 경기는 10회말 오지환의 끝내기 안타로 이겼다. 게다가 시즌 여덟 번째 만에 연장 승부에서의 승리였으니, 경기 후 분위기는 잠실구장을 날려버릴 기세였다. 팬들이 야구장을 빠져나가다가 갑자기 한목소리로 응원가를 크게 부르는 구간이 있는데, 바로 그 로비 공간이다. 목소리가 건물 내에 울리면서 부르던 사람도 흥이 나고 옆에 있던 다른 사람들까지 저절로 따라 부르게 되는 마력의 몇 분. 로비에서 일행을 기다리고 있던 나는 끝없이 반복되는 이진영의 응원가와 그것을 배경음악으로 쉴 새 없이 찍어내던 그의 이름과 등번호를 보았다.

크고 작은 부상을 언제나 달고 있었고, '이땅 선생'의 별명과 〈야잘잘〉의 어원을 제공한(어느 다큐멘터리에서 야구를 어떻게 하면 잘할 수 있냐는 후배의 질문에 야구는 원래 잘하는 사람이 잘한다고 대답. 이후로 야잘잘이라는 말이 야구팬들에게 퍼졌다) 이 머리 큰 선수에 대한 평가와 호불호는 갈릴 수 있겠다. 그래도 그날 그곳에서 줄을 서 자신의 이름을 '판' 팬들에게 이진영은 '야구의 기억'을 준 것은 틀림없다. 분위기에 취했건 마침 기회가 좋았건 간에, 나중에 그 유니폼을 다시 입었건 그렇지 않았건 간에. 그 순간만큼은 팬들의 마음을 빼앗았고, 그의 이름은 '파질' 자격이 있었다.

조금 늦게 도착한 종합운동장역에서 5번 출구로 힘차게 올라가던 어느 여름날, 나는 계단을 뛰어오르며 손에 들고 있던 유니폼을 걸쳐 입었다. 촤라락 펼쳐진 유니폼과 바쁜 발걸음 소리에 나를 쳐다봤는지, 내가 방금 추월한 아빠와 아이의 대화가 들렸다.

"아빠, 저 선수는 누구야? 이상훈?"

"응. 아빠도 좋아하는 옛날 선수야."

아빠와 아이는 경기장에서 뛰는 선수들뿐 아니라 팬들이 입고 오는 유니폼 뒤에 박힌 이름을 보고 많은 얘기를 나눴을 것이다. 문득 그들의 유니폼에는 누구의 이름이 있을까 궁금했지만 다시 돌아가 확인하지는 못했다. 아이는 아빠에게 "난 이 선수의 유니폼을 가지고 싶어!"라고 했을까, 아니면 아빠가 "아빠랑 이 선수의 유니폼을 같이 입자. 어때?"라고 물었을까. 과연 누가 어떤 계기로 저들의 마음을 빼앗았을까.

햇볕 좋던 날, 세 가족이 나란히 손을 잡고 걸어가는데 엄마, 아빠, 아이가 모두 다른 유니폼을 입고 있던 적도 있었다. 온 가족이 한 선수를 응원하는 모습도 좋지만, 저렇게 각자가 각자의 이유로 다른 이름을 등에 매달고 있는 것도 무척 보기 좋았다. 선수들의 이름을 보고 있으니 왠지 그 각자의 취향과 스타일을 알 것 같기도 했다. 모두는 이름을 '판' 그 선수가 멋있다고 생각했고, 그것을 입고 있는 자신이 그래서 멋있다고 생각했다.

왕종훈

빙그레와 한화의 유니폼을 입고 통산 340홈런을 기록하고, 1992년 프로야구 최초의 40홈런을 달성한 거포 장종훈. 고졸 연습생으로 입단 후 대형 유격수의 자질을 보여주다가 1루수로 포지션을 옮긴 후 그야말로 만개했다. 그의 전성기 시절 장종훈은 '홈런' 그 자체였다. 그때 일본에서 크게 성공을 거두던 고교야구 만화 《4P 다나카군》은 1990년대 초반 《아이큐 점프》에 연재되었다. 아직 일본 문화가 개방되기 전이라 인물과 지명 등 여러 명칭이 한국식으로 바뀌었다. 이렇게 바뀐 이름들은 대부분 어색해서 만화광들은 그저 그러려니 하며 원래의 이름을 상상해가며 만화를 보곤 했다. 그중에서도 오히려 바뀐 이름이 더 잘 어울리는 경우가 있었으니, 그중 하나가 바로 이 만화다. 주인공 이름은 장종훈에서 따온 '왕종훈'이었다(만화 제목은《4번 타자 왕종훈》).

이름이란, 부가적인 설명이 필요 없을 때 비로소 빛을 발하는 법. 모두가 표지에 그려진 소년이 작은 체구에도 홈런을 뻥뻥 쳐내는 주인공임을 직감할 수 있었다. (북산 고교의 강백호 역시 한국식 이름이 더 어울리는 경우. 나중에 원래 이름을 알게 되었을 때 어울리지 않고 어색하다 느꼈다) 장종훈은 1980년대를 호령했던 '원조' 홈런왕들의 시대를 마감하고 타구의 속도와 힘의 질적인 차이를 보이며 자신의 시대를 열었다. 이후 그 왕좌를 이승엽에게 건네주기 전까지 장종훈은 당시 흔하지 않았던 고졸 연습생 신화와 함께 진짜 '신화'가 되었다.

1995년과 1999년 4번 타자 장종훈이 친 무지막지한 속도의 라인 드라이브 타구는 각각 최상덕, 김원형의 얼굴을 강타했다. 두 투수는 마운드에서 그대로 쓰러졌고, 둘 다 1년 가까이 복귀하지 못할 정도로 심한 중상이었다. 여전히 경기가 지속되고 있던 그 순간, 장종훈은 두 번 모두 곧바로 마운드에 쓰러져있는 투수에게 달려갔다. 타자는 자동으로 아웃 처리되었다. 이것을 보고 무엇이 과연 '프로페셔널리즘'인가에 관한 얘기도 있었지만, 나를 포함한 많은 팬들은 깊게 감동했다. 무엇을 더 중요하게 여기는가는 각자의 선택이고 그것에 어떤 평가를 내리는가 역시 각자의 판단이다.

하지만 여기에 감동한 것은 야구팬들만은 아니었다. 김원형은 그 이후 장종훈이 타석에 들어설 때마다 모자를 벗어 경의를 표했다. 고졸 연습생으로 프로야구 최정점에 우뚝 선 장종훈은 그의 가공할 만한 파워만큼이나 다른 면에서 오랫동안 향기를 남겼다. 당시에는 유일했던 고졸 연습생 신화도 사실 본인은 그렇게 좋아하지 않았다고 한다. 자신의 아이들에게 대학을 나온 아빠로 기억되고 싶었다고 하는데, 지역의 한 대학에서 들어온 입학 제의를 후배 고졸 출신들을 생각하며 고사했다는 이야기는 한참 지나서야 알려졌다.

한 번을 만나도 느낌이 중요해

존재하는 모든 스포츠 중에 가장 많이 개인의 숫자가 남는 야구. 그 숫자들에 다시 의미를 부여하며 재생산되는 더 많은 숫자들. 야구팬들은 이 숫자들에 매료되고 그 숫자들을 생산한 선수들을 사랑한다. 하지만 숫자가 기록하지 못하는 더 많은 것들 역시 야구를 감싼다. 팬들은 최고의 숫자를 쌓아 올린 선수에게 경의를 표하며 다른 이유로 다른 선수에게 마음을 준다. 신경식의 학다리도, 김성한의 오리궁둥이도, 박정태의 기괴한 타격 자세도 숫자로 기록되지 않았다. 숫자만으로는 동네 공터에서 테니스공과 방망이를 들고 이들을 따라하던 꼬마들의 마음을 읽을 수 없다. 그뿐인가. 경기를, 시리즈를, 한국시리즈를 결정 지은 홈런들만큼이나 팬들은 역사적인 방망이 던지기를 기억하고 소환한다.

메이저리그에서는 바티스타의 전설적 배트 플립 이후 이듬해 잊지 않고 빈볼로 응징했다. 국내에서도 신인급 선수들이 고참 투수의 공을 담장 밖으로 보내고 쉽게 '빠따'를 '던'지지는 못한다. 정성훈은 KBO 복귀한 박찬호를 상대로 대형 홈런을 치고 도루하듯이 베이스를 돌아 들어오기도 했다. 그 어디에도 '빠던'은 숫자로 기록되지 않는다. 하지만 우리는 2015년 프리미어 12 한일전에서 결국 외야 뜬 공으로 기록된 그 타구를 잊지 않는다.

"오재원은 배트를 던졌고!"

이 한 문장만으로도 그 타석은 기억될 만하고, 모두가 기억할 것이기 때문이다.

한국시리즈를 결정짓는 마지막 공을 던지고 난 후 포수에게 인사하는 투수와 그 투수에게 달려가는 포수의 모습 역시 모든 기록이 작성되고 난 후다. 흙투성이가 되어 팀의 로고마저 보이지 않을 정도가 된 유니폼과 깊은 슬라이딩으로 찢긴 바지 역시 기록할 숫자는 없다. 연패에 빠져 발버둥을 쳤지만 결국 연패의 숫자를 늘리고 짓는 분한 표정도, 기어코 승리를 따내고 불끈 쥔 투수의 주먹도 역시 기록엔 남지 않는다. 2루심에게 위치를 조절해달라고 부탁하는 손짓이 왜 최고참 왼손 타자만 할 수 있는지도 설명할 숫자는 없다.

공을 들고 사인을 받기 위해 오랫동안 기다린 어린 팬이 끝내 그 선수의 뒷모습만 보고 발길을 돌리기도 한다. 운이 좋으면 선수의 미소와 함께 사인공을 받을 수도 있다. 그 어느 쪽도 선수의 통산 기록에는 남지 않는다. 야구를 잘하는 건 가장 중요하다. 그러나 기록과 숫자 너머의 것들이 있어야 팬들의 마음을 얻을 수 있다.

누구나 질 것이라 얘기하는데 지더라도 끝까지 싸우겠다며 마운드로 향하는 에이스. "우리 팀 센터는 채치수다!"라고 얘기한 정대만처럼 자기 동료에게 보내는 비이성적 신뢰. 패배 후 분노와 좌절로 경기장 불이 다 꺼질 때까지 덕아웃을 떠나지 못하는 선수의 눈길. 은퇴를 앞둔 퇴물이 아닌 레전드에게 경의를 표하는 상대 팀의 팬. 모두 승리와 무관한 것들이다. 오늘, 우리 야구는 충분히 멋있는가. 팬들이 사랑에 빠질 만큼.

엘 '지우' 승:
엘린이의 탄생

내 아픔 아시는 당신께

내 어린 시절의 기억은 '아팠다'로 가득 차 있다. 초등학교 6년간 운동회는 딱 한 번 해봤는데, 가을이 되면 병이 악화했기 때문이다. 선천적으로 알레르기 체질을 타고 난 나는 호흡기, 피부, 눈 등에 심한 증상이 있었다. 찾아간 동네 병원에서도, 안내받은 큰 병원에서도, 심지어 대학병원에서도 원인을 못 찾았다. 밤에 숨쉬기가 힘들어 깨면 할 수 있는 게 없어 무작정 입원해서 증상을 알아보기도 수차례.

어느 의사가 '혹시?'라며 보낸 클리닉에는 당시 국내에서 유일하게 증상을 알아볼 수 있는 의사가 있었다. 그때가 초등학교 5학년. 10년이 넘는 시간 동안 나는 아파서 울고, 엄마는 안쓰러워 울고, 그런 엄마를 보고 미안해서 울고, 엄마는 또 그 모습을 보고 울고, 여동생은 그런 우리를 보고 울었다. 그 후로 대략 성인이 되기까지 또 10년 정도 면역 주사를 맞았다. 의사가 사춘기에 체질이 바뀌면서 갑작스럽게 괜찮아지는 경우가 많다는 얘기를 해줘 온 가족이 나의 사춘기를 기다리기도 했다.

면역 주사 덕분인지 사춘기 때문인지 그 이후로는 몇 가지 음식을 제외하고 지긋지긋하게 나와 온 가족을 괴롭히던 증상은 대부분 사라졌다. 많은 상처를 남겼지만. 초등학교 3학년이 되어서야 몸무게가 20킬로그램을 간신히 넘겼다. 야구장도 딱 한 번 가봤고, 가을 무렵에는 대부분의 야외 활동은 당연히 못했다. 동네에서 애들과 놀다가도 몸이 안 좋아지면 서둘러 집으로 가야 했다. 억지를 부렸다가는 지난번처럼 고열에 시달려 또 한참 학교에도 못 갈 수 있었다. 중고등학교를 다니면서는 체육복 안에 발작을 일으킬 경우 대처법에 대한 쪽지를 항상 달고 있었다. 정말 너무 창피했다. '발작'이라는 단어를 꼭 써야 하는가에 대해 좌절했다.

다른 애들과는 달리 먹는 것, 놀러 가는 것, 뛰어노는 것과 모든 것에 제약이 있는 내가 싫었다. 그리고 어린 내가 부리는 짜증은 주위를 힘들게 했다. 고등학교에서는 한결 나아진 몸으로 틈나면 농구를 했지만, 그 틈이 잘 나지 않았고 대학에 와서야 남들과 비슷하게 '활동'을 할 수 있는 상태가 되었다. 나는 여전히 음악을 즐겨 들었고, 풍물패에 가입해 새로운 세상과 사람들도 만났다. 물론 매일 스포츠 신문과 스포츠 뉴스를 통해 야구도 만났다. 때마침 엘지트윈스는 '좋을 때'였다. 하지만 가끔 한 번씩 있는 TV 중계로는 야구를 실시간으로 즐기기 힘들었고, 야구장에 직접 찾아가기에는 내 대학 생활과 세상이 너무나 바빴다.

역으로 가나요

많은 엘지트윈스의 팬들이 아니 많은 야구팬들이 그랬다. 라디오 중계나 전화를 걸어 점수를 확인하는 사서함이 있었지만, 선수들의 플레이를 모두 담을 수는 없었다. '유땅'. 유격수 땅볼이라고 나와 있는데, 이게 잘 맞은 타구인지 아니면 떨어지는 공에 속수무책으로 당했는지는 물론 알 수 없었다. 펜스 바로 앞에서 잡힌 타구나 평범한 플라이도 모두 '중비'로 표시되었다.

그래서 가끔 있던 TV 중계는 놓칠 수 없는 이벤트였다. 야구 중계는 야구팬들에게는 가뭄의 단비 같은 존재였지만, 집에 한 대 있는 TV에서 야구가 세 시간 이상을 잡아먹고 있으면 다른 가족에게는 맨날 화제의 드라마와 재미있는 프로그램을 앗아가는 눈엣가시였다. 소파에 기대 야구를 보고 있는 나와 아버지를 보며 부엌에서 저녁 준비를 하시던 어머니는 말씀하셨다.

"저건 야구가 아니라 망구야 망구. 나라 망하는 망구."

정보가 너무나 제한적이던 야구팬들, 망구팬들은 그래서 TV 중계에서 하는 말들을 매직 클리너가 물 빨아들이듯 흡수했고 그것을 금과옥조로 삼았다. 하일성과 허구연, 이 양대 산맥이 쏟아내는 말들은 야구의 교과서였고 《성경》이었다. 하지만 야구가 만들어내는 수많은 숫자의 대부분은 기록되지 못하고 사라지고 있었다. 그러면서 몇몇 남은 숫자들에는 더욱 큰 의미가 부여되었다.

'투승타타'. 투수에게는 승수가, 그리고 타자에게는 타율이 가장 중요한 지표로 인식된다는 뜻으로 지금 야구 커뮤니티에서 많이 쓰는 말이다. 옛날 고리타분한 방식으로 야구를 이해하는 사람을 비판하거나 조롱할 때 쓰는 편이다. 한 선수의 가치를 평가할 수 있는 다른 지표가 널려있는데도 옛날 방식에서 벗어나지 못하는 낡고 잘못된 야구관의 상징. 그랬다. 투수의 승수, 승률, 방어율과 타자의 타율, 홈런, 타점이 전부였다. 야구팬뿐만 아니라 중계에서도, 현장에서도 이 이외의 다른 지표는 없었다. 있더라도 중요하지 않았다. 숫자가 마치 폭포수 쏟아지는 것처럼 생산되지만 그때는 이 정도의 숫자로 충분했다.

더 어릴 적 야구 소년들은 신문 한구석에 적혀 나오는 주요 선수들의 이 숫자들을 빨아들였다. 굳이 외우려 할 필요도 없었다. 야구에 목말라 있던 소년들에게 이 정도의 숫자는 한참 부족한 간식거리에 지나지 않았다. 문방구에서는 야구 선수들을 테마로 한 딱지를 팔았다. 앞면에는 선수들의 얼굴이, 뒷면에는 그 선수의 작년 기록과 연봉 등이 적혀있었다. 이런 숫자를 줄줄 꿰고 있던 건 비단 나뿐만이 아니었다. 지금 야구계에서 일하고 있는 중계진, 기자, 작가들 모두가 그렇게 눈을 동그랗게 뜨고 신문을 보고 딱지 뒷면을 보고 있었다. 그리 특별한 일도 아니었고 한동안 야구는 이렇게 이해되었다.

많이 컸네

야구에서, 특히나 중계에서 새로운 세상이 열린 것은 '인터넷'보다는 '모바일'이 기점이었다. 초기에 '참을인忍'자를 쓰는 인터넷일 때는 PC와 함께 야구의 실시간 중계에 혁명적인 변화를 가져오지는 못했다. 스마트폰이 등장하고 어디서든 야구를 실시간으로 볼 수 있게 되면서 모든 것이 바뀐다. 하이라이트 영상을 내가 원하는 시간에 볼 수 있다는 점은 PC의 장점이었지만 역시 스포츠는 실시간, 본방 아닌가!

스마트폰으로 야구를 손바닥 안으로 가져온 팬들에게 야구에서 그동안 존재했지만 얻을 수 없었던 숫자들이 제공되기 시작했다. 메이저리그에서는 이미 그 숫자의 활용법을 보여주고 가치를 증명했다. 방대한 자료를 제공하는 국내 사이트 스탯티즈에서는 연도별, 상황별, 상대별, 구장별에 더해 상상할 수 있는 거의 모든 데이터를 구할 수 있게 되었다. 그리고 이것은 커뮤니티에서 팬들이 설전을 벌이는 중요한 근거가 되었다. 과거 레전드들에 관해서도 구체적인 숫자를 통해 재평가하는가 하면 FA로 풀리는 선수들이나 트레이드 명단에 오른 선수들에 관해서도 새로운 방식으로 손익을 따지게 되었다. 과거 각종 기록을 줄줄 외우고 다니던 몇

몇 '야구 박사'들이나 할 수 있던 얘기를 모두가 하게 된 것이다.

야구뿐 아니라 모든 분야가 마찬가지였다. 술자리에서 큰 목소리로 우기던 사람들의 내용이 불과 몇 초 만에 진위가 가려지기 시작했다. 일면 아련한 기억 속에 아름답게 남아있던 낭만이 사라지는 듯도 했지만, 아주 작은 노력만 들이면 모두가 야구를 속속들이 들여다볼 수 있게 된 것은 질적으로, 양적으로 의미가 있었다. 야구팬들이 눈을 떠버린 것이다.

여전히 선수들이 기록하는 숫자보다 야구장을 찾고 그 순간에 더 환호하는 팬들이 있다. 모든 것이 그렇지만 야구도 어떤 한가지의 방식으로만 이해되고 사랑받는 것은 아니다. 그리고 많은 야구팬에게는 이렇게 숫자를 더 보는 것과 야구장에서 환호하는 것이 서로 분리되거나 대치되는 것이 아니었다. 오히려 개방된 숫자들은 팬심을 강화하고 덕질을 지원했으며, 현장을 비롯해 야구에 연관된 모든 곳에 긴장감도 불어 넣었다.

야구를 해본 적이 없는 사람들. 반대로 초등학교에서부터 오로지 야구만 한 사람들. 그중에서도 언제나 또래 집단에서 특출나게 야구를 잘해서 결국 프로야구 선수가 되고 지금은 야구계에서 목소리를 내는 사람들. 야구의 경험이라는 면에서 이 둘의 거리는 잠실구장의 중앙 담장까지 만큼이나 멀다. 그런데 야구를 보고 이해하는 것에서는 몇몇 팬들과 덕후들이 그 대단한 사람들 바로 옆에 있게 된 것이다. 비록 시속 140킬로미터가 넘는 공을 던지거나 100미터가 넘는 거리를 날려 본 경험은 없지만, 어쩌면 더 많은 숫자를 보고 그 의미를 고민했으며 속뜻을 읽어 내는 사람들이다.

그 와중에도 메이저리그로부터 피치 터널이나 스탯캐스트처럼 투수와 타자의 폼과 공의 궤도를 분석하는 기법들이 속속 소개되었다. 팬들에게는 야구를 이해하고 말할 '꺼리'들이 무한대로 쏟아지고 있는 셈이다. 그중 일부는 아예 그것을 직업으로 삼게 되었다. 영화 〈머니볼Money Ball〉에서 브래드 피트 옆에 있던 공부 잘하게 생긴 친구 같은 역할까지는 아니더라도.

기존에 있던 숱한 요소들과 함께 야구팬으로 입문하거나 팬심이 강화되거나 혹은 덕후까지로 발전하는 여러 가지 통로 중에 하나가 더 열린 것이다. 또한 야구팬들이 직접 야구에 대해서 얘기할 수 있는 방법들도 생겼다. 〈야잘잘〉 같은 팟캐스트는 물론, 엄청나게 많은 유튜브 채널이 열렸고 그들 중에 구독자 수가 많거나 화제가 되는 경우는 전설적인 은퇴 선수나 현역 선수를 자신의 프로그램에 초대하기도 했다. 우리 〈야잘잘〉에서도 많은 이들의 도움으로 대단한 일들을 하긴 했다. 그렇게 많은 현역, 은퇴 선수와 기자, 관계자들을 초대하는 것은 통로가 막혀있거나 정보가 제한적일 때는 할 수 없던 일이다.

이러다 보니 선수 엔트리 구성과 투수진 운영, 그리고 선수들의 경기력에 관해서 팬들이 하는 말이 단순한 욕설에 그치지 않게 되었다. "가운데 던져도 쟤들은 못 치니까 그냥 던져"라고 하다가 장타를 허용하자 "그렇다고 그렇게 한가운데로 던지면 어떡하냐" 하시던 어르신들보다는 조금 더 근거를 가지고 접근하게 된 것이다.

A 타자는 타율이 높고 인기가 많아서 유니폼도 많이 팔고 굉장히 가치가 높은 듯 보인다. 하지만 사실 기록을 자세히 뜯어보면 출루율과 장타율이 낮아 팀이 실제로 이기는 데 그만큼의 도움을 주지 못한다. 오히려 B 타자는 타율은 낮지만 수비 기여도와 함께 타격의 '생산력'에서 A 타자를 압도한다. 야구는 긴 시즌 동안 144번 경기를 펼쳐야 하는 레이스. 평균적인 생산력이 높은 B 타자를 중용해야 한다. 전통적으로 1번 타자는 발 빠른 타자, 2번 타자는 번트 등 다양한 작전을 수행하는 타자, 그리고 중심 타선으로 3, 4, 5번을 배치한다. 하지만 4번에 가장 강력한 타자를 배치하는 것은 실제 팀의 승리 확률을 올리는 데 이제 도움이 되지 않는다. 그런 편견에서 벗어나 더 생산력이 좋은 타자를 한 번이라도 더 나오게

하는 것이 낫다.

C 투수는 지난 시즌 많은 승수를 올리는 데 실패했다. 하지만 시즌 10승을 올린 D 투수보다 더 많은 이닝을 소화했고 평균자책점과 FIP(Field Independent Pitching. 홈런, 볼넷, 몸에 맞는 공, 삼진 등 전적으로 투수에게 책임이 있는 요소들로만 만든 기록)에서 더 좋은 결과를 냈기 때문에 더 높은 가치가 있는 선수다. 더 많은 연봉을 안겨 주는 것이 당연하고, 트레이드는 절대 불가하다. 팬들이 하는 이런 식의 접근은 이제 상식으로 받아들여진다.

하지만 이런 시각이 실제 현장과 일치하는가 하면, 항상 그렇지는 않다. 문제는 그래서 결과가 좋지 않았을 때. 팬들의 비난은 '돌'과 OUT이라는 야구계에 가장 많이 쓰이는 접두사와 접미사들로 장식되어 쏟아진다. 팬들은 현장의 경험도 없고 직업도 아니며 책임을 지지도 않는다. 팬들의 요구와 주장이 언제나 맞지도 않는다. 다만 그저 결과를 놓고 얘기하는 게 아니라 이제 과정과 의도에까지 참견하고 간섭하는데, 그럴듯한 근거를 가지고 얘기하니 어쩌면 현장에서는 조금 더 성가시고 귀찮아졌을 수도 있다. 그리고 나도 그런 팬이자 덕후의 한 사람이다.

이제는 날아오를 시간이라고 생각해

한 팀이 우승하려면 많은 것이 필요하다. 그중에는 미리 준비되어야만 하는 것이 있고, 우연히 발생하는 것도 있다. 우연은 조절할 수 없으니 팀은 할 수 있는 부분에 대해서 최선을 다한다. 양질의 선수층을 두껍게 하고 언제라도 1군에 수혈할 수 있기 위한 2군 마련. 거기에 필요한 인적 물적 자원. 장래성으로 가득 찬 신인 선발과 그들의 장기적 육성. 핵심 포지션에서 부족한 특급 선수를 FA나 트레이드로 채우는 것. 적절한 역할 부여와 해당 선수들에 대한 동기 부여. 기나긴 레이스를 완주할 수 있는 선수단 운영. 좀처럼 부진에서 벗어나지 못하던 고참 선수가 갑자기 부활한다든지, 예상치 못했던 신인의 대활약은 반가운 일이겠지만 덤일 뿐 상수로 볼 수 없다.

게다가 야구는 다른 종목에 비해 한 선수가 시즌의 향방을 결정짓기 힘든 종목이다. 아무리 뛰어난 선발 투수도 5게임째야 다시 나오고, 최고의 타자도 여덟 명이 지나야 자신의 타석이 돌아온다. 불세출의 유격수도 1루수 플라이를 대신 잡을 수는 없으며 끝

판왕 마무리 투수가 144경기에 출전할 수도 없다. 자신의 타석과 자신에게 오는 공은 오롯이 자신의 것. 야구는 그래서 모두가 스토리를 가지는 민주적인 게임이다.

모든 부분에서 맞아 떨어지고 준비가 되었다 싶으면 팀은 '윈나우'를 외치고 당장 올해의 우승을 위해 전력 질주한다. 미래를 위해 아직은 유망주일 뿐인 선수들에게 경험을 제공할 여유가 없는 것이다. 그래서 언제라도 우승을 할 수 있는 전력에 올라서면 신인들이 클 수 있는 기회가 제한적일 수밖에 없다. 해당 포지션에 골드글러브급 선수가 자리하고 있으면 어린 선수들이 주전으로 뛰거나 1군에 올라가기도 쉽지 않은 것과 마찬가지.

뉴욕 양키스의 전설 데릭 지터는 팀의 캡틴으로 극적인 장면을 수없이 팬들에게 선물하고 '미스터 노벰버Mr. November'가 되어 명예의 전당에도 헌액되었다. 그러면서 다른 한편으론, 지터의 20년간 뉴욕 양키스는 정작 유격수를 키우지 못했다는 평가가 존재한다. 정규시즌 5연패의 왕조를 이루었던 삼성라이온즈. 그 이후 주축 선수들의 유출과 선수단 도박 사건에 휘둘리면서 팀을 재정비하는 데 꽤 오랜 시간이 걸렸다. 그런 걸 보면 프로야구에서 한 팀이 현재와 미래를 모두 잡는다는 것은 힘든 일이다.

하지만 그건 호사를 누리는 자들의 사치다. 1994년 이후 아직 우승하지 못하고 있는 엘지트윈스는 나중에 팀을 재건하는 데 시간이 걸리든 뭐가 어떻든 간에 너무 오랫동안 팬들이 목말라 있는 우승을 당장 해야 한다. 2013년 노장들의 마지막 불꽃으로 기회를 잡았다면 좋았을 것이다. 말을 타고 운동장에 들어오겠다던 선수와 야구 인생의 마지막 목표라던 선수들이 트로피를 들어올렸다면, 그 선수들과 오랫동안 함께 울고 웃었던 팬들도 오래 묵은 체증을 내리며 어느 정도의 여유를 가지게 되었을지도 모른다.

그들의 시대는 지나갔고, 더 나이든 팬들은 여전히 안타까운 마음으로 그라운드를 응시한다. 27년. 이 시간 동안 실패하고 있다면 팬들에게 참을성이 부족하다고 얘기하기는 힘들다. 이유가 무엇이건 구단은 할 말이 없는 게 맞다. 간혹 사장, 단장, 감독, 코칭스태프에 이르기까지 마이너스 요인을 없애는 것이 우승에 가장 가까운 일이 아닐까 싶기도 하다. 일희일비, 냄비근성. 팬들이 한 경기, 한 이닝, 공 하나에까지 희비가 엇갈리고 더 진중하고 꿋꿋하게 팀에 응원을 보내지 못하는 것을 일컫는 말이다. 아울러 우리 팟캐스트 〈야잘잘〉의 모토이기도 하다. 이렇게 오랜 시간이라면 더한 것이 되지 않은 것이 다행이다.

기도하는 사랑의 손길로

2021년 3월, 시즌이 아직 시작되기 전 '엘린이'가 태어났다. 엘지 트윈스의 어린이. 야구가 뭔지, 아직 세상이 뭔지도 모르는 사이에 정해져버린 운명. 이 아이가 태어나기 훨씬 이전, 어쩌면 1982년 우리나라에 프로야구가 시작되고 제기동 미도파백화점에서 어린이회원을 신청할 때 이미 정해진 숙명. 아이에게 왜 그런 굴레를 씌우려고 하느냐고 얘기하는 사람도 있다. 당신의 팀을 어떻게 응원하게 되었느냐는 질문에 "아빠 왜 그랬어"라고 답을 다는 사람들 상당수가 이미 아빠가 되어있기도 하다. 그래도 이제 만나게 된 아이가 내 손을 잡고 똑같은 유니폼을 입고 야구장에 가는 것을 상상한다.

"아빠, 왜 우리 팀은 맨날 져?"

"아빠, 왜 울어?"

어떤 질문을 하고 어떤 눈으로 쳐다봐도 그곳에 같이 있을 수 있다면. 어찌 보면 오래된 야구팬의 욕심이다. 애가 순순히 따라올지도 알 수 없지만 딱히 누군가에게 피해도 주지 않으니 이런 즐거운 상상은 할 수 있지 않은가.

하지만 최근의 야구계를 보고 있으면 야구가 국내 최고 인기 스포츠로 계속 남을 수 있을 지도 의문이다. 아니, 스포츠라는 게 지금처럼 존재할 수 있을지. 태어나는 아이들의 수는 점점 줄어드는데다가, 모든 아이가 공을 던지고, 치고, 차던 우리 어릴 때와는 달리 오로지 게임, 게임뿐이다. 정말 나중에 야구를 할 사람과 볼 사람들이 충분히 있을까. 미래의 인구에 대해서 하나같이 어둡게만 전망하는 얘기를 듣고 있자면 야구팬들이 자조적인 농담으로 하는 '그깟 공놀이'가 현실이 되어버리는 건 아닐까 걱정이다.

숱하게 많은 장르가 생겨났다 사라졌다. 영원할 것 같은 인기도 한참 후에 보면 정말 별것 아니고 그것이 사라지는 데 걸리는 시간은 그저 순간이다. 우리 후대의 후대는 이런 복잡하고 기묘한 스포츠가 어떻게 한때 그런 큰 인기를 누릴 수 있었는지 궁금해 하며 디지털 박물관에서나 야구를 접하게 될 수도 있다. 코로나19로 야구장 출입이 제한되고 너무나 황당한 이유로 2021 시즌의 후반기에 연장전이 폐지되었다. 야구가 뭔가 사람들에게서 한 발쯤 멀어진 느낌이다.

야구 관련 콘텐츠는 TV 프로그램뿐 아니라 유튜브와 팟캐스트에서도 쏟아져 나오는데 정작 야구 자체에 대한 관심과 애정의 온도는 내려간 느낌이다. 야구장에 그렇게 자주 가지도 않았지만 막상 가지 못한다고 하니 맥이 풀리는 것인지, 중계되고 있는 화면의 텅 빈 관중석이 힘을 빼는 것인지. 이 바이러스에서 우리가 해방되고 나면 극적으로 야구가 우리 삶에 활력을 줄 수 있을까. 내가 어릴 적 야구가 그랬듯이.

야구와 야구계는 지금보다 더 멋있어져야 한다. 수준 높은 기량을 그라운드에 펼쳐 보이는 것은 물론이고, 감동을 선사하기 위해 최선을 다하는 것도 너무나 당연하다. 하지만 작은 유불리에 의해 원칙이나 약속을 버리면 팬들도 야구를 버린다. 몇 시간 동안의 클릭 수에만 주력하는 기사나, 팬들보다 더 정보에 어둡고 고압적인 중계진은 오던 팬도 내쫓는다. 경기를 결정짓는 오심을 받아들이기만 해야 하면 야구는 공정하지 않은 '꼰대의 스포츠'가 된다.

훌륭한 선수이기 이전에 좋은 인간들이어야 할 필요도 있다. 야구와 팬을 존중하지 않는 선수들의 모습은 멀리서도 눈에 띈다. 하지만! 무엇보다도 엘지트윈스는 우승을 해야 한다. 위의 가치들은 소중하지만 그것만 추구하기에는 너무 오래되었고 팬들은 지쳤다. 그나마 지금도 이렇게 엘지트윈스의 팬으로 남아있을 수 있었던 이유는 동료들의 존재가 컸다. 같이 지쳐왔던 사람들. 엘지트윈스 팬 덕이다.

선수, 감독, 코치와 구단 직원들. 그들에게는 직업이다. '유능함'으로 평가받고 그에 따라 보상받는다. 팬은 승리와 감동을 갈구한다. 그게 유일한 보상이다. 그들은 직장을 옮길 수도 있다. 팬은 어쩔 수 없다. 가장 좋아하는 선수가 팀을 떠나거나 은퇴하고, 어릴 적 영웅이 감독으로 왔다가 해임되더라도 여기에 있다. 엘지팬으로서, 야구 덕후로서, 올해도 우리 팀의 우승을 진심으로 기원한다. 달빛요정의 역전 만루 홈런을 쏘아 올릴 때다. 올해 실패하면, 언제나 그랬듯이 시원하게 욕을 하고 또 내년을 기다릴 것이다.

2021년 봄 만난 아이는 어릴 적 나처럼 아프지 않기를 바란다. 이름은 '지우'라고 지었다. 한참 전부터 생각해 보던 여러 이름을 놓고 마지막까지 고심했다. 주민 센터에서 출생 신고서를 적어내는데, 아이 이름 앞뒤로 글자들이 아른거렸다. 그래, 엘 '지우' 승이다.

우! 승! 적! 기!

왕! 조! 시! 작!

승! 리! 하! 라!

무! 적! L! G!

잠실구장에 가까워지면 냄새가 난다.
그냥 코로 느껴지는 후각에의 특정한 자극이 아니라
온몸의 감각과 마음에까지 와닿는 그런 '냄새'가 난다.
지하철역에서 내리는 날엔 이미 플랫폼에서부터
그 냄새가 종합운동장역에 진동을 한다.

지하철 문이 열리고 우르르 내리는 사람들의 유니폼과 모자에서
나는 것 같기도 하고, 개찰구를 지나 뛰기 시작하는 사람들의 발에서
나는 것 같기도 하다. 음료수랑 오징어를 놓고 손님을 부르는
아주머니의 목소리에서 나는 것 같고, 바람을 빵빵하게 넣고
탕탕 쳐보는 응원봉에서 나는 것도 같다.

클로저
야구도 널
사랑해줬어!

2002년 엘지트윈스는 정규 시즌 4위에서 한국시리즈까지 오르는 기염을 토했다. 현대유니콘스와의 준플레이오프는 2 대 0으로 가볍게 제압했지만 기아와의 플레이오프는 5차전까지 엎치락뒤치락하며 혈전을 벌였다. 너덜너덜해진 상태로 맞은 한국시리즈. 엘지트윈스에게 바로 직전의 한국시리즈는 1997년, 1998년이었다. 그 이전 1990년대 초중반까지 엘지트윈스는 리그에서 최강팀이었기 때문에 4년 만에 맞은 한국시리즈가 당시에는 오랜만이었다. 상대는 1985년 무려 7할이 넘는 승률을 기록하며 전후기 통합 우승을 이룬 것이 유일한 우승이던 삼성라이온즈. 그해에는 한국시리즈가 없었기 때문에 삼성라이온즈에게는 당연히 '한국시리즈 우승'이라는 타이틀이 없었다. 언제나 순위표 상위권에 있지만 우승에는 한두 발 모자랐던 삼성라이온즈. 마치 계속 경기를 주도하며 점수를 쌓지만 결정적인 한 방을 날리지 못하고 경기 막판에 역전 KO패를 당하고 마는 복서 같았다. 삼성라이온즈는 이 한을 풀기 위해 해태타이거즈의 피를 수혈하면서까지 리그 정복에 다시 나선 참이었다.

2001년부터 삼성의 지휘봉을 잡은 '코끼리' 김응용 감독은 그야말로 우승 청부사였다. 1983년부터 2000년까지 18시즌 동안 해태타이거즈에서 아홉 번 한국시리즈 우승. 이 기간 동안 해태타이거즈와 김응용은 리그의 절반을 독식했다. 그리고 준우승은 없었다. 한국시리즈 진출은 곧 우승이었다. 삼성은 모기업이 그렇게도 외쳐대던 1등을 위해 자존심이고 뭐고 다 내다버리고 전문가를 데려다 앉힌 것. 자칫 잘못하다가는 야구단의 결정력 부재 이미지가 모기업으로 확산될 판이었다. 아무도 기억하지 않는 2등이라면 차라리 낫겠는데 모두가 삼성이 '또' 우승을 하지 못했다는 것을 점점 또렷이 기억하고 있었다. 2002년의 삼성라이온즈는 투타(마운드와 타격)에서 리그를 완벽히 지배하고 9회 우승의 김응용 감독까지 기어이 푸른색 유니폼을 입혀 만반의 준비를 마쳤다.

2002년 우리나라는 월드컵의 열기로 나라 전체가 끓어올랐다. 한국 팀의 경기가 있는 날에는 프로야구 경기도 열리지 않았다. 게다가 리그 후반에는 2002 부산 아시안게임 휴식기마저 있었다. 상대적으로 야구의 인기는 움츠러들었고 그것은 곧 관중 수의 급감으로 이어졌다. 하지만 이런 외부 요인에 아랑곳하지 않고 삼성라이온즈는 팀 타율과 팀 방어율, 팀 WAR Wins Above Replacement(대체 선수 대비 승리기여도)에서 2위권을 멀찌감치 떨어뜨려 놓으며 정규 시즌 우승을 차지했다. 그리고 숙원 한국시리즈 우승을 위해 호흡을 가다듬었다. 타선에는 이승엽, 마해영, 양준혁에 틸슨 브리또, 김한수, 진갑용이 있었고 마운드에는 임창용, 노장진에 나르시소 엘비라도 제 몫을 톡톡히 했다. 사실 상대가 누구든 상관없었다. 그 정도로 막강했다. 하지만 삼성라이온즈는 2001년까지 프로야구 스무 번의 시즌 중 준우승만 일곱 번을 한 팀이다. 직전 해인 2001년도 예외는 아니어서 한국시리즈에 대한 공포심이 충만한 상태였다. 2002 시즌 한국시리즈 4차전까지 3승 1패로 엘지트윈스를 압도하던 삼성라이온즈. 5차전에서 9회 엘지트윈스의 마무리 이상훈을 마해영이 3점 홈런으로 강판시키며 막판 뒤집기에 나섰지만 7 대 8로 삼성이 지면서 시리즈 성적 2 대 3. 삼성라이온즈의 근소한 우위 속에 6차전을 위해 양 팀은 대구로 내려갔다.

2002년 11월 10일. 133경기 체제였지만 월드컵과 아시안게임의 여파로 경기 일정이 한없이 밀려 가을야구가 아닌 겨울야구였다. 오랜 엘지트윈스 팬이라면 누구나 기억하는 바로 그 경기다. 고관절 부상으로 제대로 뛰지 못하던 김재현이 펜스까지 가는 타구를 날리고도 절뚝이며 1루까지 간신히 걸어가는 장면에서 모두가 오열했던 그 경기다. 불펜에 몸을 풀 선수조차 바닥난 상태에서 야생마 이상훈이 이승엽에게 9회말 통한의 동점 홈런을 허용하고 5차전에 이어 또 강판당한 그 경기다. 뒤이어 올라온 최원호가 마해영에게 한국시리즈 사상 유일한 시리즈 끝내기 백투백 홈런을 맞고 삼성라이온즈의 첫 한국시리즈 우승을 안겨준 그 경기다. 환호하는 대구 관중과 그라운드를 뛰는 삼성라이온즈 선수들 사이에서 마운드에 주저앉아 눈물을 보이는 최원호를 바라봤던 그 경기다. 본인의 생애 첫 한국시리즈 우승을 꿈꾸던 김성근 감독이 덕아웃에서 눈물을 보이던 그 경기다. 대구 원정에 나선, 혹은 어디선가 TV 화면으로 그 광경을 보며 우리가 분노가 아닌 슬픔의 눈물을 흘리던 바로 그 경기다. 8년 만에 한국시리즈 우승을 바라보던 엘지트윈스는 처절한 도전을 실패로 마쳤지만 팬들은 화를 내지 않았다. 그럴 수 없었기 때문이다.

그리고 엘지트윈스는 2013년 다시 가을로 초대받기까지 기나긴 터널 속으로 들어간다. 그 어두운 터널 안에는 아무것도 없었다. 무엇이 있었을지도 모르지만 한 줄기의 빛도 없는 곳이었다. 아무것도 보이지 않았다.

2군 감독과 1군 수석 코치를 거쳐 내부 승격으로 2012년 김기태 감독이 부임할 당시 엘지트윈스 팬들의 반발은 컸다. 지난 10년간 가을야구를 구경도 못해보고 있던 엘지트윈스에 필요한 인물은 당시 43세에 불과한 초보 감독이 아니라 팀을 재건하고 성적을 바로 낼 수 있는 카리스마 있는 감독이라고 믿었던 탓이다. 많은 팬들은 김성근 감독을 원하고 있었다. 이 경험 많은 감독에게는 이런저런 뒷얘기들도 많았지만 쌍방울레이더스를 이끌고 돌격하던 모습에서 〈공포의 외인구단〉의 이미지가 있었고, 가장 가까운 가을야구가 바로 김성근이 이끌던 2002년 눈물의 한국시리즈였기 때문이었을 터. 실제로 TV 뉴스에는 “김성근, 엘지트윈스 감독 부임”이라는 오보가 속보로 뜨기도 했다. 기자들이 몰려가 정말 엘지트윈스 감독이 되는 것이 맞냐는 질문을 쏟아내자 김성근은 빙긋 웃으며 “노 코멘트”라고 답할 뿐이어서 팬들의 속은 타들어 갔다. 그리고 마침내 신임 감독이 발표되었는데 생판 초보 감독이었던 것이다. 2012년 김기태 감독 부임 첫해 엘지트윈스는 7위를 기록한다.

2013년. 엘지트윈스가 마지막으로 한국시리즈에 진출한 지 19년이 되던 해다. '무엇을 해도 안 되는 팀' '이 팀은 답이 없다' 등의 말들이 쏟아지고 있었고, '환갑 전에' '이번 생'과 같은 말들도 자조적으로 많이 쓰이던 때다. 2012 시즌 후 다시 FA가 된 정성훈과 이진영을 잔류시키고 삼성에서 FA로 정현욱을 영입하는 등 전력 누수를 최소화하고 보강에 힘썼다. 그리고 그간 하지 않던 삼성과의 트레이드로 즉시 전력감인 손주인, 현재윤을 영입하고 팀의 미래 자원을 내주었다. 성적을 내기 위해 강력한 드라이브를 건 것이다. 여전히 레다미스 리즈와 벤자민 주키치 외에 뚜렷한 선발투수가 보이지 않았지만 임찬규, 우규민, 신정락 등에게 기회를 부여하며 투타의 조화를 가다듬었다. 팬들의 시선은 여전히 회의적이었지만 언제나 그렇듯 입 밖으로 꺼내지 못하는 기대감도 숨어 있었다. 그리고 엘지트윈스는 항상 성적이 급락하던 5월 이후에 오히려 힘을 내며 팬들이 입 밖으로 꺼내지 못하던 바로 그 기대에 부응했다.

HTNШHTNШ

6, 7월 8연속 위닝 시리즈를 하며 전반기를 2위로 마치자 이제 팬들은 닫았던 입을 열고 가을의 희망을 육성에 싣기 시작했다. 하지만 누구도 선뜻 '우승'이라는 단어까지는 꺼내지 못했는데 이건

선수들이나 감독, 코치도 마찬가지였다. 그저 두루뭉술 "더 높은 곳을 본다" "좋은 결과 있도록 하겠다" 이런 식이었다. 사실 이렇게 우승이라는 단어를 노골적으로 꺼낸 것은 이로부터도 거의 10년이 지나서다. 2013년 8월 20일 목동 야구장에서 넥센히어로즈를 5 대 3으로 꺾고, 삼성라이온즈가 SK와이번스에 패하면서 엘지트윈스는 정규 시즌 가장 높은 곳에 이름을 올렸다. 팬들은 흥분했다. 팬들은 눈물을 흘렸다. 그러면서도 그 단어는 여전히 꺼내지 못했다. "어쩌면 혹시 그것…?" 이 정도가 최대치. 그동안의 조롱과 자학 때문이었을지도 모르고, 혹시 내가 부정타게 만들어버리는 건 아닐까 하는 불안감 때문이었을 수도 있다. 그리고 정규 시즌 후반부, 팀은 갑자기 덜컹거리기 시작했다.

연승과 연패 없이 계속 위닝 시리즈를 만들며 승수를 쌓은 전반기의 기운은 후반기에도 긴 연패 없이 지속되는가 싶었는데, 우천 취소됐던 잔여 경기가 편성되기 시작하면서 팀이 덜컹거렸던 것이다. 잔여 경기 편성 첫날이던 9월 20일부터 10월 3일까지 아홉 경기 중 단 세 경기만을 승리했고 6패를 기록했다. 9월 30일부터 10월 2일까지 두산, 롯데, 한화에게 모두 패한 것이 치명적이었다. 10월 3일 한화와의 잠실 홈경기에서 오지환의 끝내기 3루타로 힘

겹게 1 대 0 승리를 거둔 것이 그나마 다행. 삼성이 안정적으로 순위표 가장 위에 이름을 올리고 엘지, 넥센, 두산 세 팀이 10월 5일에 열리는 시즌 마지막 경기의 결과에 따라 2위부터 4위까지 순위가 결정되게 되었다. 그중 넥센은 한화와 대전 경기를 앞두고 있었고 잠실에서는 엘지와 두산의 맞대결 진검승부가 기다리고 있었다.

2013년을 뒤돌아볼 때 엘지팬들은 1위에 올랐던 8월 20일과 바로 이날, 10월 5일을 떠올리지 않을 수 없다. 이미 시즌 순위가 결정된 데다가 본인의 재계약도 거의 물 건너간 한화의 데니 바티스타가 역투를 펼치며 넥센을 2 대 1로 잡고 정규 시즌 최종전을 승리로 이끈다. 아직 경기가 끝나지 않은 잠실의 엘지트윈스 팬들은 대전에서 마무리로 나와 경기를 끝낸 한화 송창식의 이름을 연호하기 시작한다. 그 직전 작은 이병규(통칭 작뱅)의 적시타로 2 대 1 한 점 차이로 따라붙은 엘지는 2사에 1루와 3루에 주자를 둔 채 적토마 이병규가 유희관으로부터 통렬한 적시타를 치며 역전에 성공하고, 곧바로 김용의가 기습 번트 안타로 4 대 2를 만들었다. 그리고 한화의 승리가 확정된 후 정성훈의 적시타가 터지며 잠실은 그야말로 광란의 도가니가 된다. 정규 시즌 2위 확정. 그리고 플레이오프 직행. 2002년 한국시리즈 이후 11년 만에 가을야구가 결정됐고 우승에 대한 큰 가능성이 생긴 것은 1994년 이후로 19년 만이었다.

그리고 엘지트윈스는 플레이오프에서 거짓말처럼 시리즈 전적 1 대 3으로 탈락하고 만다. 입에 올리기도 싫은 심판의 뇌물 수수, 송구하려는 우리 포수의 다리를 두 손으로 잡으며 슬라이딩하는 상대 팀 주자, 홈플레이트를 깔고 앉은 채 외야수의 송구를 기다리던 포수에 막혀 두 번씩이나 횡사한 우리 주자들의 모습이 파편처럼 남았다. 그해 한국시리즈는 엄청난 반전이 있었지만 엘지트윈스 팬들에게 더 이상 야구를 볼 기운은 남아 있지 않았다. 하지만 팀은 오랜만에 강팀으로서의 면모를 보여줬고 이병규, 박용택, 이진영, 정성훈으로 구성된 베테랑 타자들의 구성은 다음 시즌에 대한 희망을 주기에 충분했다. 외국인 투수 주키치를 교체해줬더라면 하는 아쉬움이 컸던 시즌이었기 때문에, 외국인 투수만 다시 잘 구성하면 2013년보다 더 좋은 성적을 낼 수 있을 거라는 구체적인 확신이 생기기 시작했다. 그리고 이듬해, 어느 경기에서 엘지트윈스는 팀의 수장이 떠나가고 팀은 선장을 잃은 배처럼 파도에 휩쓸려가는 신세가 된다.

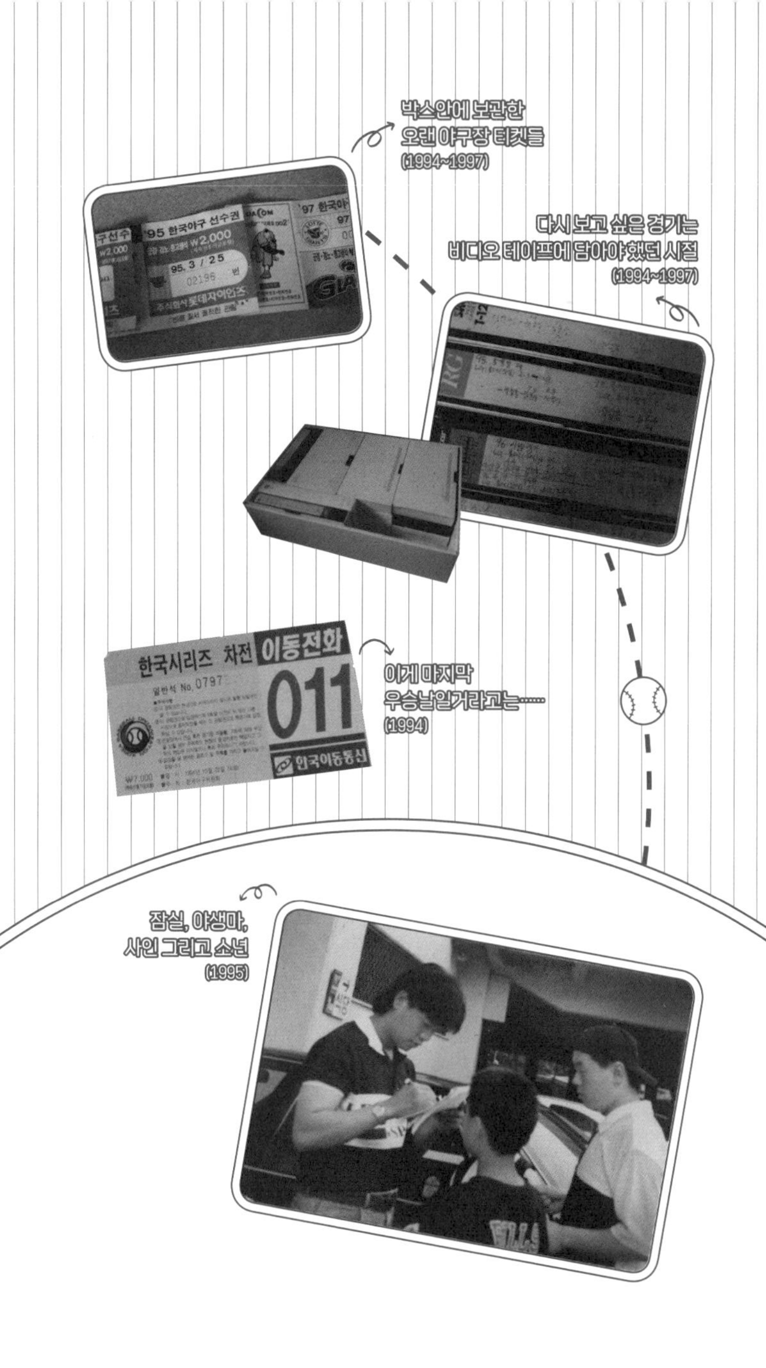

박스안에 보관한
오랜 야구장 티켓들
(1994~1997)

다시 보고 싶은 경기는
비디오 테이프에 담아야 했던 시절
(1994~1997)

이게 마지막
우승날일거라고는……
(1994)

잠실, 야생마,
사인 그리고 소년
(1995)

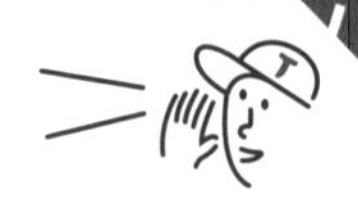

엘지트윈스가 야구를 잘하건 못하건 팬들은 살아간다. 그 시간 동안 가족이 생기기도 잃기도 하고, 직업을 얻기도 직장이 바뀌기도 했다. 수많은 팬들의 삶의 모습은 너무도 다양하지만 이 긴 시간 동안 잠실에서, TV 앞에서, 그리고 휴대폰을 들고 '엘지트윈스의 팬'이라는 이름으로 함께했다. 마음이 더 다치게 될까 두려워 야구에 관심을 잃은 듯도 해보고 오히려 더 큰소리치며 남들 보란 듯이 화를 내보기도 했다. 그리고 2021년.

류지현은 1994년 입단한 이래 엘지트윈스를 떠난 적이 없는 진정한 엘지맨이다. 은퇴 후 2005년부터 곧바로 수비와 주루 코치로 활약했고 2007년부터 2년간 해외 연수를 다녀온 것을 제외하고는 28년간 엘지트윈스의 유니폼을 벗은 적이 없다. 1994년 엘지트윈스의 신바람 야구를 이끈 1번 타자였고, 잰 발걸음으로 공을 처리하던 날렵한 '꾀돌이'였다. 여성 팬들과 가족 단위의 팬들을 야구장으로 이끈 신바람 신인 3인방 중에서도 류지현은 야구 소년들이 유독 좋아했다. 김재박의 새로운 신바람 버전이었달까. 선수–

코치의 긴 세월을 지나 엘지트윈스의 감독으로 선임된 것이 2021년. 전임 류중일 감독이 준플레이오프에서 탈락하며 엘지트윈스 팬들의 한숨을 더 키웠고, 류지현은 이광은 이후로 구단 역사상 엘지트윈스에서 선수-코치-감독을 모두 거친 두 번째 인물이 된다. 사실 모두 '꾀돌이'가 한 번은 감독을 하게 될 텐데 그게 언제일지를 궁금해하고 있었다.

류지현 감독 체제에서 성과를 내고 우승을 하는 것은 오랜 엘지트윈스 팬들의 꿈이었다. 꼭 류지현이 아니더라도 팬들은 외부 영입이 아닌 '우리' 선수와 코치 출신이 감독의 자리에서 트로피를 들어 올리는 것을 보고 싶어 했다. 조롱과 놀림으로 점철된 그 시간을 버티며 '우리는 틀리지 않았다'고 되뇌이던 팬들의 마음을 우리 방식으로 어루만져 주기를 기다리고 있던 것이다. 그리고 이건 김재박이 감독으로 오며 "그가 왔다"는 현수막을 걸 때도 팬들의 가슴 속에서 부풀어 오르던 생각이다. 원래 우리 선수였던 저 '그라운드의 여우'가 다른 구단에서 왕조를 이루며 우승 트로피를 들어 올리고 헹가래를 받는 모습을 보며 느낀 박탈감. 복귀한 김재박은 우리의 한을 풀어줄 것만 같았지만 결과는 참혹했다. 그래서 팬들은 '이번에야말로!' 줄무늬 유니폼 이외에 입어본 적이 없는 우리 구단의 적통이 감독으로 그것을 이루길 기대했다. 류지현은 적임자였고 이번엔 그 가능성이 꽤나 높아 보였다.

부임 첫해인 2021년 엘지트윈스는 8월 한때 단독 1위에 오르며 이전 해와는 다른 면모를 보였다. 엘지트윈스는 조롱의 대상이라기엔 이미 가을야구 단골 초대 손님이었기 때문에 팬들은 이 정도 성적에 만족할 만한 상황은 아니었다. 오로지 우승! 1994년의 영광! 적어도 한국시리즈 진출! 가을야구 진출에 만족하거나 이 정도면 충분히 괜찮다고 생각하는 팬은 아무도 없었다. 우여곡절 끝에 시즌 마지막 경기까지 정규 시즌 우승에 대한 실낱 같은 희망을 이어 갔지만 마지막 한 발짝이 모자랐다. 케이티위즈와 삼성라이온즈는 사상 최초 타이브레이크 경기로 정규 시즌 우승팀을 가렸고 엘지트윈스는 3위로 준플레이오프를 준비해야 했다. 아쉬웠지만 나름의 성과도 넘쳐났다. 리그 최강의 불펜진이 꾸려졌고 타선에는 홍창기라는 새로운 유형의 선수가 발굴되었다. 뿐만 아니라 우리 2군에서 무럭무럭 자란 문보경, 이영빈, 이재원, 이상영, 이민호, 김윤식 같은 젊은 선수들의 약진도 눈에 띄었다. 그렇다. '우승 적기'이자 이 분위기 그대로 '왕조 시작'을 할 만한 밑그림이 그려진 것이다.

별로 이기고 싶지 않은 경기란 없지만 꼭, 무조건 이기고 싶은 경기는 있다. 어린이날 시리즈가 그렇고 잠실에서만 홈과 원정을 바꾸며 치르는 포스트 시즌이 그렇다. 엘지트윈스는 2021년 정규 시즌의 마지막 날까지 순위 싸움을 이어가던 케이티위즈와 삼성 라이온즈를 결국 이 해 포스트시즌에서 만나지 못했다. 반드시 이기고 싶었던 시리즈에서 패하며 또 한번 팬들의 가슴에 대못을 박았다. 직전 해보다 나아진 면이 있으니 이제 내년을 준비해야 한다는 현실적인 목소리는 그보다 몇백 배는 더 큰 한숨과 욕설 속에 묻혔다. 하지만 여전히 '우리' 선수와 코치 출신이 지휘봉을 잡고 있는 체제는 유효했다. 포스트 시즌이 마무리된 후 단장이 계속 갈 수 있을지에 대해서는 여러 얘기가 있었지만 류지현 감독은 이미 내년에 대한 구상을 밝히고 있었다. 팬들은 구단의 사장, 단장보다 훨씬 높은 윗선과의 교감이 이미 있는 것으로 판단했다. 아무리 울분에 차 있고 술로 날을 보내도 시간은 간다. 2021년은 엘지트윈스가 한때 꾀돌이 유격수 류지현의 후임으로 유례없는 기대를 걸었던 '성남고 야구 천재' 박경수를 주인공으로 한 드라마로 막을 내렸다. 그 박경수는 케이티위즈의 유니폼을 입고 한국시리즈 MVP를 수상했다. 한국시리즈 중 입은 부상으로 목발을 짚은 채.

2022년의 시즌이 시작되었다. 엘지트윈스는 시즌을 준비하며 김현수와 두 번째 FA 계약을 해 눌러 앉히고 국가대표 중견수 박해민을 FA로 영입했다. 또한 방출 후 팀을 찾지 못하던 베테랑 불펜투수 김진성을 데려왔고, 이호준과 모창민을 타격 코치로 영입했다. 둘 다 재계약을 할 것이라 예상했던 외국인 투수 둘이 아직 계약을 하기 이전에, 새 외국인 투수 애덤 플럿코가 먼저 계약하면서 앨버트 수아레즈는 떠나고 케이시 켈리가 4년째 동행의 파트너가 되었다. FA 보상 선수로 유출된 젊은 포수 김재성의 공백으로 허도환을 FA로 영입하면서 선수단 층이 얇아지는 것을 막기도 했다. 준비는 대략 끝난 것으로 보였다. 외국인 타자의 잔혹사를 끊어줄 리오 루이즈가 외국인 선수 평균 정도만 해준다면 이천에서 성장한 젊은 선수들과 함께 드디어 대망의 '그것'을 할 적기다. 꼭 해야만 한다. 적어도 한국시리즈에 진출해 가을 무대의 마지막까지 야구를 해야 한다. 이것의 가능 여부에 너무나 많은 것이 걸려 있다. 류지현 감독 역시 자신의 계약 기간의 마지막 해다. 정말 모두가 모든 것을 쏟아부어야 한다.

엘지트윈스는 상대 전적에서 크게 밀리는 팀 없이 안정적인 레이스를 펼쳤다. 특히 잠실 라이벌전에서 10승 6패를 거두며 팬들의 얼굴에 미소를 짓게 했다. 이호준 타격 코치의 효과인지, 오랜 시간 방망이보다는 마운드의 힘으로 버티던 엘지트윈스는 타율 3위, 출루율 2위, 홈런 2위라는 깜짝 성적을 냈다. 팀 OPS가 0.742로 리그 2위, 타격 WAR의 합계가 리그 전체 1위였다. 국내 선발 투수가 조금 아쉬웠지만 안정적인 불펜의 힘을 지니고 있던 마운드의 힘까지 더해 엘지트윈스는 팀 역사상 최다승을 일구어내는 시즌을 보냈다. 7월에는 박용택의 은퇴식과 영구결번식이 있었고, 비록 외국인 타자는 역시나 없는 게 더 나은 수준이었지만 엘지트윈스는 공수에서 1994년 이래 가장 탄탄하고 균형 잡힌 전력을 보였다. 하지만 2022 시즌을 몬스터 시즌으로 만들어버린 팀이 있었다. 하늘이 주유를 낳고 제갈공명을 하필이면 또 낳았듯이, 아사다 마오를 낳고 하필이면 김연아를 같은 시대에 보냈듯이. SK와이번스의 매각이라는 초대형 사건 이후 등장한 SSG랜더스가 6위의 성적표를 받은 2021년과는 다른 모습으로 2022 시즌에 '와이어 투 와이어 우승'(정규 시즌 첫날부터 마지막 우승날까지 단 한 번도 1위를 내주지 않는 우승)을 달성해버린 것이다. 엘지트윈스는 정규 시즌 마지막까지 SSG랜더스의 발목을 잡으려고 안간힘을 썼지만 이번에도 한 발짝이 모자랐다. 한국시리즈 직행 티켓을 놓친 엘지트윈스는 플레이오프를 준비한다.

플럿코의 공백과 복귀, 그리고 부진. 김윤식의 부상과 교체, 채은성의 병살타. 엘지트윈스 팬들이 지금도 머리를 쥐어뜯는 몇 장면을 남기며 2022 시즌은 끝났다. 이번에도 엘지트윈스는 포스트시즌에서 켈리가 등판한 경기를 제외하고 모두 패했고, 모두가 분노했다. 손에 잡힌 물건을 던지며 분노하던 이들 중에는 구단주 대행도 있었다고 한다. 우리는 '우리' 사람으로 우승을 하는 꿈을 다시 이루지 못했다. 한국시리즈에도 진출하지 못하고 충격의 업셋을 당한 채 발길을 돌렸다. 어쩔 수 없는 물갈이의 시간이다. 왜 감독을 해고하느냐는 질문에 "팀 전체를 해고할 수는 없으니까요"라는 답이 있던 것처럼, 누군가는 책임을 지고 떠나야 했다. 감독이란 그런 자리다. 현장에서 일어나는 모든 최종적인 결정을 하고 그 결과에 대해 무한대의 책임을 진다. 그리고 그 마지막은 팀을 떠나는 것. 1994년 이래 엘지트윈스의 유니폼을 벗어본 적 없었던 류지현은 그렇게 가슴에서 엘지트윈스의 로고를 떼었다. 그 모습을 보는 엘지트윈스의 팬들은, 특히나 1994년의 모습을 사진 찍은 것처럼 떠올리는 이들은 만감이 교차했다.

1982년. 한국 프로야구가 시작되고 김재박의 개구리 번트가 잠실 야구장에 수놓아지던 그해부터 29년이면 2011년이다. 2011년 엘지트윈스는 가장 먼저 30승에 선착하고 추락에 추락을 거듭해 한화 이글스보다 낮은 7위로 시즌을 마감했다. 1982년부터 2011년까지 정식 감독만 백인천-김동엽-어우홍-김동엽-유백만-배성서-백인천-이광환-천보성-이광은-김성근-이광환-이순철-김재박-박종훈이 거쳐갔다. 백인천 감독 겸 선수의 0.412 타율과 이종도의 끝내기 만루 홈런이 나온 후로 29년이라는 세월의 두께가 이 정도다. 1994년. 엘지트윈스가 통합 우승을 이루고 2023년까지가 이 시간이다.

새로운 감독을 선임하는 과정은 언제나 소란스럽다. 팬들은 각자의 취향에 맞는 감독 후보군을 언급하느라 바쁘다. 구단은 적임자를 물색하고 만나느라 정신없다. 미디어는 이 과정을 1분 1초라도 남보다 빨리 올리려 애쓴다. 예전처럼 무소불위의 권력을 휘두를 수 있는 자리는 아니지만 여전히 우리 야구판에서 감독의 선임은 대형 FA 선수 영입만큼이나 큰 뉴스다. 감독 선임에는 크게 두 갈래 길이 있다. 나락으로 떨어진 팀을 추스리고 도약을 위한 기반을 다지는 쪽. 이를 흔히 팀의 '리빌딩'이라 칭한다. 그리고 다른 쪽으로는 뭔가 마지막 실타래를 풀지 못해 우승이라는 꿈에 아깝게 도달하지 못하는 팀을 우승으로 이끄는 것이다. 이 경우 흔히 새로 부임되는 감독은 '우승 청부사'라는 칭호를 단다. 하지만 누구보다 뜨거운 팬들이 일희일비하며 매일 경기를 지켜보고, 외국인 선수 세 명만 잘 데려오면 언제나 가을야구를 할 수 있는 우리 리그에서 넉넉히 시간을 줄테니 팀을 잘 추슬러보라고 몇 년이고 기다려 주는 경우는 없다. 또한 우승 트로피를 들었다고 해도 무리한 운영으로 바로 다음 해에 주축 선수들이 줄줄이 부상으로 빠져나간다면 이 또한 용납되기 힘들다.

2023 시즌을 위해 새 감독을 찾고 있는 엘지트윈스는 그래도 후자였다. 2022년 정규 시즌 2위를 차지하면서 팀 역사상 최다승을 거둔 팀이었다. 특히 야수 쪽에서는 전체 리그에서도 경쟁력이 있는 신진급 선수들이 나타났고 역시나 외국인 타자는 없다시피 했지만 원투 펀치 선발 투수는 부족함이 없었다. 불펜은 여전히 리그 최고 수준의 질과 양을 자랑했고 어린 선발 자원들도 가능성을 보

여줬다. 채은성과 유강남이 각각 한화와 롯데로 이적했지만, 박동원을 영입했고 이번에야말로 외국인 타자가 사람 구실만 해준다면 2022년 전력에서 구멍 나는 부분도 크게 없다. 그렇다. 우리에게는 마지막 실타래를 풀어줄, 마지막 구슬을 꿰어 줄 '우승 청부사'가 필요했다.

좁디좁은 야구판에서 이런 조건을 충족하는 감독 후보는 많지 않다. 우승을 위한 감독이라면 초보 감독은 제외되는 셈이니 우승을 해본 감독. 게다가 지금 다른 팀의 감독을 하고 있지 않은 인물. 그렇다고 현장에서 너무 오래 떠나 있거나 이제는 현역에서 은퇴하고 원로로 남아 있는 분도 곤란하다. 떠오르는 이름은 몇 개. 그중에서도 나는 선동열이라는 이름에 주목했다. 기아로 와서는 실패하고 떠났지만 삼성 시절 두 번의 한국시리즈 우승 경험이 있다. 하지만 기아에서의 실패와 그 이후의 과정에서 기아 팬은 물론 나를 포함한 전체 야구팬들이 등을 돌렸다. 많은 이들이 선동열에 좋지 않은 인상을 깊게 가지게 된 것이다.

그런 선동열에게 두 가지 일이 발생하면서 난 약간 다른 관점을 가지게 됐다. 2018 자카르타-팔렘방 아시안게임 금메달 이후 국정 감사장. KBO 총재는 국가대표 전임 감독이 꼭 필요하냐는 국회의원의 질문에 대답을 똑바로 하지 못하고 반드시 필요한 것은 아니라는 투의 답을 내놓는다. 그리고 선동열 감독은 그 금메달이 그렇게까지 가치 있는 금메달이라고 생각하지 않는다는 망언을 듣는다. 군면제를 얻기 위해 자격이 없는 선수를 대표팀에 합류시켰다며 야구에 별 관심도 지식도 없는 사람들까지도 당시 오지환에게 쏟아내던 엄청난 광기. 이런 국민들의 정서를 본인이 대변하고 있다고 생각했는지는 모르지만, 나는 그 국회의원의 천박한 발언과 생각에 치를 떨었다. 선동열에 대한 나의 호불호와 상관없이 선동열이 그 자리에서 그런 얄팍한 사람에게 그따위 수모를 당하는 것은 아주 부당하다고 느꼈다. 그리고 또 하나.

어느 지면을 통해 연재되었던 선동열의 글 때문이다. 난 1980년대 스포츠 선수 중에 20살 무렵에 국가를 대표하는 자리에 올라 선수로서 혁혁한 성과를 내고 흔들릴 수 없는 위치에 오른 사람이 딱 두 명 있다고 생각한다. 하나가 선동열, 그리고 또 하나가 홍명보다. 그리고 그 둘은 여지없이 몰락했다. '몰락'이라는 표현이 좀 과할지 모르겠지만 세상 모든 걸 다 이룬 두 명의 몰락은 관리자로서 찾아온 것이다. 선동열은 삼성라이온즈 감독으로는 우승의 업적을 쌓았지만 정작 자신의 고향 팀 기아타이거즈에 와서는 가을야구도 제대로 하지 못하고 쓸쓸히 떠났다. 홍명보 역시 국민적 영웅으로 떠올라 국가대표팀 감독까지 승승장구했지만 런던올림픽에서의 금메달이 정점이었다. 역시 영원한 건 없는 걸까.

바로 그랬던, 최고의 선수이자 감독이었던 불세출의 스타가 환갑을 바라보는 나이에 연재한 글이 충격적이었다. 지금까지 자기가 해왔던 야구를 모두 부정하는, 거의 자기 스스로를 부정하는 내용으로 가득 차 있던 것이다. 감독으로서의 실패가 있었을지 몰라도 전체 야구 인생에서 실패란 거의 찾아볼 수 없는 야구인이 아닌가. 일본 야구에 진출해서도 첫해 여러 이유로 부진했다가 곧바로 다음 해에 나고야의 수호신이 되었던 선동열. 물론 글의 내용이 얼마나 진심일지는 모르는 일이고 실제 현장에 복귀해서 얼마나 적용될지도 미지수지만, 이 거대한 야구인의 담담한 자기 부정은 나로서는 놀랄 만한 일이었다.

우승을 위해 우승 청부사를 데려온다면 역시 우승을 해본 감독이라는 전제는 자연스럽다. 영화 〈길복순〉에서 전도연과 설경구는 최고의 살인 청부업자로 나오는데, 이들에게 화려한 전적이 있는 것이 당연한 것처럼. 그렇다면 현장에 복귀할 수 있는 감독 후보

중에 우승 경험이 있는 사람은 몇 되지도 않는다. 그중에서도 현장의 감이 살아 있고 너무 연로하지 않은 후보로 추린다면 거의 선동열 하나 남는다고 봐도 무방. 게다가 절치부심 새롭고 현대적인 야구관으로 무장까지 했다면 이보다 더 좋은 카드는 없다. 미디어에서도 선동열의 이름이 조금씩 보이기 시작했다. 마침내 엘지트윈스의 신임 감독의 이름이 공개되었다. 염경엽.

염경엽이라는 이름은 엘지트윈스 팬들에게 낯설지 않다. 엘지트윈스의 프런트 직원이었고 코치였다. 그런데 엘지트윈스와의 인연이 아름답지 못하게 마무리되었다. 2011년 엘지트윈스는 역대급 DTD를 시전했고 염경엽 코치가 맡고 있던 수비에서도 최악의 경기력을 보여주고 있었다. 하지만 엘지트윈스 팬들이 염경엽에 대해 가지고 있던 악감정의 주된 원인은 이게 아니었다. 프런트를 자신의 인맥으로 장악하고 누구보다 강한 무소불위의 권력을 휘두르고 있다는 소문 때문이었다. 지금 팀이 망가지고 있는 만악의 근원이 단 한 사람, 염경엽에 있다는 것. 팀이 좋지 않을 때는 누가 됐건 욕받이는 필요하다. 당시 박종훈 감독부터 선수들까지 모두가 고루 욕을 먹고 있었지만 팬들에게는 '악의 근원'이 생기면 정리가 깔끔하다. 확인되지 않은 사실들이 대부분이었지만 많은 팬들은 믿었다. 아니, 믿고 싶었을 것이다. 지금도 그때 프런트와 구단 내부의 상황을 정확히 알기란 불가능하다. 당사자마다 입장이 다르고 기억 또한 다를 테니까. 하지만 몇 가지 확인된 것은 있다.

엘지트윈스 운영팀장 재직 시절 염경엽은 코치진 영입을 주도했다. 그때 들어온 코치들이 대부분 광주일고 혹은 고려대학교 출신들이었다. 본인도 수비 코치로 복귀했기 때문에 인맥과 학맥을 이용해 코치 라인을 조각한 인물로 보이기에 딱 좋았다. 염경엽이 그렇게 짜여진 코치진들 사이에서 모든 것을 장악하고 실제 권력을 휘둘렀는지 여부와 관계없이 이건 사실이다. 또 하나. 운영팀장으로 재직할 당시 주요 업무 중 하나가 그룹 오너가의 사람들이 야구장을 방문할 때 의전하고 안내하면서 이런저런 설명을 해주는 일이었다고 한다. 엄청난 재력가 집안 출신인 염경엽은 그룹 오너가 사람들과 코드와 문화가 통하는 부분이 있었다고 한다. 이게 오너가 사람들과 친밀해질 수 있는 이유 중 하나였고 당시 엘지트윈스 구단 내부에서는 이것 때문에 염경엽을 시기하고 미워하는 사람들이 많았다. 소문의 진위 여부, 구단 내 파벌과 갈등이 어땠는지는 정확히 알려지지 않았지만 이런 저런 압박에 시달린 염경엽은 결국 자신이 데려온 2군 감독이자 절친인 김기태가 1군 감독으로 승격이 되었는데도 엘지트윈스를 나간다.

이렇게 팀을 떠난 염경엽은 이후 키움히어로즈의 감독으로 부임한다. 친구 김기태의 엘지트윈스와의 맞대결에서는 앙갚음이라도 하는 듯 절대적인 우위를 보였다. 만루에서 2루 주자의 리드폭을 크게 가져가다가 마운드 위의 봉중근이 견제를 하는 순간 3루 주자가 홈으로 쇄도해서 득점. 그 광경을 여유롭게 지켜보면서 초시계를 들고 손등으로 박수를 치는 모습. 1년에 딱 한 번 쓰는 작전이다. 엘지트윈스 팬들에게 염경엽에 대한 증오가 배가됐다. 정말 예쁜 구석이라고는 단 한 군데도 없는 사람. 사람들은 염경엽의 초라한 현역 시절의 기록을 가져오기까지 하면서 적개심을 불태웠다. 이후 염경엽이 키움히어로즈를 떠나게 되는 과정, SK와이번즈의 단장으로 부임하고 이듬해 감독으로 가는 과정은 밖에서 다른 팀 팬이 보기에도 좋아 보이진 않았다. 염경엽에게는 교활한 '악당'의 이미지가 씌워졌다. 그런데 비록 두뇌는 뛰어날지 모르지만 정의의 사도와는 거리가 먼 그 염경엽이 2023 시즌을 앞두고 엘지트윈스의 감독으로 온 것이다.

팬들의 여론은 나빴다. 선임 과정에서 우승을 시켜줄 수 있는 감독이 올 것처럼 하더니 아직 우승 경험이 없는 감독이라니. 게다가 염경엽이라니. 엘지트윈스 유튜브에 공개된 선수단 미팅 장면은 그 여론을 더 악화시켰다.

"이 중에서 성공하기 싫은 사람 손 들어봐."

고리타분하고 꼰대스러우며 답이 다 정해져 있는 질문을 굳이 모두를 불러 모아두고 하다니. 팀의 미래가 암담해 보였다. 당장 직전 시즌 잘 만들어진 팀이 순식간에 망가지지 않을까 걱정이 들었다. 그리고 시작된 시즌 초반 너도나도 할 것 없이 모두가 뛰다가 객사하는 모습에서는 아연실색했다. 도루하다 죽고, 견제구에 죽고, 한 베이스 더 가다가 죽고. 뛸 만한 선수들만 뛰는 것도 아니고 정말 전 선수가 다 뛰었다. 그리고 죽었다. 다행히 전 시즌에 이어 타선이 폭발하고 마운드의 안정세도 확보되면서 선두 싸움이 가능했다. 팀의 기세는 나쁘지 않았고 2022시즌 SSG처럼 독주하는 팀도 없었지만 감독에 대한 팬들의 시선은 곱지 않았다.

5월이 지나면서 염경엽의 뛰는 야구와 번트가 난무하는 작전 야구가 조금씩 줄어들었다. 그러면서 팀은 1위를 유지한다. 거의 9 대 1 정도로 좋지 않았던 감독에 대한 여론이 조금씩 돌아서는 것도 이때 즈음이다. 6월을 1위로 마무리하면서는 5 대 5 수준까지 궁정과 부정 여론이 팽팽해졌고, 정규 시즌 우승을 위한 매직 넘버를 세기 시작하면서는 여전히 부정적인 시각을 가진 팬들조차 '성적이 나고 결과를 내면 어찌 됐건 좋은 것'이라는 쪽이 되었다. 마침내 매직 넘버가 모두 지워졌다. 그리고 염경엽에 대한 비난도 같이 지워졌다. 정규 시즌 우승을 다시 하기까지 걸린 시간, 29년. 그 시간의 두께만큼이나 쌓여온 팬들의 묵은 한. 그것을 풀어줬으니 교활하건 악당이건 고리타분한 꼰대건 아무 상관도 없었다. 10월 15일 잠실 최종전에서 엘지트윈스는 두산베어스를 꺾으며 23시즌 유일한 6할 승률팀으로 남았다. 이날 잠실은 야구장이라기보다는 큰 페스티벌이 열린 축제의 장 같았는데 우리 가족도 모두 방문하는 행운을 얻었다. 우리 세 식구는 유니폼을 맞춰 입고 축제를 함께 했고, 난 우리 아이에게는 훌륭한 팀의 모습을 보여줄 수 있던 것이 뿌듯했다. 그리고 11월 7일. 그야말로 대망의 한국시리즈의 첫 경기. 이게 진짜다.

1호기와 2호기가 크는 8년 동안
엘지트윈스도 컸다.
(2015, 2023)

나가자, 싸우자, 이기자!
(2023)

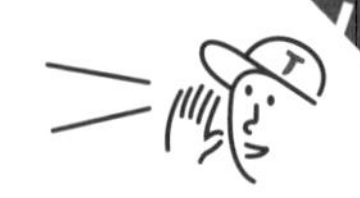

21년 만에 한국시리즈를 맛보는 팬들의 마음속은 복잡했다. 10년 전인 2013년, 기나긴 암흑기를 끊고 가을야구에 진출한 선배 선수들은 큰 무대에 당황해하며 촌스러운 기색이 역력했다. 다른 이유도 있었지만 결국 힘 한번 제대로 써보지 못하고 탈락했던 기억이 생생하다. 실제 외부에서 영입한 김현수, 박해민, 김진성, 함덕주만 한국시리즈의 경험이 있었을 뿐, 엘지트윈스의 기존 선수들은 언제나 마무리 캠프에 있거나 휴식을 취하던 시기가 한국시리즈가 열리는 때다. 정규 시즌의 순위와 경기력은 이제 아무런 상관이 없다. 딱 4승. 첫 경기에서 승리를 가져온다면 모든 이들의 마음속에 꿈틀거리고 있는 이 불안감의 상당 부분은 오래 묵은 아오모리 소주처럼 증발될 터. 전반기의 부진을 떨치고 예의 모습을 후반기에 되찾은 5년차 외국인 투수 케이시 켈리의 1차전 선발은 당연한 수순이다. 상대는 '천재 투수' 고영표. 비록 2023 시즌 엘지트윈스와의 전적이 다른 팀들보다 좋지 않았지만 국내 선발 투수 중에서는 세 손가락에 안에 가뿐하다. 체인지업을 두 종류 던지는데 스트라이크 존에 들어오는 공에 대한 공략이 오늘의 열쇠다.

한 달이나 되는 긴 휴식기였다. 지친 투수들의 기력이 회복되기에 충분한 시간이었지만 타선의 경기 감각을 떨어뜨리기에도 넉넉한 시간. 엘지트윈스는 잠실 야구장과 쌍둥이로 똑같이 지은 이천의 경기장에서 상무와의 평가전을, 그리고 잠실 야구장으로 옮겨 자체 청백전을 가졌다. 염경엽 감독과 코칭 스텝들이 미리 그려놓은 수많은 시나리오를 꼼꼼히 실험하고 점검하는 리허설이었다. 그리고 1차전. 팬, 선수, 감독, 코치, 구단주 대행까지 모두의 절박함이 하나의 목표를 정조준했다. 1회초가 가장 중요했다. 여기에서 어이없는 실수가 나오거나 선발투수가 난타당하는 상황만 나오지 않는다면 분명 전력상 우위에 서 있는 우리가 시간이 지날수록 유리한 고지를 점하게 될 것이다. 한 가지 마음에 걸리는 것은 플레이오프 1, 2차전을 맥없이 내주고 3, 4, 5차전을 내리 쓸어 담으며 물이 오른 케이티위즈의 타선이다.

1회초 첫 타자 김상수의 중견수 앞 안타에 이어 2루 도루에서 포수 박동원의 송구가 애매하게 빗나가면서 무사 3루. 곧이어 황재균의 땅볼로 아직 경기 시작음의 메아리가 끝나기도 전에 실점을 한다. 잠실 야구장을 꽉 채운 엘지트윈스 팬들의 마음속에는 감히 입 밖으로는 꺼내지도 못하는 불안감이 폭발했다. 하지만 1회말 엘지트윈스의 반격. 병살타로 이닝이 끝났어야 할 상황에서 케이티의 베테랑 키스톤 콤비 박경수, 김상수의 치명적인 실수가 나오고 이게 빌미가 되어 곧바로 2 대 1 역전에 성공. 방금 창궐했던 불안감은 강바람에 날아가버리고 1차전, 아니 전체 시리즈를 무조건 가져올 수 있다는 생각이 잠실을 꽉 채운 함성만큼이나 커졌다. 하지만 야구는 정말 입체적인 경기다. 수많은 선수들이 구석구석에서 자기 역할을 깔끔하게 해내고서야 비로소 한 경기를 이길 수 있다. 엘지트윈스의 강점이자 동시에 불안 요소였던 마무리 고우석은 다른 구장이었다면 넉넉히 담장을 넘어갔을 큼지막한 2루타를 내주며 경기의 균형을 무너뜨렸고, 이건 2023 시즌 한국시리즈 1차전의 결승점이 된다.

우리끼리 계속해서 걱정하던 상황이었다.

'1차전에 켈리를 내고 진다고 생각해 봐.'

비록 엘지 상대로 극강의 선발인 웨스 벤자민이 3차전이나 되야 등판할 수 있는 상황이었지만 전체적인 선발 대결에서는 엘지가 밀리는 상황에 켈리를 내고서 1차전 패배라니. 엘지트윈스는 외국인 투수가 한 명 뿐이었다. 더 큰 문제는 불펜 싸움에서 케이티가 지지 않았다는 점. 그것도 손동현, 박영현 단 둘을 데리고.

케이티 선발 투수인 낭만의 '야구 소년' 윌리엄 쿠에바스에 맞서는 2차전 선발은 최원태. 시즌 중 유망주 이주형을 내주고 트레이드로 넘어왔다. 하지만 엘지트윈스의 유니폼을 입고 던진 첫 경기를 제외하고는 만족스러운 투구를 보여주지 못했다. 더구나 키움으로 보낸 이주형이 날마다 엄청난 활약을 하며 부상으로 시즌을 접은 이정후의 빈 자리를 절반 넘게 메우고 있는 상황이었다. 최원태도 조바심이 났겠지만 엘지트윈스 팬들의 입술도 말라갔다. 이주형, 김동규에 1라운드 신인 지명권을 넘겨주면서까지 이 선발 투수를 데려온 이유가 바로 오늘이다. 한국시리즈 한 경기. 6이닝에 3실점 정도로 퀄리티 스타트만 해준다면 어느 정도는 만족이다. 내심 조금 더 욕심이 나기도 했지만. 1회초가 시작되기 전 연습 투구에서 이 투수는 포수에게 스트라이크를 단 하나도 던지지 못하며 1차전을 내주고 바들바들 떨고 있는 엘지트윈스 팬들의 심장을 옥죄었다.

최원태는 볼넷과 피안타를 남발하며 아웃카운트 한 개만을 잡고 마운드에서 내려갔다. 최악의 시나리오. 아니, 이런 시나리오는 생각하지도 못했다. 선발이 일찍 무너질 경우 우리의 막강한 불펜을 모두 쏟아부어 어떻게든 경기를 잡는다는 생각은 누구나 하고 있었다. 하지만 그게 1회초 1아웃 상황일 줄이야. 염경엽 감독의 과감한 결단은 그래서 대단하기도 했지만 팬들은 고육계를 바라보는 아군의 심정이었다. 하지만 그 이후 마운드에 오른 엘지트윈스의 불펜 투수들은 '용사'들이었다. 9회 마지막 아웃카운트를 잡고 시리즈의 균형을 1 대 1로 맞추기까지 1점도 더 내주지 않는 기염을 토한 것. 더구나 마지막 이닝에서는 고우석이 전날의 부진을 잊게 하는 호투로 삼진 두 개와 함께 삼자범퇴를 완성했다.

1회에 4점을 뺏긴 엘지트윈스의 공격은 지지부진했다. 좀처럼 공격이 이어지지 않았고 득점을 올리지 못했다. 3회말 오스틴 딘의 적시타로 1점을 따라갔지만 집요하게 안쪽 승부를 걸어오는 쿠에바스를 공략하지 못했다. 쿠에바스는 엘지트윈스와의 상대 전적이 좋지 않은 편이었고 플레이오프 1, 4차전을 던지고 4일 휴식 후 다시 마운드에 오른 상황이었다. 하지만 휴식이 충분하지 않을 때 더욱 힘을 내는 이 야구 소년은 6이닝 동안 엘지 타선을 단 2점으로 틀어막았고 케이티 불펜의 최강 듀오 손동현과 박영현에게 마운드를 넘겼다. 6회 오지환의 홈런이 터지면서 분위기를 타기 시작한 것이 다행. 이 홈런 이전까지는 멀게만 보이던 3점 차였지만 오지환의 한방으로 2점차. 이제는 모른다는 분위기가 생기기 시작했다.

시리즈 내내 연투를 하고 있던 손동현과 박영현이 피로감을 보이기 시작했다. 그동안 침묵하며 붙박이 3번 타자 자리가 어색하던 김현수가 2사 후 케이티의 집요한 몸쪽 공략에 대응하며 1루 선상으로 총알 같은 타구를 날렸다. 박해민이 홈을 밟으며 이제 점수는 한 점 차. 불펜에 별다른 대안이 없는 케이티는 박영현으로 밀어붙이고 4 대 3으로 뒤지던 8회말 오지환의 볼넷, 문보경의 희생번트에 이어 박동원의 타석. 여기서 동점을 만들면 그 이후 싸움에서는 확실히 유리해질 수 있다고 생각하는 순간, 박동원은 초구를 그대로 좌측담장 밖으로 날려 잠실의 추위를 잊게 했다. 이로써 엘지트윈스는 시리즈의 균형을 맞출 뿐 아니라 그 이후의 분위기를 가져오는 데도 성공한다.

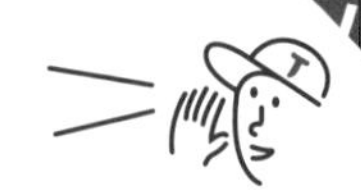

수원으로 무대를 옮겨 드디어 엘지트윈스의 천적 벤자민을 만난다. 그에 맞서는 엘지의 선발 투수는 23시즌 리그 국내 투수 최다승에 빛나는 임찬규. 지난 시즌 FA 자격을 획득했지만 실망스러운 성적표로 FA 재수를 택했다. 절치부심하며 시작한 이번 시즌 초반 임찬규에게는 특별한 보직이 없었다. 국내 선발 자리는 김윤식, 이민호 등 신인급 선수들에게 넘어갔다. 작년 필승조가 부상과 부진에 시달렸지만 새로운 필승조 구원 투수도 이미 갖춰져 있는 상태였다. 선발이 일찍 무너질 경우 최대한 이닝을 길게 끌어주는 롱릴리프가 그의 몫이었다. 대개 이 보직을 맡은 투수는 선발투수가 구멍이 나면 대체 선발로 들어가기도 한다. 어린 선발 투수들이 부진으로 선발진에 이탈하자 그 자리를 메운 임찬규는 14승 3패 ERA 3.42로 자신의 야구 인생 최고의 시즌을 만들었다. 한국시리즈 선발 투수 중 한 명으로 이름을 올린 것은 당연한 일이었다.

가을야구에서는 내일을 걱정하는 순간 그 팀이 진다. 엘지트윈스는 작년에도 이걸 경험했다. 염경엽 감독은 2차전과 마찬가지로 불펜 투수들을 총 대기시키며 여차하면 물량 공세로 윽박지를 태세다. 케이티 역시 물러설 곳이 아예 없다. 엘지에게 가장 강한 벤자민을 내고도 이 경기를 잡지 못하면 그 이후 운영이 매우 복잡해진다. 먼저 장군을 부른 쪽은 엘지. 포수 장성우가 요구한 하이패스트볼이 살짝 낮게 제구되자 오스틴이 벼락같이 휘두른다. 타구는 라이너로 뻗는가 싶더니 왼쪽 폴대를 맞고 떨어진다. 기선 제압에 성공한 엘지는 3회말 대량 실점의 위기에서 행운의 병살타로 이닝을 마무리한다. 4회에 2사 1, 2루의 위기를 맞자 지체없이 임찬규를 내리고 불펜 가동에 들어간다. 5회말에만 정우영, 함덕주, 백승현을 투입했지만 엘지를 안방으로 불러들인 케이티의 타선은 앞선 2차전처럼 무기력하지 않았다. 4 대 3 역전.

하지만 아무도 모르게 홈런의 팀으로 탈바꿈한 엘지트윈스는 곧바로 다시 반격한다. 6회초 문보경이 선두 타자 안타로 출루하자 벤자민이 내려가고 손동현이 올라온다. 손동현은 플레이오프부터 3차전까지 여덟 경기 동안 전 경기에 출전 중이다. 박동원은 다시 한번 케이티의 이 젊은 구원진을 장외 홈런으로 무너뜨린다. 5 대 4 재역전. 이후 8회초까지 양팀의 불펜이 상대 타선을 잠재우며 경기는 잠시 고요해진다. 1번 타자부터 시작하는 케이티의 8회말 공격에서 엘지는 마무리 고우석을 조기 투입하는 강수를 둔다. 황재균의 적시 2루타로 케이티가 경기의 균형을 다시 맞춘 상황에서 시리즈 내내 빠른 공에 방망이가 따라가지 못하던 박병호가 거짓말 같은 홈런을 쏘아 올리며 경기는 7 대 5. 재재역전이다. 경기장 내 모든 이들은 케이티가 분위기를 가져간 것 외에도 박병호가 살아나는 것에 주목했다.

엘지 역시 9회초 마지막 공격이 선두 홍창기부터 시작이다. 손동현, 이상동, 박영현을 모두 소진한 케이티는 김재윤 카드를 어쩔 수 없이 꺼내든다. 홍창기에게 내야 안타를 맞았지만 박해민과 김현수를 범타로 처리한 김재윤. 오스틴과의 끈질긴 대결이 이어진다. 볼카운트 0-2에서 시작한 오스틴이 집중력 있게 승부하며 결국 볼넷을 얻어내고 이제 엘지트윈스의 캡틴 오지환의 타석이다. 앞서 역전을 당하는 빌미를 제공한 실수의 주인공. 엘지의 마무리가 허용한 극적인 홈런으로 2점 차, 9회초 마지막 공격 2사에 주자는 1, 2루. 1볼에서 오지환이 2구를 잡아당긴다. 빠르지도, 강해 보이지도 않은 부드러운 스윙. 공은 왼쪽 담장을 넘어 다시 스코어를 8 대 7로 만든다. 재재재역전이다. 엘지도 케이티도 보고도 믿을 수 없는 홈런 한 방.

하지만 경기는 아직 끝나지 않았다. 9회말 1아웃, 대타 김준태의 스윙 여부를 확인하는 과정에서 이강철 감독은 자리를 박차고 나와 강력하게 항의했다. 이미 많은 공을 던진 고우석은 마운드에서 어깨가 식어가고 있었고, 이강철 감독이 퇴장당하고 난 후 첫 공이 분위기를 묘하게 만들었다. 완전히 제구가 안 된 공이 김준태의 발에 맞은 것. 이후 정준영의 외야 뜬공 타구가 문성주의 글러브에 들어갔다 나오면서 1사에 1, 2루. 경우에 따라 4차전 롱릴리프로 등판할 가능성이 있던 이정용이 올라온다. 2023 시즌 신무기로 연마해 톡톡한 재미를 보았던 '용의 발톱' 포크볼. 타격감 좋은 배정대를 상대로 선택한 이 초구가 어이없이 빠지면서 주자는 2, 3루. 고의 사구로 1루를 채운 엘지트윈스는 김상수와 맞선다. 투수, 포수, 1루수로 연결되는 끝내기 병살타가 나오면서 경기 종료. 2차전이 한 편의 명품 영화였다면 3차전은 눈을 뗄 수 없는 그야말로 막장 드라마였다.

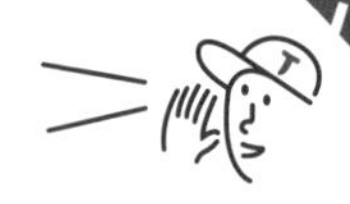

다시 수원에서의 4차전. 2023 시즌 부침을 겪은 김윤식이 엘지트윈스의 선발이다. 맞서는 상대는 케이티의 엄상백. 배제성을 선발로 점친 사람들이 많았지만 이강철 감독의 선택은 부상에서 회복한 지 얼마 되지 않은 엄상백이었다. 1회초 김현수가 우측 담장을 살짝 넘어가는 투런 홈런으로 기선을 제압하자 엘지트윈스 팬들은 29년 만의 그것이 점점 실현되고 있다고 생각하기 시작했다. 마운드의 김윤식이 우리가 알던 2022년 후반기의 그 모습으로 6회까지 마운드에 오르며 단 1점으로 케이티의 타선을 틀어막는 걸 보면서 그 생각들은 점점 확신으로 굳어갔다. 케이티 야수진의 피로도가 TV 화면을 통해 느껴지는 것 같았다. 반면 6회초 문보경이 한국시리즈 홈런 타자 명단에 이름을 올리면서 엘지트윈스 선수들의 몸은 점점 더 가벼워지고 있었다.

7회초 1번 홍창기부터 8번 문성주까지 8명의 타자가 연속 안타로 케이티를 초토화시키면서 이강철 감독은 4차전을 놓았다. 주전 선수들을 빠르게 교체하면서 휴식을 취할 수 있도록 해줬고, 염경엽 감독 역시 8회부터는 거의 모든 포지션의 선수를 교체하면서 숨을 골랐다. 엘지의 미래 김범석은 8회초 대타로 나와 안타를 신고하며 이 큰 무대에서 앞으로 자신이 펼칠 활약의 예고편을 상영했다. 볼넷으로 나갈 상황이었는데도 끈질기게 공을 커트하다 거의 땅에 박히는 공을 걷어 올려서 중견수 앞쪽에 안타를 만들어낸 것. 이미 경기의 향방이 결정된 후였지만 큰 주목을 받고 있는 대형 신인의 신고식에 엘지 팬들이 기뻐했다.

마운드 위의 케이티 배제성은 무척 힘들어 보였다. 낮 경기였지만 너무 추운 날씨로 연신 손에 김을 불어대고 있었고 볼넷이 계속 나오자 야수들도 몸이 굳어가는 게 보였다. 완전히 승부가 결정되고 난 이후에는 거의 시속 10킬로미터 가까이 구속이 떨어지며 안쓰러운 투구가 이어졌다. 하지만 오늘 경기가 끝난다고 해서 한국시리즈가 마감되는 것은 아니다. 대역전 드라마를 꿈꾸고 있는 이강철 감독의 머릿속에는 어떻게든 주력 투수들이 빨리 회복하는 것밖에 없었다. 어차피 놓은 경기, 몇 점 차이로 지던 결국 1패일 뿐이다. 지금 마운드에 있는 투수가 경기를 끝내야 한다. 점수를 더 주든, 투구 수가 늘어나든 이 냉혹한 최종 승부에서 그건 고려의 대상이 아니었다.

15 대 4. 이제 3승 1패로 엘지트윈스에게는 단 1승이 남았다. 하지만 남은 세 경기 중 5차전을 고영표가 켈리와의 승부에서 다시 가져간다면 얘기는 달라질 수 있다. 이강철 감독은 5차전을 잡으면 6차전 쿠에바스, 7차전 벤자민을 내세울 참이었고, 그에 맞서는 엘지트윈스의 예상 선발은 6차전 임찬규, 7차전 김윤식이었다. 선발 대결만 놓고 본다면 5차전의 결과에 따라 케이티의 대역전 드라마가 불가능한 것은 아니었다. 이제 잠실로.

무엇인가의 팬으로 산다는 것.
그 시간이 쌓인다는 것
(1990, 1994~)

잠실야구장에서 만난 엘지트윈스 팬들에게 물었다. 5차전 9회말 끝내기 승부와 1회부터 대량 득점 중 어떤 걸 원하느냐고. 결과를 이미 알고 있다 해도 초반부터 큰 점수 차로 여유 있게 우승하는 쪽이 좋겠다는 답변이 압도적이었다. 이 한 많은 팬들은 시리즈 성적 3승 1패로 5차전을 맞으면서도 온통 걱정뿐이었다. 선발 투수는 1차전의 리턴 매치다. 5년간 엘지트윈스에서 뛰며 특히 가을야구에서 그 진가를 나타낸 엘지트윈스의 케이시 켈리와 케이티 위즈의 마지막 희망 고영표. 고영표는 1차전에서 6이닝 동안 1 자책점만을 기록하며 엘지 타선을 효과적으로 잘 막았다. 엘지는 안타 일곱 개와 사사구 두 개를 얻어내며 공략에 나섰지만 고영표를 무너뜨리는 데 실패했다. 켈리 역시 6.1이닝을 던지며 피안타 네 개, 사사구 두 개만을 내주는 효율적인 투구를 했다. 켈리는 지난 시즌까지 엘지의 유니폼을 입고 와일드카드, 준플레이오프, 플레이오프에서 모두 승리 투수가 된 바가 있어 만약 오늘 5차전 경기에서 승리 투수로 이름을 올린다면 가을야구의 모든 시리즈에서 승을 올린 진귀한 기록을 남기게 된다.

3회말 박해민이 2타점 2루타를 날리며 기선 제압에 성공한다. 고영표는 1차전보다 확실히 힘이 부쳐 보인다. 포심의 구속이 1차전보다 나오지 않으면서 체인지업의 위력도 떨어진 모습. 4이닝 동안 안타 일곱 개를 허용하며 5점을 내주고 만다. 손동현, 이상동, 박영현 이외에 마땅한 불펜 카드가 없는 케이티로서는 어떻게든 선발 고영표가 긴 이닝을 끌어줘야 했지만 5차전에서 시리즈를 끝내겠다는 결의에 찬 엘지 타선은 그 계획을 허용하지 않았다. 그리고 2023 한국시리즈의 명장면으로 계속 쓰이게 될 수비가 나온다.

4회초 2아웃에 1, 2루. 직전 3회말에 3점을 내주고 3 대 0이 된 상황에서 이강철 감독은 여기를 승부처라고 봤다. 시리즈 내내 최고의 대타 카드로 나오고 있던 김민혁을 일찍 올린다. 김민혁은 부상으로 정상적인 수비와 주루가 힘들었지만 중요한 순간마다 대타로 나와서 강력한 타구를 날렸다. 한국시리즈 타율 0.750. 엘지 트윈스도 대타 김민혁에 대한 대비를 하지 않았을 리가 없다. 현재까지 김민혁이 강점을 보이고 있는 구질과 코스, 그리고 좋은 결과를 내지 못한 구질과 코스. 타구 방향에 따른 수비 위치 조절과 던질 구종의 순서를 정하는 피칭 디자인까지. '대타 김민혁'이라는 글자가 전광판에 뜨자 순간 잠실 야구장에는 낮은 탄식이 터진다.

김민혁의 타구는 이전까지처럼 잘 맞은 타구는 아니었지만 낮고 빠르게 좌중간을 향해 날았다. 중견수 박해민은 우중간으로 치우친 곳에서 수비를 하고 있었고 이건 전력분석을 통해 엘지트윈스가 택한 수비 위치였다. 잠실구장을 꽉 채운 3만여 명의 눈이 공을 따라간다. 타구가 날아가는 곳에는 아무도 없다. 순간 점수가 3 대 2로 좁혀지고 2루 베이스 위의 김민혁이 대주자 조용호로 바뀌는 모습이 스쳐 지나간다. 그 생각이 끝나기도 전에 어디선가 박해민이 날아올라 글러브 속에 공을 집어넣는다. 너무 순식간에 일어난 일인 데다 글러브와 공이 거의 땅에 붙은 채로 포구가 이루어져서 이게 아웃인지 바운드가 된 것인지 구분이 되지 않는다. 그런데 그 수비수가 일어나 포효하며 주먹을 불끈 쥔다. 만약을 대비해 포수 뒤로 이동하고 있던 켈리와 포수 박동원이 동시에 환호한다. 이내 곧 잠실 야구장에 엘지트윈스 팬들의 함성이 폭발한다. 이 수비 하나로 됐다. 이번 시즌 첫 경기부터 지금까지 던지고 잡고 때린 그 수 많은 공들이 이 공 하나에 모인 듯했다. 분위기는 완전히 넘어왔고 이제 엘지트윈스의 팬들은 확신하기 시작한다.

이후 엘지트윈스가 3점을 보태는 동안 케이티 역시 2점을 뽑으며 안간힘을 쓴다. 8회말 엘지의 공격이 끝나고 6 대 2. 케이티의 마지막 공격인 9회초로 넘어가는 사이 야구장의 엘지 팬들은 고개를 돌려 엘지의 불펜을 바라본다. 몸을 풀고 있는 투수는 단 한 명. 우리 팀의 마무리 고우석이다. 고우석은 이번 한국시리즈에서 세 번 등판해 1승 1패 1세이브를 올렸다. 마무리 투수로는 정말 거두기 힘든 신기한 기록이다. 그것도 한국시리즈에서. 2차전을 제외하고 1, 3차전에서는 결정적인 장타를 허용했고 팬들 사이에서는 믿을 수 없으니 다른 카드를 써야 한다는 여론이 높았다. 하지만 염경엽 감독의 선택은 고우석이었다. 1차전 홍창기가 부진할 때도 많은 팬들은 그동안 가을야구에서 죽을 쑨 홍창기의 성적표를 들이대며 적어도 1번 타자로는 아니라는 의견을 냈다. 하지만 염경엽 감독은 시리즈 내내 타순을 한 번도 바꾸지 않았다.

첫 타자 박경수에게 연속으로 세 개의 볼이 들어간다. 탄식과 한숨이 섞이며 공기가 무거워진다. 하지만 고우석은 그 이후 계속 자신의 강속구를 스트라이크로 꽂아 넣으며 결국 박경수를 3루수 파울 플라이로 처리한다. 이어지는 조용호의 타석. 묘수 따위는 없다. 그냥 힘과 힘의 대결이다. 고우석은 자신이 던질 수 있는 가장 강한 공을 던진다. 삼진 아웃. 이제 29년 만의 역사에 단 한 개의 아웃카운트만을 남겨 놓았다. 1번 타자 배정대. 엘지트윈스가 애지중지하던 신인이었지만 케이티위즈의 신생팀 특별지명으로 엘지의 유니폼을 입고는 단 한 타석도 못 보고 보낸 선수다. 그런데 엘지만 만나면 평소보다 훨씬 좋은 선수가 된다. 우리가 보낸 게 아니라 뺏긴 건데 뭔가 오해가 있나 싶을 정도로.

빗맞은 타구가 내야를 벗어나지 못하고 2루수 신민재의 글러브로 들어간다. 해냈다. 엘지트윈스가 1994년 통합 우승 이후로 29년 만에. 한국시리즈가 시작되기 이전부터 이 순간을 상상했다. 어떤 기분일까. 너무 오열해서 흑역사가 될 사진들이 남는 건 아닐까. 그런 걸 신경 쓸 겨를이나 있을까. 나와 같이 야구장에 간 사람들도 다 눈물 때문에 그 장면을 제대로 못 보는 건 아닐까. 선수들은 어떨까. 역시 오지환이 가장 많이 울까. 아니면 임찬규가 뛰어 나오지도 못하고 덕아웃에서 울고 있을까. 의외였다. 마음이 고요해지고 약간 따뜻해지는 느낌 정도다. 눈물도 나오지 않고 마운드로 몰려가는 선수들의 뜀박질도 느린 화면으로 보인다. 그동안의 한과 설움이 소용돌이 치면서 적어도 몇 분간은 정신을 차리지 못할 줄 알았는데. 마음속에는 한 문장만 떠오른다.

"이게 뭐라고…."

감정이 조금씩 올라온 건 관중석의 엘지 팬들을 바라보면서였다. 저 많은 사람들의 삶에서 겹치는 것이라고는 엘지트윈스 하나 정도일 텐데 저 다양한 사람들이 모두 같은 옷을 입고 같은 수건을 들고 똑같은 마음으로 야구장을 지켜보고 있었구나. 이 순간을 직접 눈에 담기 위해서 그렇게 어렵다는 티켓 전쟁에 뛰어들고 또 성공한 거구나. 누군가는 두 팔을 들며 활짝 웃고 누군가는 몸을 숙여 오열하는 모습을 보니 그 안에 내가 보였다. 그 긴 시간 동안 환호하고 좌절하고 기뻐하고 슬퍼했던 내 모습이 모두 담겨있었다. 그래, 참 긴 시간이었다. 20대였던 내가 50대가 되었으니.

운동장의 구석구석을 눈에 담고 있는데 3루쪽 원정 응원석이 보인다. 시리즈의 분위기는 이미 넘어갔고 심지어 수원에서도 엘지트윈스 팬들은 관중 동원의 화력을 보여줬다. 시리즈 성적 3 대 1로 잠실에 돌아와서 치르는 5차전의 분위기가 어떨지는 누구나 알 수 있었다. 하지만 케이티 팬들은 자리했고 일당백, 일당천의 마음으로 목놓아 자기 선수들의 이름을 외쳤다. 악다구니를 쓰는 게 아니라 수세에 몰린 팀과 선수들에게 작지만 힘을 불어 넣어주려 애썼다. 막내팀으로 리그에 들어와 팬 수도 부족한데 하필이면 한국시리즈 상대가 29년 한이 묵은 엘지트윈스였다. 케이티 팬들은 이

번 한국시리즈의 또 다른 주인공이었고 영웅이었다. 환호하는 엘지트윈스 팬들 사이에서 짐을 챙겨 야구장을 떠나는 그들의 등 뒤로 작게 박수를 보냈다.

이제 끝났다. 엘지트윈스 팬들은 일상으로 돌아가 겨울을 날 것이다. 물론 가끔 한국시리즈의 영상을 돌려보며 감상에 빠지면서. 혹 누군가는 1990년과 1994년의 영상과 비교해보며 중계 기술과 해상도의 차이를 놓고 그 시간의 차이를 가늠할지도 모르겠다. 2024 시즌에 엘지트윈스는 영광스런 '디팬딩 챔피언'의 칭호를 어깨에 걸고 개막을 맞이한다. 엘지트윈스 팬들이 만드는 팬 팟캐스트 '야잘잘'을 하면서 우리가 만든 말이 있다. '우승적기 왕조시작'. 물론 7년간 공염불에 그친 말이었지만 줄여서 '우적왕시'라 했다. 이제 이 말에서 '우승' '적기' '시작' 이렇게 세 단어를 삭제한다. 줄일 말이 다 사라졌다.

내년에도 야구가 있어 참 다행이다.

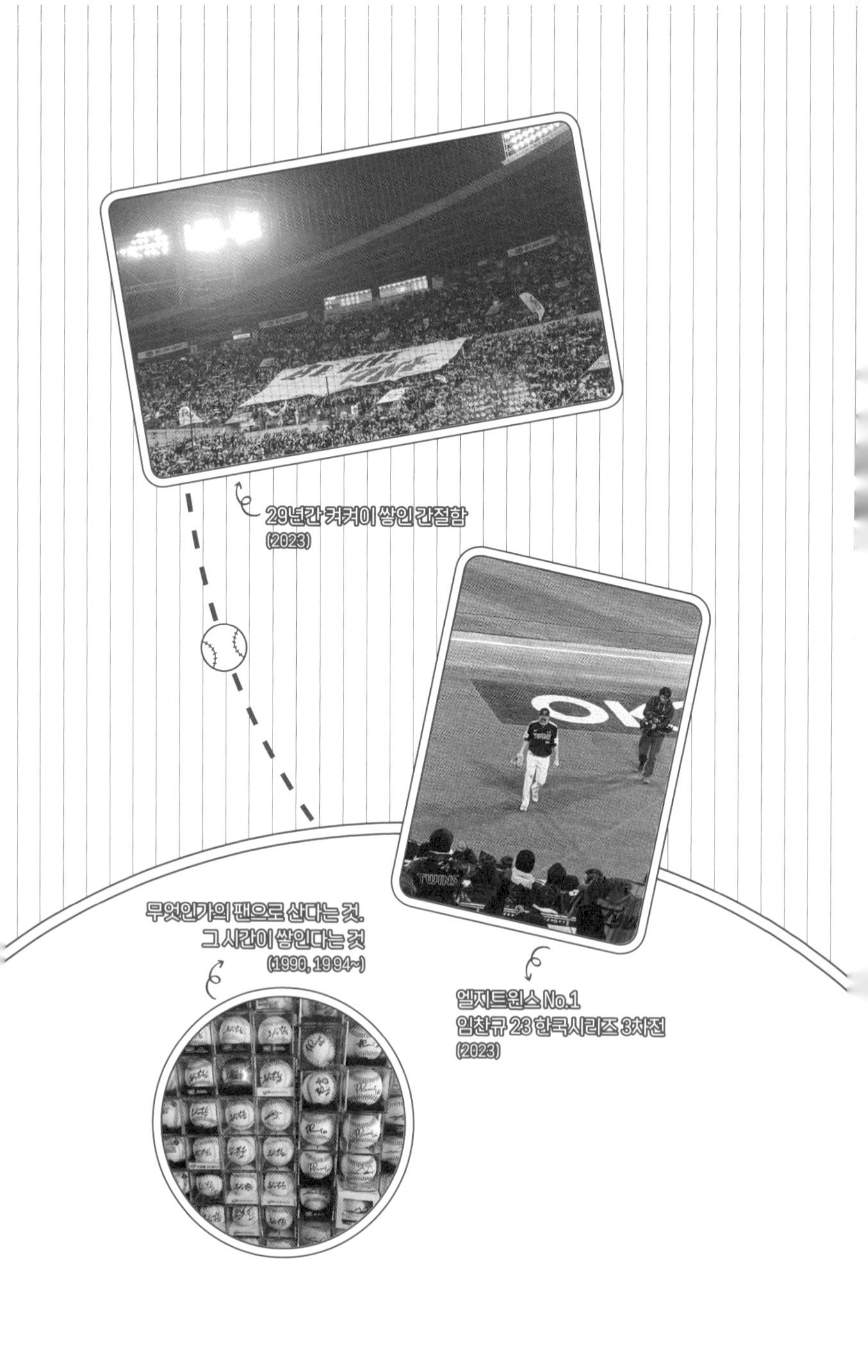

29년간 켜켜이 쌓인 간절함
(2023)

엘지트윈스 No.1
임찬규 23 한국시리즈 3차전
(2023)

무엇인가의 팬으로 산다는 것.
그 시간이 쌓인다는 것
(1990, 1994~)

잠실벌에 울려 퍼진 승리의 노래
(2023)

23 한국시리즈 3차전 후
외쳐라 무적엘지!
(2023)

엘지트윈스의 많은 것을 바꾼
맹구 김현수
(2023)

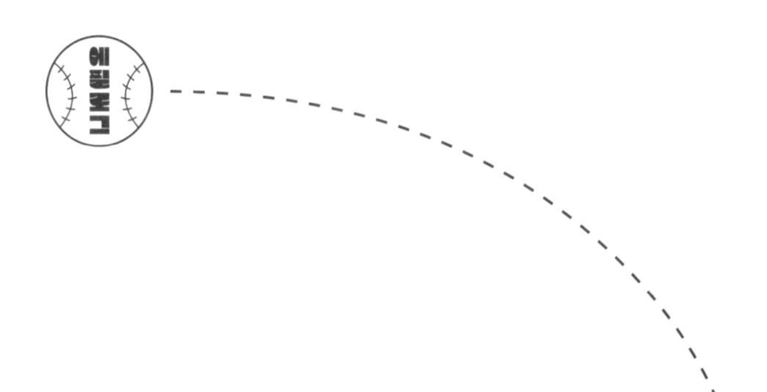

아주 어릴 적 있던 일들은 사진 찍은 것처럼 기억이 난다.
그날의 하늘과 옆에서 나던 소음, 멀리 들리던 음악도 생생하다.
어디선가 풍기던 음식 냄새까지 나는 것 같다.
그때 그곳에서 세상 무엇보다 가깝고 소중했던
친구들의 소식을 듣기란 쉽지 않다.
가끔 들리는 얘기도 그저 그렇게 살고 있더란 것 정도다.
공터에서 같이 하던, TV로 함께 보던 이 공놀이가
그때의 친구들을 연결해 오늘 서로를 기억하게 하면 좋겠다.

나도 누군가에게 완벽한 친구가 아니듯,
야구도 우리에게 완벽한 친구는 아니었다.
그러면 어떤가. 이 친구는 앞으로도 우리의 친구로 있을 거다.
우리가 이 친구를 떠나지는 않을 테니.